TAN TIE ZHI ZHAN

② 绝地战歌

萧星寒 ◎ 著

四川科学技术出版社

图书在版编目（CIP）数据

碳铁之战.2,绝地战歌/萧星寒著. -- 成都：四
川科学技术出版社,2023.5
ISBN 978-7-5727-0966-1

Ⅰ.①碳… Ⅱ.①萧… Ⅲ.①幻想小说—中国—当代
Ⅳ.①I247.5

中国国家版本馆CIP数据核字(2023)第076344号

TAN TIE ZHI ZHAN 2：JUEDI ZHANGE

碳铁之战 2：绝地战歌

著　者　萧星寒

出 品 人	程佳月
策划组稿	钱丹凝
责任编辑	兰　银
助编编辑	王　娇
封面设计	沐云 BOOK DESIGN QQ:328721589
封面插画	梁溯洋
版式设计	大　路
责任出版	欧晓春
出版发行	四川科学技术出版社
地　　址	四川省成都市锦江区三色路238号新华之星A座25层
	传真：028-86361756　邮政编码：610023
成品尺寸	143 mm×210 mm
印　　张	10.375　字　数　230 千
印　　刷	四川华龙印务有限公司
版　　次	2023年5月第1版
印　　次	2023年9月第1次印刷
定　　价	49.00元

ISBN 978-7-5727-0966-1

目　录

楔子　谜

　　天亮后不久，艾伦·图灵就骑着自行车去伦敦郊外的布莱切利庄园上班。那个将影响人类历史进程的灵感就是在这个早晨跳进艾伦脑子里的。

　　时值 1939 年 9 月底，天气已经转凉。虽说还没有到寒透心肺的程度，但多数人都加上了薄外套，少数怕冷之人甚至已经穿上了毛衣。艾伦不怕冷。他穿着一件米黄色单衣，起劲地蹬着脚踏板，身体随之上上下下，不久，额头上就沁出一层薄薄的汗珠。他把袖子缩到肘部，解开单衣的头两颗扣子，让清晨的凉风从领口灌进去，热气顿消。这舒服的感觉，让他更加起劲儿地蹬脚踏板。

　　从他租住的客房到布莱切利庄园只有 5 千米的距离，以艾伦充沛的体力，很快就能骑到。

　　只是这自行车有个毛病，骑着骑着，就会掉链子，然后艾伦就只好推着自行车去庄园上班。这样的事情连续发生了好几次。同事劝艾伦，要么把自行车送去修一修，要么买一辆新的。艾伦温柔地笑笑，不予回答。自行车坏掉了，他既不想修，更不想换。他有自己的解决之道。

从第一次掉链子起，艾伦就开始统计，自行车是在转了多少圈之后掉的链子。几天下来，他已经心中有数。昨天，他就尝试过，到指定圈数就不再骑了，改为推着自行车走。也不知道为什么，推着自行车走，它就不掉链子了。因为自行车没有掉链子，所以抵达布莱切利庄园的时间早于前几天。这竟让艾伦有几分自得。

不过，也产生了新的麻烦：一边骑自行车一边数轮胎转的圈数，让他无法分心去思考别的问题，而他又太喜欢脱离眼前的现实，去思考一些对旁人而言极其玄妙与深奥还很无用的东西。

有麻烦不怕，解决就是，艾伦一直都是这样想的。昨天下班的时候，他到后勤处的棚屋要了几样小东西，回家后花了半个小时组装成一个计数器，再绑缚到自行车车架上。因此，今天早上出门时，他一低头就可以看到计数器上跳动的表示车轮已经转了多少圈的数字。对此，他心中那份洋洋自得简直比被推选为剑桥大学国王学院会员还要多儿分。

艾伦是数学方面的天才，毋庸置疑。23 岁那年，他就因为一篇详细论述高斯函数（那可是"数学王子"高斯的杰作！）错误的论文，而被破格推选为剑桥大学国王学院会员——这事儿极不寻常，学院还专门为此放了半天假。他现年 27 岁，年富力强，正是一生中各个方面都最巅峰的时候。所有人都眼巴巴地望着，看他还能做出什么样的超级成就。

成为一位举世瞩目的数学家，似乎不是什么难事。然而……

艾伦低下头，看见计数器又跳了一个千位数，非常接近要掉链子的数值了，于是他下了自行车，推着它继续前行。奇怪，为什么推着自行车走，它就不会掉链子呢？艾伦想到了这个问题，但下一秒，他已经把这个问题抛到九霄云外去了，转而思考另一个更为重要的问题——也更为现实的问题，至少目前是这样。

那个巨大的"谜"。

去年——也就是1938年——9月份，英国陆军情报六局①的人就找到艾伦，要他为政府破译敌对国的密码。那时候，报纸上已经开始连篇累牍地预告战争的降临，而另一些人则始终认为，希特勒不敢侵略大英帝国，相信"武装起来的德国佬会把怒火倾泻到苏维埃头上"。艾伦答应利用一些业余时间，从事一些相关工作。如今，世界局势骤变，关于战争的那些"坏的预言"都变成了现实。1939年9月1日，德军闪电般地攻进波兰，由此拉开了欧洲大战的序幕。两天后，英国和法国向德国宣战。9月4日，艾伦·图灵被军情六处正式招募，每天到布莱切利庄园上班，专职破译德军密码。

布莱切利庄园是一座有上百年历史的豪宅，距离英国首都伦敦65千米，正式的名字叫"政府密码学校"，对外宣称来此驻扎的是"雷德利上尉的射击队"。艾伦刚进庄园那会儿，各种装备正在陆续运进来，各种棚屋也正在搭建之中，到处都是闹哄哄的、乱纷纷的、臭熏熏的，令人讨厌。这嘈杂的环境一度让喜欢安静的艾伦生出退出之心。

①简称军情六处。

他完全可以拒绝这一份工作，然而，因为那个"谜"的存在，他觉得自己可以而且必须忍受在布莱切利庄园工作带来的困扰和麻烦，必须。因为在他知道这个"谜"之后，在解决这个"谜"之前，他干不了别的事情。

政府密码学校负责人斯图尔特·孟席斯（他同时也是军情六处的"老板"）曾经向艾伦展示过一台 Enigma。在斯图尔特向艾伦交代 Enigma 的来历与工作原理之前，艾伦已经被这台精致的机器迷住了。

"Enigma。"斯图尔特介绍说，"德国佬亚瑟·谢尔比乌斯的天才发明，集加密与解密、集复杂的原理与简单的操作于一身的机器。有了 Enigma，德国军队就像一座隐匿在黑暗之中的坚固堡垒，一头蛰伏在深渊最深处随时可能出击的嗜血巨兽，一种可以毁灭整个世界的可怕力量。"

艾伦对战争没有什么兴趣，对亚瑟·谢尔比乌斯的兴趣反而更多。和他聊天一定不会无聊，艾伦想。

"他在哪里？"

"谁？"

"发明这台机器的人。我想见见他。"

"见不到了。12 年前，在骑马的时候，亚瑟·谢尔比乌斯撞上了墙，当场就死了，享年 50 岁。也是短命。"

"可惜！"艾伦叹息。他的心情比他的叹息还要沉重。

"你知道 Enigma 的密钥长到什么程度吗？"斯图尔特望着年轻的艾伦，期望他回答，或者提问。但艾伦没有配合，只是低着头，专注地望着那台 Enigma。斯图尔特只好自己报出了那个数据："10 586 916 764 424 000 位。"

这庞大的数字令艾伦抬起了头。某种小火苗在他的内心深处燃烧起来。

"有人告诉我，说如果用传统手工解码，破解这种密钥需要两千万年。两千万年，别说这场战争，地球都可能不存在了。"斯图尔特勉强笑了笑，然后盯着艾伦瘦削的脸，严肃地说，"他们都说你是天才数学家。你能为大英帝国破解 Enigma 吗？我们能否打赢这场战争，破译 Enigma 至关重要。你是我们所有人的希望。"

艾伦没有回答他的问题，而是问道："那是什么意思？"

"什么？"军情六处的"老板"被艾伦没头没脑的问题弄糊涂了。

"Enigma。"

"哦，Enigma 是希腊语，意思是'谜'。"

当时，艾伦看着眼前那台 Enigma，心中的震惊无以复加："谜"？多好的名字啊。再没有别的词语可以形容这机器了。

"'谜'，好吧。"他自言自语道，心中的小火苗已经弥散到全身，"我来解开亚瑟·谢尔比乌斯留下的这'谜'。"

此时此刻，艾伦推着自行车，继续行进在上班路上。他脑子里又闪过那个数字：10 586 916 764 424 000。同时他的脑袋里浮出一个标题：《论可计算数及其在判定问题上的应用》。很难说清楚，他为什么会在这个时候想起这篇他发表于 1937 年的论文。这篇论文对于绝大多数人来说，玄妙、深奥，还没有什么用。但在那一秒，在他推着自行车，走在匆忙的上班路上那难以捉摸的一瞬间，他同时想起了两者：Enigma 和论文。

这两者之间似乎有什么隐秘而必然的联系，但是有什么联系呢？他皱紧了眉头，双手无意识地握紧车把。他知道……脑子突然间变得前所未有的空白。那感觉就像伸手去抓东西，那东西明明在那里，五指闭拢，却什么也没有抓住。他知道这是某种灵感就要降临的先兆。他必须抓住它。他努力着，努力望穿眼前实实在在的风景，向着缥缈微茫的虚空窥视，努力从缥缈微茫的虚空之中"抓"到某种实实在在的东西。他低下头，瞥见前车架上那个还在咔嚓咔嚓工作的计数器，一道微弱的闪电在他脑海里闪过，他试图"抓住"它，但是太快了……他暗自叹息，旋即想到了那一个念头。

他猛然抬起头，眼神变得无比清澈，浑身微微战栗着，一种狂喜宛若维多利亚大瀑布一般冲击着他的全部身心。他迅速翻身上车，飞快地蹬动起来，完全忘记了自行车的链条随时可能掉落。在前面不远的地方，布莱切利庄园，还有那个巨大的"谜"和至关重要的"谜底"，在那里等着他。

太阳刚从地平线上升起，倾斜的并没有多少暖意的阳光照射着他努力骑行的身影。

这个时候，没有人知道，包括艾伦自己，他的这一个灵感，不但会帮他破解那个巨大的"谜"，拯救数千万无辜者的生命，缩短第二次世界大战的进程；还会诞生一门叫作"人工智能"的学科，会改变今后数十年全世界的政治、经济与文化格局；甚至会孕育出比人类还要聪明数十倍的"铁族"，险些终结人类的历史进程，使人类走上灭绝的不归之路。

第一章　铁族客卿

1 ...

星际战舰"愤怒号"距离火星还有 5 000 千米时，孔念铎收到了来自老 X 的绝密信息。他刚从人工冬眠的酣睡中醒来，思想还很迷糊，意识还游离在现实之外，看什么都像隔着厚厚的热气。不过，这并没有妨碍孔念铎发号施令。

"我需要使用静默室。"孔念铎对面前侍立的舰长卢瓦格夫命令道，"有绝密工作。"

"孔秘书长，您请。静默室将为您打开。"

卢瓦格夫舰长露出公事公办的笑意，但微微下撇的嘴角说明他心底对孔念铎有着明显的鄙视与恨意。别人对自己的这种复杂情感并不罕见。孔念铎不予理会，转身快步离开。

静默室的墙壁由厚实的铅合金制成，可以屏蔽绝大多数电磁波，也就能杜绝多种形式的监听。为避免电子系统被破解，连沉重的大门都是用最原始的方式打开。孔念铎单手用力，推开大门，走了进去。大门在他身后关闭，把他隔绝在圆筒状的灰暗空间里。他静默片刻，以平复心情，旋即命令"二号"打开刚刚收到的视频。

表面上看，这就是一段普通的视频。孔念铎的私人医生珍妮絮絮叨叨说的事情就是让孔念铎定时吃药，随时注意身体的异常，回火星后立刻去她那里接受一次全面检查。"引力环境对人体的影响真的非常大，尤其是您在这段时间里往来于金星和火星，还有太空，它们有完全不同的引力环境。"顶着一头红色卷发的珍妮说，"更要注意钙质流失带来的骨质疏松问题。这种慢性太空病不容易被发现，等您发现的时候，很可能已经非常严重了。"

孔念铎一边听珍妮絮叨，一边命令"二号"对隐蔽在视频之下的绝密信息进行量子解码。第一次解码的结果是一股涌动着的闪烁斑点，仿佛夏夜里万千萤火虫同时飞上了星空。即使有人怀疑视频之下隐藏着什么，使用量子算法进行耐力破解，也只会找到这些由于电磁波干扰形成的画面。

孔念铎找到其中一个毫不起眼的斑点，用自己的 DNA 作为密钥，再一次解码。这一回出来的是一张在海底仰拍的照片，一群虎鲸正在围捕沙丁鱼群，画面血腥至极。波翻浪涌之间，狰狞的虎鲸与屠弱的沙丁鱼，形成了鲜明的对比。

珍妮总是喜欢用这种方式展示她对生活的认识。孔念铎这样想着，同时找到虎鲸首领的眼睛，放大后进行第三次解码。这次是用混沌系统产生的混沌序列作为混沌密码。与量子密码相比，混沌密码的难处在于不能输错，必须一次性完全输对。在解码过程中，一旦输错一个字符，视频底下隐藏的绝密信息就会自行销毁。这就杜绝了耐力破解的可能性。

孔念铎没有输错，真正的谜底显现出来。

只有声音，没有画面。老 X 艰难地喘息着，仿佛喉管里塞满铅块。他说："我就要死了。我知道，你也知道，什么医疗手段都无法再延续我的生命。我要见孔念铎。我要知道真相。真相，你懂吗？不要再欺骗一个将死之人。"

听着这话，孔念铎不由得想象那样一幅场景：老 X 躺在病床上，央求珍妮去找自己。"我还有，还有，最后一个问题，想要问他。"老 X 隐忍坚毅了一辈子，临死也要保持最后的尊严，"你，一定要，要请他来。记得，是请。"

这个老家伙，又要搞什么幺蛾子啊？孔念铎这样愤愤地想着，心底却也有几分真实的牵挂，为此他不由得更加愤怒了。他自认淡漠，一辈子没有为谁操过心，但偏偏老 X 是个例外……

"愤怒号"星际战舰停靠到火星轨道上的费尔南德斯太空城。火星机动部队副司令兼特种部队海盗旗长官桑切斯中将率众迎接。孔念铎对金星战役中海盗旗的尽职尽责表示了感谢，并对牺牲的 36 名海盗旗战士致以诚挚的哀悼。余下的海盗旗遵照命令回归建制，大部分牺牲者的遗骸已火化，带回火星的是他们的骨灰盒。遗憾的是，有 7 名海盗旗的遗骸没有找到，很可能是消失在最后的大爆炸中。

"这是职业军人的职责与宿命，也是海盗旗至高无上的荣耀。"桑切斯中将声情并茂地说。

谢绝了桑切斯中将用空天专机送他回火星的好意，孔念铎离开费尔南德斯，只身坐上 27 号太空列车。"这是与现实社会接触的好机会。在虚拟世界里待久了，很容易忘记现实世界是什么样子。"他这样对桑切斯中将解释。

乘客中碳族占多数，有来火星轨道旅游的，也有来工作的，都行色匆匆。十来个钢铁狼人混迹在乘客之中，走走停停。他们的身体由流动合金、工程塑料、记忆玻璃、可编程陶瓷、高分子树脂组成，体表的颜色各异，胸前装饰着繁复的图案。当他们保持人形时，是人身、狼首，身高在两米五以上；当他们变成狼形时，肩高也有一米五，四足着地，奔跑起来迅疾如风。无论是人形，还是狼形，在太空列车站里，铁族——由钢铁狼人组成的群体——都非常显眼。如果是很久以前，钢铁狼人肯定会成为围观的对象，但自 2025 年 12 月钢铁狼人从高阶人工智能"超级猿脑"中演化出来，迄今已有近百年历史，碳铁两族之间的大规模战争亦有两次，在火星有 5 亿钢铁狼人生活和工作，他们已经变得稀松平常，出现在哪里，都不会引起超出寻常的骚动与观望。

碳族，铁族。孔念铎咂摸着这两个意义非比寻常的词语，深深的苦涩漫上他的心头。

没有不相干的人——不管是碳族还是铁族——认出孔念铎来。他也乐得如此，现在他需要清静，需要独处，需要个人的空间。他找到自己的位置，躺下，等待太空列车出发。

如今，环绕火星赤道分布着 30 辆 2 000 多千米长的太空列车，供火星居民在行星与太空之间进出。新一代太空列车已经成为火星生活必不可少的一部分。用太空列车设计师夏荔的话讲："能安装太空列车的地方都安装上了太空列车，不能安装太空列车的地方，克服工程与技术上的困难，也要安装太空列车。""千年火星"的基建计划中，还有20辆太空列车要在10年内建成。"现在的太空列车，早就不是普通的交通工具，而是科技与艺术的完美结合。每一辆太空列车，我更喜欢叫它们通天塔，都是独一无二的艺术品。"说这话的时候，作为第三代火星人的代表，夏荔脸上洋溢着年轻人特有的，同时也是令孔念铎羡慕乃至嫉妒的自信与骄傲。

太空列车准点出发，沿着火星静止轨道与火星赤道基站之间悬垂的索道向下飞驰。孔念铎让"二号"进入待机状态，自己闭上眼睛开始冥想。他对桑切斯中将所说的话并不完全是出于虚构。毕竟这一次到金星去，发生的事情太多，他需要好好想想，理清过去，琢磨下一步怎么办。这很重要。

然而，他没能想得太久，深深的疲倦感很快袭上他的心头。尽管从金星到火星的两百多天的时间里，他在"愤怒号"星际战舰上一直处于人工冬眠状态，可以说是一路睡过来的，但他的身心似乎都没有得到休息，始终处于疲倦与极度疲倦之间的状态。我已经老了，他想，真的已经老了。

他不再冥想，放弃了挣扎，任由疲倦征服了全身。

他睡着了。

睡得不算深，中途醒了好几次，抬眼望望四周，发现还没有抵达萨维茨卡娅，就接着在太空列车运行的声音里睡觉。

太空列车准点抵达萨维茨卡娅，"二号"自行启动，唤醒了孔念铎。孔念铎跟着人流，走出太空列车，又乘坐升降机出了太空港，来到萨维茨卡娅的通天大道。这座城以第一个登陆火星的女宇航员韦特兰娜·萨维茨卡娅的名字命名，常住人口200万，在火星的数百座穹顶城市中，只能算是中等规模。但它是火星政府指定的行政副中心，有很多政府机构和组织的总部在这里，其中就是包括孔念铎担任秘书长的铁族联络处。

"二号"要求更新，让内置信息库与萨维茨卡娅量子网保持一致。孔念铎同意了"二号"的要求，但启用了最高等级的筛选功能。从他离开火星到金星追踪狩猎者，到现在回到火星，回到萨维茨卡娅，一年多（一个地球年，他在心里暗自订正）的时间过去了。在此期间，火星肯定发生了大大小小无数的事情，然而，其中值得他关注的，花费心思处理的，不多。

一条新闻直接呈现到他的视网膜显示器上：

"火星历87年1月12日，肯·诺里斯死于暗杀，弥勒会宣称对此负责。"

本届铁族聘请的客卿共9人，肯·诺里斯是其中之一，在孔念铎的超级关注名单上。这人在天体物理学上有独到的见解，然而为人狂热又刻薄，听不进去任何相反的意见。对肯·诺里斯的死，孔念铎并不十分意外。

孔念铎扫了一眼当前时间：火星历87年——换算为地球历是2121年——12月27日，下午，7点33分。于是他决定去看看那个X。在做出这个决定的刹那，他豁然明白，这才是他要离开别人的视线、独自行动的真正原因。

2....

孔念铎沿着通天大道走了一段，然后转向一条岔道，又拐到一条主干道上。珍妮诊所就在这条主干道上的一条支路上。天色向晚，路边的街灯次第亮起来。孔念铎驻足仰望，望见街道上方肃穆的天空与风吹动的云彩。那天空和云彩其实是玻璃穹顶显示的画面，并不是真的。整座萨维茨卡娅（还有火星的全部穹顶城市）的地面部分，都被这种穹顶完全覆盖。穹顶不但能把城市与恶劣的火星环境隔离开来，还能收集火星黯淡的阳光，供城市照明，就是它所显示的天空和云彩，也能为城市居民营造一种住在地球老家的虚幻感。

走到珍妮诊所门前，孔念铎还没有摁门铃，一身医生工作服的珍妮就出来迎接了。她的表情非常复杂，既有愤怒也有掩饰不住的欣喜。"珍妮医生，我要做个全面检查。每一个器官和零件都要。先前预约过。"孔念铎不容珍妮寒暄，径直提出自己的要求。珍妮答应着，在前带路。孔念铎跟在珍妮后面，进了大门，又穿过两扇厚实的屏蔽门，进入诊所的透视区。以防干扰与保护隐私之名，这里的屏蔽系统堪比"愤怒号"星际战舰的静默室。

"你可回来了，我的秘书长大人。"一进透视区，珍妮就忙不迭地抱怨，"我都快被气死了。"

"他又做了什么事？"

"他，跟三岁小孩似的……哎，不说了。简直无法想象，一个人老了，为什么会变成这个样子？假如将来我老了，也这样糟心，你最好一枪把我给崩了，省得你烦心。”

"他不是生病了吗？我去看看他。"

"不先检查一下吗？"

"完了再说。"

珍妮默念了一句口令，桌子自行挪开，一个隐秘的地道口轻声打开，露出升降机的平台。

孔念铎走上平台，"你不去？"

"不去。"珍妮摇着头说，红色卷发在她脑后晃成了瀑布，"能少看他一眼，就少看一眼。"

半分钟后，升降机把孔念铎送到了地下 50 米处，一个埋藏在火星地层中的绝密藏身之处。这个地下室原本是为孔念铎自己准备的，没想到倒让老 X 先用上了。5 年前，孔念铎在萨维茨卡娅的街边发现老 X 时，他至少已经流浪 10 年以上，患着严重的帕金森综合征和其他的老年疾病。孔念铎把老 X 送到珍妮诊所，经过近两年的治疗，老 X 的老年疾病好了七八分，但新的问题又雨后春笋般冒出来了。

门打开，孔念铎看见老 X 规规矩矩地坐在房间中央，正面对着升降机的门。"我就知道你会来，小孔。坏女人还骗我，说你永远不会回来了。"老 X 扬了扬手心里扣着的一枚棋子，"来，下象棋。"

老 X 面前摆着一个棋盘，楚河汉界分明，各个棋子安放在各自的位置。孔念铎走过去，在老 X 对面坐下。他看见老 X 虽然正襟危坐，但上衣从左肩膀到大肚子，有一道明显的裂口，使得这坐姿显出几分滑稽。

"我先走。"老X将手里的那一枚棋子重重地扣到棋盘，"当头炮，我赢了。"

孔念铎熟练地挪动了棋子。

"怎么会这样？"老X陷入了沉思，端坐的身子垮塌下来，脸几乎要贴到棋盘上。随后，老X再次坐直，用右手食指擦了擦了嘴角的口涎，拿起一枚棋子，高高举起，轻轻放下，脸上露出踌躇满志的神情。他说："你以为我会重重地扣下，发出很大的声音吗？我才不会，我是文明人。现在，换你走了。你要怎么走呢？你要不知道怎么走，我可以教你啊。"

孔念铎再一次挪动棋子。他已经和老X下了三年象棋了，老X会怎么走，他比稀里糊涂的老X还要清楚。

"你作弊。"老X严肃地说，同时偷偷地将孔念铎这边的"车"拿走，藏在衣袖底下。

孔念铎视而不见，顺手吃了老X的"卒"。

老X盯着棋盘，半晌不说话。"真狠啊！"良久，他幽幽地说，"坏女人都跟你说了些什么？"

"她说你不乖。"

"我很乖了，我已经很乖了。是那女人坏，不准我出去，还不给我糖吃。她谎话连篇，还恐吓我。我不要她来照顾我。我讨厌她。你要把她给开除了。"

孔念铎坚定地摇头。18年前，他和珍妮、周绍辉三个人从地球叛逃，偷渡到火星，一路可以说历尽艰辛。对珍妮是个什么样的人，他很清楚。"她就是脾气臭了点儿。"他说，"其他都挺好。"

"不开除她也行。"老 X 说，像个 3 岁的小孩，"不过，你得告诉我真相。"

孔念铎心往下沉。他知道老 X 装疯卖傻也好，威逼利诱也好，最终目的就是为了这个"真相"。"真或者假，很重要吗？"他问道。

"对我很重要。"老 X 说，"我女儿在哪里？她还活着吗？"

"真或者假，取决于您自己的想法。您若是相信那是真的，我说破嘴都没有用。您若是认定那是假的，我怎么说您也不会相信。"孔念铎定了定神。他知道，不说细节，不讲实事，进行大而化之的哲学讨论，可以规避眼前老 X 的追问。"我想说的是，其实，真的如何？假的又如何？真与假之间有绝对的界限吗？最为重要的不是真或者假，而是哪一段人生让您更快乐。您可以选择，可以选择让自己相信。退一万步讲，即使您查证出某段人生是虚构的，以您现在的状况，您又能做些什么呢？"

"真假之间真的没有界限吗？"

"您知道吗，您这辈子，最大的问题就是活得太过认真，所以过得非常之累，极少有快乐的时候。您要学会放弃。"

老 X 激愤地站起来，双手狂乱地舞动，"放弃什么？放弃幻想？放弃真假之辨？哪里放得下？又不是程序，说删除就删除。"

孔念铎伸手拍拍老 X 的肩膀，示意他坐下。"该删除的时候就要坚决删除。"他语重心长地说。声音不大，却很威严，对迷乱中的老 X 很有说服作用。

老 X 看着孔念铎，眼神介于癫狂与清醒之间，"有一点很奇怪，不管是哪一个故事，都没有你的名字。瞧你日常的言行，从内心深处，似乎也瞧不上我。可你，已经供养了我 5 年。5 年，我没有记错吧？为什么？"

"有人委托我照顾你。"

"谁？"

"他不让我说。他说，如果你知道了，会非常伤心。"

"是我女儿吗？"

"不能说。"

"求求你，给我一句实话吧。我女儿现在怎么样了？"

"我不知道。"

"你就没有儿女吗？你能理解我作为一个父亲想要见女儿的心情吗？虽然我这个父亲不是那么合格，但是我想见她最后一面，这个要求不过分吧？"

老 X 换了战略，试图以情动人。"我没有儿女，也不打算生养一两个。"孔念铎面沉似水，说道，"宇宙如此残酷，我受折磨就够了，干吗要让儿女不情不愿地来这世上遭受折磨。"

"真是这样吗？"老 X 埋下头，盯着棋盘，喃喃自语。他的一切都收敛起来，陷入抑郁状态，与刚才的癫狂判若两人。

孔念铎看着老 X 苍老的面容，没记错的话（他怎么可能记错呢？），按照地球历，这位老人已经 103 岁了。所有的器官和功能都在迅速衰退，即便那双著名的眼睛也已经浑浊不堪。

时间的列车从他身上隆隆驶过，将他压塌，如同蛇蜕下的皮囊。同样的列车，也将从我身上毫不犹豫地碾过，并且更加有力和无情，孔念铎想。老 X 回望着孔念铎，似乎在期待着孔念铎改变心意。有那么几个心跳的瞬间，孔念铎化作了十一二岁的少年，无条件地拜服在偶像光环之下。他觉得自己太过绝情，但旋即自己否定了自己的想法。保密，是活下去的关键。他叮嘱自己。倘若老 X 的真实身份泄露，等待老 X 和自己的，只有死路一条，没有任何别的选项。

但真的如此吗？孔念铎安抚好老 X，离开藏身之所时他又犹豫起来。"如果他要出去走走，给他制造一个假身份，也可以让他出去吧。"乘坐升降机，回到珍妮诊所，孔念铎对珍妮说，"也许是我多虑了，谁会在意一个老迈不堪又疯疯癫癫的老头呢？"

3...

"下边该说说你自己了。"珍妮说。

"最近，嗯，别的毛病没有。"就是大概是人老了缘故，更喜欢回忆年轻时候的事情。孔念铎心底犹豫着要不要把真实的情况告诉珍妮。

"对医生要说实话，你不说实话，我怎么帮你？"珍妮翻着白眼，退后，靠到仪器上，顺手抽出一支烟来，衔在唇上，点燃。

孔念铎瞪着那只支随着珍妮的吞吐而明明灭灭的烟，"吸烟有害身体健康。你是医生，不是更应该遵照执行吗？"

珍妮没有回答，自顾自地抽着特制的火星烟。

"你会去送周绍辉吗？"珍妮吐了一口烟，忽然问，"他要去奥尔特云探险，去太阳系边缘。这多半会是一次单程旅行。"

"不是多半，而是百分之百。"孔念铎冷冰冰地纠正道，"毫无意义的追求，我向来反对他这样做。说是探险，分明是送死。可你也知道，他这人看上去忠厚老实、温顺听话，一旦犟起来，却是十艘飞船也拉不回来。"

"他确实是这样的人。"

"你去送吧。"孔念铎说，"要是喜欢他，抓紧时间告诉他，不要留下遗憾。"

"瞎说。"珍妮笑着猛吸了一口烟，那开怀的样子，于脾气颇为急躁的她而言甚是少见，"惦记你自己吧。你身体的49%都已经被人造器官和组织所取代。"

已经这么多了吗？孔念铎用嬉笑掩饰自己的惊讶，"所以呢，一个必然的结论是，我的身体肯定会出点儿什么幺蛾子。不出，才不正常。对吗？"

珍妮猛吸了一口烟，"是的。"

"你开给我的药，我按时吃了的。即使在漫长的人工冬眠中，也按时打针。身体没任何异常，真的。"孔念铎犹豫了一下，急速地眨动着眼睛，"也就是喜欢上回忆往事。"

往事，盘根错节，层层堆叠，宛如破旧朽烂的迷宫，又仿佛是尘封多年的图书馆。孔念铎过去经历过的种种，总在不经意间闪现，没有逻辑，没有顺序。孔念铎并不知道为什么自己什么时候会回想起什么事情。他似乎对自己的大脑失去了控制力。而失去控制，是他极其害怕的一件事情。

珍妮脸上露出狐疑，"事情肯定比你说的严重。检查，做一次全身检查。"

孔念铎点头同意，"你是医生，你比我专业，你说了算。"

珍妮用左手的中指和食指夹住烟，另一只手拧开了透视器，然后一屁股坐到了智能终端旁边。"来，让我看看你脑子都在想些什么。"她命令道。

"这玩意儿又升级了吗？我的意思是说，它已经升级到能查到此时此刻我所有的想法了吗？"

"现在的技术还没有到那个地步。"

"你不是一直在研究意识读取吗？记得我去金星之前，你新加入了那个什么研究中心。"

"何建魁意识读取与移植研究中心，著名意识学家何建魁博士任组长，数十位知名学者参与，是火星上规模最大、条件最好的意识研究机构。"珍妮不无骄傲地说，"所以，我知道技术还没有进步到可以随意读取意识的地步。"

"我还以为早就可以了。"

"意识实在是太复杂了，甚至比漫天繁星还要复杂。毫不夸张地讲，我们这个大脑，就是一个内在的宇宙，其复杂程度与外在的宇宙是一个数量级的。"珍妮说，"怎么，脑子里藏着不可告人的想法？"

　　孔念铎感觉到珍妮说这话的时候盯着自己的后背，语气里有揶揄，有调侃，也有一丝好奇。"哈哈，当然，都有，谁都有自己的秘密。"

　　孔念铎缓步走到透视器边，慢慢地脱下外衣。他必须慢，因为他的脑子还停留在三十多年前那个日落迷离的晚上……孔念铎不想让任何人知道这些事情，包括珍妮。这是他的过去，他的隐私，他的不为人知的耻辱与骄傲。他努力驱赶着那些纠缠着他的往事，试图用眼前的景象，或者别的记忆也行，覆盖它们。一次，一次，又一次。在躺进透视器之前，他终于办到了，不由得暗自松了一口气。

　　"放松。"珍妮说，"我会关闭你身体的大部分功能。给我权限。"

　　孔念铎收到了珍妮的申请，命令"二号"同意。因为事关重大，他连着同意了三次，"二号"这才完全关闭，将身体属于技术内核那一部分（49%的人造组织和器官）的控制权暂时移交给了珍妮。

　　"不要紧张，例行检查而已。"

　　孔念铎想说我不紧张，却又忍住了。12岁那年，他进行了人生第一次身体修补手术。在那之后，他进行过数十次手术。到火星后，珍妮成了他的私人医生，已经十几年了。他身上的人造组织和器官，即便最初不是珍妮安装的，最终也是珍妮维护和更换的。珍妮比他还熟悉自己的那部分身体。

　　"开始了。"珍妮说。

　　双腿最先失去控制。倏忽之间，孔念铎感觉不到双腿的存在，似乎双腿凭空消失，或者从躯干上切除掉了，这是本体感知的结果。同时，眼睛却看见双腿好端端的还在，与躯干连接着。这种内外感知的差异让人既疑惑又紧张。孔念铎虽然不是第一次经历这样的感受，但他还是深吸一口气，以掩饰内心深处的惶恐。

双臂也被关闭了。接下来是腹部和胸部。所有的人造组织和器官，所有植入体内的电子与机械产品，还有这一切的中心控制系统"二号"，都被关闭了。孔念铎觉得自己就像是一只寄居蟹，长期以来寄居在别人的家里，时间久了竟有了那就是自己家的错觉。当然，一旦主人开始行动，清除外来者，他就只能乖乖地离开，没有任何抵抗的余地……

恍惚中，他飘浮起来，幽灵一般。不，就是幽灵。他惊讶地发现，自己失去了所有的躯壳（或者束缚），身体变得轻盈而无形，轻而易举地穿过透视器厚厚的壁障，飘浮到天花板上。他并不特别惊讶。他轻轻转过身，看见珍妮专注地盯着智能终端，嘴巴不由自主地翕动着，似乎在念叨着什么；看见烟头在珍妮左手上冒着最后几丝烟气，那烟气缓慢而有明晰的线条，仿佛是某种流动的固体；看见透视器里那具僵硬的躯壳，仰面朝天，有种特殊的熟悉感，然而更多的是陌生的体验。是我，又不是我。他想，为什么？

没有答案！孔念铎叹息着。

"系统重启中。"

一个声音不由分说地闯了进来。孔念铎还在疑惑，却觉得身体变得沉重，双眼刺痛。他努力睁开眼睛，一次一次又一次。终于睁开了眼睛，他发现自己不在天花板上，而是仰面躺在透视器里，各色的光在身上跳动。"二号"已经接管了他的身体，一个自检程序告诉他，他目前的身体状态良好，超过了92%的碳族。然后他才意识到，刚才自己在梦中或者幻觉中所观察到的世界，是寂静无声的，而且是黑白两色。为什么？他心中问道，刚才我变成幽灵或者鬼魂了吗？

珍妮出现在透视器上方。"可以出来了。"她说。

孔念铎坐起身。

"刚才你为什么尖叫？"

"什么？我尖叫呢？没有啊。"

"有视频记录，要不要调出来你看？"

"不必了。说检查结果。"

珍妮说："肾上腺激素……"

孔念铎直接打断了她的话，"我不要数据，我只要最后的结论。"

珍妮撇撇嘴，说："一切正常。"

"那就好。"孔念铎说着，感觉到心里的某种放松，迅速穿上了衣服，"还有好多事等着我去做。要是身体现在出什么幺蛾子，就不好了。"

"肯·诺里斯死了，这事儿你知道了吧？"珍妮说，"我担心你。金星战役后，在碳族第一发布的铁奴排行榜上，你高居榜首。"

"榜首？我该骄傲么？碳族第一不过是些只会打嘴炮的蠢货，不用管他们。能杀死我的人还没有出生。"孔念铎说，

"走了，我会按时吃药，不要担心我。老 X 还需要你照顾，对他好点儿。"

"你到底想干什么？"珍妮忽然问。

"什么？"

"你到底是站在铁族一边，还是碳族一边？"

"我不是铁奴吗？不是铁奴排行榜排行第一的铁族走狗吗？"

"我是问你的真实想法。"珍妮不无焦急地说，"你刚从金星回来，有些情况你可能还不知道。现在火星的局势，已经不允许任何人站在中间，尤其是你这样的公众人物。"

"道德与舆论绑架么？这样的事情，我已经经历了很多次。"

"在你离开火星这段时间里，尤其是金星战役结束之后，火星发生了很多事情。局势已经发生了变化，连我这样不关心时事的人都能感觉到：有些事情已经恶化到不可逆转。"

"是吗。"这不是一个疑问，只是一句感慨。孔念铎停下离开的脚步，缓缓地说："其实，我也想知道，我到底是哪一边的。这是一个巨大的谜。"

4 ....

孔念铎站在珍妮诊所门口，街面冷清，空无一人。

从地球到火星，他以为他已经逃出了往事的包围，然而并没有。当他这样想的时候，为心垒起的层层屏障就出现了裂缝，那些往事见缝插针，带着阵阵寒意，猛扑进来，痛得他无法呼吸。

孔念铎心中生出黏稠而连绵的恨意。恨的对象不是别人，正是他自己。我这是怎么啦？那个杀伐决断、从不犹疑的孔念铎上哪儿去了？我什么时候变得如此的婆婆妈妈、优柔寡断？回忆往事，在过去中纠缠，除了让自己心情更加糟糕外，有助于解决眼前的事情吗？

想到这里，孔念铎更加忧虑与焦灼。我必须走出这泥淖……

孔念铎命令"二号"拨打了一个电话，一秒之后一个深褐色皮肤、橘黄色卷发的女人出现在他的视网膜上。"芭芭拉，我回火星了。"他说，"欢呼吧。"

绰号"萨维茨卡娅女王"的芭芭拉·泰勒咧着大嘴，欢呼起来："孔大人终于回来了！真棒！我太想你了。我们都想你。"

被需要的感觉真好。孔念铎说："招呼大家，到我的大宅子狂欢。欢迎我从金星回来。你来组织。"

"杰西卡、瑞雯、多洛莉丝，一个都不能少。"

"还有阿莲、凯莉、莫欣娜。别忘了，把辛克莱两兄弟也叫上。"

"行行，保证都到。"

"给你 10 分钟的时间。"

"10 分钟？哪够？"

"那就 5 分钟。"

"好好好，你厉害，你说了算，10 分钟就 10 分钟。"芭芭拉顿了一下，似乎是想起了什么，"对了，黛西。在你离开的这段时间里，黛西找过我好几次，说她知道自己错了，她愿意为自己的无知接受惩罚。今晚要请她吗？"

后面这句话看似是无意中提起，其实是现在芭芭拉最想说的话。孔念铎没有点穿，而是爽快地说："请吧请吧。我怎么会跟一个小姑娘计较呢，你说是吧？还是一个漂亮的小姑娘。况且，我又不是什么坏人。"

"孔大人是最最最好的，最懂怜香惜玉。我让黛西做好准备。"芭芭拉咯咯咯地笑着，挂掉了电话。

黛西肯定对芭芭拉许诺了什么，不然"萨维茨卡娅女王"不会这么积极地为黛西说话。会是什么呢？孔念铎开始琢磨。一些往事也浮上心头。

黛西并不是孔念铎喜欢的类型。她有一头金色的卷发，面孔经过精心修饰，如同古希腊雕像一般，然而思想毫无深度，只会跟着周围的人一起傻乎乎地笑。至于孔念铎到底讲了一些什么，她根本不明白。很多时候，孔念铎甚至觉得她非常愚蠢。在动身去金星之前，芭芭拉组织的欢送会上，黛西没头没脑地对身边的人说："我最讨厌矮子了。"听到这句话，孔念铎心中火起，厉声问道："你刚才说什么？"换作别人，见到孔念铎突然生气，即使不知道内中缘由，也会撒个小谎，欺瞒过去，但黛西偏偏把那句话又重复了一次。孔念铎勃然大怒，将一杯鸡尾酒泼到她身上，然后在所有人诧异与惊惧并存的目光里，扬长而去。

除了孔念铎自己，没有人知道他为什么刚才还好好地和几个人在说笑，陡然间就火冒三丈，离席走人了。

一辆装饰豪华的云霄车悄无声息地驶到孔念铎身旁。这是孔念铎的专属交通工具，自动驾驶，性能极其先进。车门打开，他钻了进去。云霄车掉头，向孔念铎的大宅子驶去。

芭芭拉·泰勒穿着一身四处镂空的黑色曳地长裙，站在大宅子的拱门外迎接孔念铎。她年龄已然不小，但身体的每一部分都经过火星科技的精心调理与修饰，几乎看不到岁月留下的痕迹。脖子上拇指大的血色宝石流光溢彩，格外抢眼。比芭芭拉高半个脑袋的黛西在她侧后方立着，金色的头发很小心地扎在脑后，使得年轻的脸庞更加突出和精致。她低着眉，满脸的惶恐与不安，一副犯了错误等待长辈训斥的样子。看见孔念铎，黛西换了一张笑脸，嘴唇翕动着，轻声叫了声"孔大人"，同时伸出光光的手臂在空气中晃动两下。她今天穿了一件藕荷色的丝质短裙，上面晕染了大片粉色的荷花。她大部分肌肤裸露在外面，一对豪乳挨挨挤挤的，似乎随时会挣脱束缚，暴露在空气之中。

孔念铎冲芭芭拉笑笑，"辛苦'女王'了。"

芭芭拉也不客气，"有一个新人要介绍给你。"

一个俊俏的青年应声走出拱门。他穿着没有多少装饰的白衣和白裤，举手投足间，透露出特有的干练与自信。

"我介绍，还是你自己来？"芭芭拉问。

青年施施然走到孔念铎面前，"孔秘书长，我是于于西。方向的方，于是的于，西边的西，方于西。很高兴认识你。"

一个陌生人。孔念铎如同逡巡于荒草丛中的金钱豹，忽然伏低身子，倾听附近狮子出没的声音一般，心底陡然生出一万分的警戒之心。他一方面在量子网上检索方于西的资料，一方面握住方于西的手，对方于西说："我也很高兴啊，又有新朋友了。多一个朋友多一条路。"

方于西将自己的手从孔念铎抓握的手中坚定地抽出来，问："铁族是你的朋友吗？"

这问题突如其来，好在孔念铎并非全无准备，"是，又不是。"

"怎么讲？"

"说是，是因为铁族聘请我为客卿，给了我今时今日的地位与财富，若不视之为朋友，"孔念铎把"朋友"两个字咬得特别重，"——不就显得我太不知感恩了吗？"

"说不是呢？"

"毕竟我是人，如假包换的人。人类与铁族的重重矛盾我也不能视而不见。"这一回，孔念铎强调的是"人类"这个词。许多人已经自认"碳族"，但还是有很多人乐于把自己称为"人类"。他没有在眼前这个人身上扫描出任何人造器官和组织，于是判断他是原生主义者。"当人类与铁族发生冲突时，我站在哪一边呢？不，我哪一边都不站。我站在更高的地方，把人类和铁族都当成朋友，维持住眼前和平的局面。"他道。

"但愿如此。"方于西不知所谓地笑笑，转身，迈着方正的步子，走进拱门，消失在人群中。

刚才这段话并非无懈可击，孔念铎自己就能找到好几处可以攻击的地方。然而方于西就这么放过了？是他太无能，没有发现，还是因为……"大家都在里边等您呢。"芭芭拉说。孔念铎挺了挺身子，穿过芭芭拉和黛西中间的缝隙，走进拱门。黛西不远不近地跟着，想说什么，又忽然闭了嘴。

拱门内是一个面积超过 200 平方米的庭院，各种漂亮的植物将庭院分隔成若干部分。四处有亭子，亭子和过道都有椅子和桌子，桌子上有各种酒精饮料。男男女女三五成群，四处闲聊。这一伙人，都是土生土长的火星人，是地球移民的二代和三代。毋庸置疑，每一个人都进行过改造，体内有最先进的技术内核，体外有各式各样的智能插件。阿莲的原生头发被剃掉，毛囊被封闭，再植入如同翠鸟一般的羽毛，从不同角度看，呈现不同的色彩。辛克莱哥哥又在展示他的那一双望远镜一般的眼睛，镜筒在他眼窝里伸缩，"没有什么是我看不到的"，他总是这样说。多洛莉丝伸手去摸科瓦奇的肉翅，后者却操纵肉翅，避开她的手指，用肉翅的尖儿抚摸了她圆滚滚的脸蛋，引来一阵哄笑。

这些火星人都非常乐于被体内的技术内核监管，并视技术内核为最亲密的伙伴，给它取各种名字，更愿意与它做深入交流。可以说，他们已经把技术内核视为第二生命，甚至是比自己的生命还要宝贵的东西。

与相对固定的技术内核相比，那些外置式智能插件则数量繁多，功能各异，而且几乎每周都有新品上市，成为流行服装一样的时尚潮流。有学者称他们为"赛博格"，这是一个来自古老地球的词语。但他们更喜欢称自己为"钢族"，意思是他们本来是碳族，但现在体内有技术内核，体外有智能插件，这又算铁族特征，基本上是一半对一半吧，而铁里面加上碳，不就是"钢"吗？

走在这群火星人当中，没有任何外置式智能插件的孔念铎显得有些特别。不过大家，包括孔念铎自己，都见怪不怪了。事实上，除了珍妮和孔念铎，没有谁知道孔念铎身体的 49% 是人造组织和器官。在他的脊柱和脑壳底下，植入的叫"二号"的技术内核，已经悄悄地帮他做了很多事情。他经过了改造，用一个古老又时髦的词语讲，他已经是一个"赛博格"了，但不知道为什么，他就是不肯在人前承认。似乎一旦承认，就会发生什么天大的灾祸。

孔念铎想要找方于西，可他似乎隐身了，泯然在众人之中，哪里都没有他的踪迹。然而，当孔念铎与人笑语闲谈或者觥筹交错时，他又会出现在某个不起眼的角落，越过众人的肩膀和头顶，越过精美的花瓶和廊柱，越过汩突的喷泉和机器侍从的盘子，直直而冷冷地注视着孔念铎。那种洞悉一切的神情，让孔念铎感到如同芒刺在背。

"那个方于西，到底是干什么的？"在庭院里游走的间隙，孔念铎询问芭芭拉，"你了解他吗？"

"很棒的小伙子。"芭芭拉答道。她的词汇量并不丰富，说"棒"已经是最高等级的夸奖了，"是个保险推销员。他来找我，说他听说你有一个私人博物馆，最近刚从金星弄到了几百年前发明的一种机器，他特别想要参观。"

孔念铎不由得升起警惕之心。艾伦·图灵发明的机器在他回到火星之前，已经由周绍辉先行送回，安置在他的私人博物馆里。方于西是从哪里知道这件事的？他现在主动现身，有什么目的？

芭芭拉继续自顾自地说："他很聪明，非常会说话。老话是怎么说来着？喔，他能把每句话都说到你的心坎里去。"

"你买了他的保险？"

"您怎么知道？"

孔念铎没有回答芭芭拉的疑问，"刚才他并没有说私人博物馆的事儿。"

"我也不知道为什么。"芭芭拉替方于西辩解道，"也许是因为刚刚见面就提要求，显得太无礼了吧。"

芭芭拉的说法与孔念铎在网络上查询到的相一致，似乎没什么问题。但在方于西的窥视下，他浑身都不自在，但偏偏又说不出哪里不对劲。我以前见过这个人吗？他一遍又一遍问自己，却没有确切的答案。他心思恍惚，以至于黛西什么时候挽住他的胳膊，他都不知道。

黛西一直跟在他身后。开始有几分生硬，但半杯白酒一下肚，黛西就成了考拉（大部分火星人不知道什么是考拉，但孔念铎知道，那是地球上一种长相和习性都很奇特的动物），几乎全程挂在了孔念铎的身上。

孔念铎向不同的人群讲述在金星的见闻，并适时添加了自己的评价：飘浮在硫酸云海的天空之城（奇观，真值得去旅游一趟）；简单而老套的政治斗争（官二代与乡下小子彼此不服）；夏娃基金与猎人计划（妄想活 2 000 年的母亲大人和她的 7 个本领超凡的女儿，不得不说，狩猎者们都很漂亮，各式各样的漂亮）；逃跑的天才科学家（其实是一个地道的蠢货）；铁族舰队的覆灭（谁也无法解释当时发生了什么，偌大的一支星际舰队就那么凭空化为齑粉，消失不见了，而我也以为自己死定了）……

孔念铎并没有把全过程原原本本地讲出来。他只是把其中最为精彩的部分挑选出来，加上一些点缀，一些包装，一些标点符号，就在不同的人群那里激起了他想要的反应：或惊叹，或感怀，或嬉笑，不一而足。孔念铎对此得心应手。

走到哪里都有酒——啤酒，红酒，白酒，孔念铎来者不拒。人造胃的存在，使他想醉就醉，不想醉就不醉。今晚，他有几分想醉，就命令"二号"关闭了人造胃的酒精过滤功能。一杯啤酒顺着喉管咕嘟咕嘟下去之后，孔念铎环视四周，没有发现方于西的影子，而且，芒刺在背的感觉消失了。他走了吗？孔念铎想，心中长出了一口气，如释重负。明天，一定要好好调查一下这家伙。

黛西越来越放肆了。而他自己，觉得体内的某种液体在蠢蠢欲动，仿佛不即刻进射，就会化作炽热至极的岩浆，将他的整个身躯熔毁得一干二净。

他们离开众人，去往大宅子后面的卧室。在卧室的地毯上，黛西倾尽全力，服侍他，唤醒了他沉睡的肉体。他身体的 49% 都被人造物所取代，所幸生殖器官不包括在内。还有大脑。孔念铎提醒自己，在合金脑壳包裹与护卫之下的，是数千亿神经元组合而成的大脑——那个伴随他一路成长，记得他所有喜怒哀乐的器官。

黛西曲意承欢，尽情哼唱；只有在这个时候，他才觉得自己还是一个真正的人，而先前的烦恼被尽数遗忘。当他掐着黛西的肩膀时，他用压抑的声音，低低地吼道："不要叫我矮子。"

他既希望黛西听见，这样黛西就不会在他面前提起那个令他愤怒的词语；他又不希望黛西听见，因为这样一来，就又会多一个人知道他孔念铎心底的秘密。所以，直到最后，他也不知道自己到底是希望黛西听到还是听不到他的低吼。

事毕，孔念铎仰面躺下，而黛西枕在他的胳膊上，从侧面抱着他，犹如一只温驯的猫。他用另一只手捋了捋黛西额前的金发，问："需要我给你什么吗？"黛西半闭着眼睛，嘟囔了一句什么，似乎是"工作"，又似乎不是。孔念铎侧眼看去，黛西已经睡着了，不由得呵呵一笑。一丝慵懒在孔念铎体内升起，他任由思绪飘飞。

黛西是土生土长的火星人，这辈子去过最远的地方就是乌托邦平原。单独看的话，她的个头比孔念铎还高。这是因为黛西在火星上出生并长大，而火星的引力只有地球的38%。像黛西这样的第三代火星人，脊椎间的缝隙较大，四肢关节处的软骨组织也较少磨损，所以，无论男女，火星人的身高普遍高于地球上的同龄人。"少了引力的束缚，女人也变得骄傲而自由。"芭芭拉·泰勒经常如此宣称，她说的是女人的胸部，"火星，女人的天堂。"

火星对地球移民的第二代和第三代后裔的改造是巨大的。在他们身上，源自地球的特质逐渐淡化，有些已经消失，而火星的特质逐渐显现，并且越来越强势。如果说，第一代火星移民大多对地球抱有深深的感情，第二代还知道地球作为火星人的母星是怎么一回事，那么，对芭芭拉和黛西这样的第三代而言，地球不过是长辈嘴里的传说，一颗飘浮在遥远深空的有一些故事的石子而已。但是，某些东西在火星人身上依然存在，证明地球人与火星人的脑回路或者说运行在大脑最底层的代码是一样的。典型例子就是歧视。

孔念铎是快 40 岁的时候才从地球偷渡到火星。在土生土长的火星人看来，他的言行做派自然是不够火星的。孔念铎刚偷渡到火星那会儿，火星人总是在背地里用轻蔑的语气说"那个新来的地球佬"，有时直接省称"新来的"。对这样的叫法，孔念铎并不觉得冒犯，因为那是事实。他在意的是另一个绰号"矮子"，虽然这也是事实：火星人普遍高于地球人。他告诫自己：已经快 40 岁的人了，不该被一个很普通的绰号困扰。但他就是无法摆脱，以至于好几次，他逮着机会，狠狠地教训了哪几个背地里叫他"矮子"的家伙。

"矮子，我不是矮子。"孔念铎默默念道。那丝慵懒已经扩散到全身，扩散到所有的肉体和机器，他顺从地闭上了眼睛，让睡意淹没了自己。

5...

有什么在拍打孔念铎的脸。他闭着眼睛，思忖这拍打到底是在浑浑噩噩的梦中还是现实。拍打更加剧烈，宛如骤雨击打着干燥的地面。他终于确定，这拍打来自现实，于是，倏地睁开了眼睑。黛西跪坐在一旁，穿着藕荷色的丝质短裙，正用左手使劲儿抽打他的脸颊，见他醒来，便陡然停住。

"发生了什么事？"孔念铎问。他想坐起来，相应的组织和器官却没有执行命令，"他们呢？"

"他们都走了，各回各家。"黛西的笑容里藏着什么，"我下的命令，用你的通信系统。"

这时，孔念铎已经确认，"二号"关闭了，自己失去了对所有躯体的控制。他发出的所有指令，都仿佛发给了虚空，没有任何回应。他心底发寒，面上却要强撑着，"也好，我少做一件事。你不知道，组织一场狂欢有多么不容易。对了，黛西，记得你说过，想要一份工作。你想做什么工作，我给你安排，保证你满意。"

黛西摇了摇头，"孔大人，不要再装了。你现在全身不能动弹，是吧？你现在很害怕，是吧？你不知道发生了什么事情，是吧？这些感受，我都能体会，因为我体会过千百次。"

黛西说着，晃了晃右手攥着的匕首（也不知道之前那匕首藏在何处），"他们叫我在你沉睡的时候杀死你。不过，我有一个问题想知道答案，就唤醒了你。"

这是一个机会。孔念铎道："什么问题？"

"你为什么如此忌讳'矮子'这个词语？"

孔念铎知道自己为什么对"矮子"这么介意，甚至如黛西所言，是"忌讳"。"我出生在地球上一个叫山东的地方。那里的人以身材高大壮硕著称。一个低于平均身高的男孩出生在那里，简直就是一场灾难。所有人都嘲笑他的个子，连那些明明比他矮的女孩子也叽叽喳喳地开他的玩笑，肆无忌惮地叫他的绰号。"孔念铎一边说，一边尝试重启被关闭的"二号"。

"矮子"，不过是众多绰号中最没有杀伤力的那一个。"矮冬瓜""武大郎九世""三寸钉""树桩""板凳""中子星生物""小不点儿"，都曾经是孔念铎的绰号。事实上，他并不算特别矮，来到山东之外的地方，他发现他比很多外地人都高，但这丝毫改变不了他在山东被叫作"矮子"。

"谁叫你出生在山东呢？"当小念铎抱怨自己受到歧视时，母亲这样说着，给小念铎的碗里夹了好些菜，"吃吧，吃吧，多吃点儿就能长高了。"他已经吃饱了，但还是按照母亲的吩咐，强行把那些菜吞下肚子。有好多次，他都觉得自己要吐出来了——胃里被填得满满当当，拥挤不堪的食物们想要从里面争先恐后地逃出来。有一次，他没有忍住，真的吐了出来，因为那次吃的是苦瓜，他特别讨厌的一种蔬菜，而母亲认为苦瓜营养丰富，还有很高的药用价值。然后，他知道了吐出来的后果，不但有母亲严厉的斥责（说他是故意吐的，没有良心，辜负了父母的好意），还有父亲从不客气的拳脚（不是为了他的呕吐，而是认为他以"呕吐"这种的方式，刻意与父母对抗）。

最先发现小念铎"矮"的人正是他的母亲。大约 10 岁的时候，小念铎和他的好友赵俊轩站起一起，母亲忽然伸手摸了摸两个人的脑袋，诧异地说："念铎，你怎么比小赵矮呀？"小念铎还没有明白过来，小赵就咧开嘴笑道："你是个矮子。"

小念铎不满意了，"就比你矮一点点，顶多两厘米。"小赵比画了一下，说："矮两厘米也是矮啊。"小孔念铎还想辩驳，却看见母亲满脸愁容与怒意地望着自己，似乎自己刚刚做了什么天大的坏事。

小念铎无数次量过，与之前相比，自己确实长高了，然而与同龄人相比，他还长得不够高。低于平均水平就是一种错误，一种缺陷，一种罪过。母亲的斥责越来越多，而父亲的目光在阴郁与愤怒之间徘徊。父亲身高一米九，母亲也不矮，为什么偏偏生出的儿子那么"矮"呢？小孔念铎被送到医院做各种检查，在父亲的监督下进行各种有助于长高的运动，母亲则变成了半个医生，只要听说什么药方或者什么食物有助于长高，就统统找来，监督他服下。直到有一天他因为药物中毒，上吐下泻，在医院里躺了三天，母亲才消停了一段时间。不过，几个月之后，长高实验又开始了……

孔念铎将往事娓娓道来的同时，一再试图重启"二号"。但除了一次次失望，没有任何结果。"二号"已经死掉。他有几分遗憾，遗憾于给"二号"的身体控制权限太多了。虽然他一直小心翼翼，尽可能地限制"二号"的使用范围。

"停。"黛西忽然说，"我不想听了。童年阴影，谁没有几个童年阴影啊？我杀了你，也没有打算继续往下活。等我死了，警察来查，也会发现我的童年阴影堪比奥林匹斯山①。然后他们就可以愉快地结案了。"

---

①火星表面最高的火山，也是太阳系中已知最大的火山，平均高度可达 25 千米。

"给我说说你的童年阴影，我想听。"

"可我不想说。"黛西微微摇头，道，"有人告诉过你吗，孔大人？你说话真啰唆。听你啰唆这些，不过是因为我想让你尝尝绝望中有了希望却又被人强行掐灭的感受。我知道，这滋味不好受，尤其是对你这样习惯高高在上的大人物来讲。"

"你到底为谁办事？"

"呵，不要再挣扎了，技术内核的超驰开关在我这里，四级密钥我也修改过了，只有我才知道怎样才能重启你那死去的一半身体。49% 的身体被人造组织和器官所取代，我没有说错吧？奇怪，只看外表，还以为你是原生态主义者，体内没有任何的智能机器呢。但为什么是 49% 呢？难道超过 50% 你就不是碳族而是铁族了？"

"你怎么知道那数据？"

"呵，我不告诉你。我就是要让你死得稀里糊涂。"黛西转而又道，"你身边的每一个人，每一台机器，每一片晶体都可能出卖你，慢慢去怀疑吧，你这个铁奴。"

"你是碳族第一的人？"

黛西没有回答孔念铎的疑问，自顾自地说："孔念铎，我以碳族的名义，代表在历次碳铁之战中死于铁族之手的无数碳族，判你这个不知悔改的铁奴死刑，立即执行。"

黛西举起手中的匕首，刺向地毯上不能动弹的孔念铎。她此前一定练习过，每一下都成功地避开了机械的部分，刺中肉体所在的地方。机械部分不是没有痛感，只是痛感没有肉体部分来得清晰与猛烈。连刺三下，肩、胸、颈各一下，孔念铎疼得直咧嘴，而对方的目的显然是让他死得更加痛苦。所以，刺第四下的时候，孔念铎忍不住哀号起来。

这哀号使黛西暂时停下来，脸上露出害怕的神色。孔念铎意识到她并非久经战阵的杀手，最多是受人指使，临时充当杀手的角色，于是哀号得更加厉害。"想想你弟弟，"哀号的间隙，他抓紧时间说，"你死了谁照顾你弟弟比尔博。"

谁知，这话刚出口，黛西的脸色一下子变得决绝，手中的匕首高高举起，重重落下，带着浓浓的恨意，深深地扎进了孔念铎的身体。鲜血与碎肉四溅，如同骤然喷发的地热喷泉。孔念铎觉得这一次恐怕在劫难逃，心底有个声音劝他放弃挣扎，顺从命运的安排：你就该死在这里，死在黛西的手里，实际上，你早就死了，33年前就死了。但另一个声音又要求他不要放弃：还有很重要的事情没有完成，甚至可以说才刚刚开始，那个计划……

"住手，黛西。"一个低沉有力的声音。听到这话，黛西顿时呆住，手中握紧了匕首，抬眼盲目地四处张望。那人从卧室外面走进来，是方于西。他走到黛西的跟前，在黛西反抗之前，伸手拿走她手中的匕首。"你不应该成为杀人犯。你可以有其他选择。相信我。回家去吧。"他说，语气非常有说服力。

黛西耸动着肩膀，双手掩面，不停地啜泣。旋即起身，往卧室之外飞奔而去。在她的肢体和裙裾上，还留有孔念铎的血和肉。

方于西用食指试了试匕首的刃口，说："接下来我该怎么办？杀了你，还是把你送进医院，孔大人？"

"你不会杀我的。"孔念铎说得很笃定，"如果你真想杀我，只需作壁上观，看着黛西杀死我就好。然而你没有，你出手救了我。"

"身中十几刀，血流不止，还能谈笑自如，孔大人不愧是孔大人。"方于西说，"你姓孔，又出生在山东。祖上可有一位万古流芳的历史名人？"

"不是一位，而是有数十位。然而，那已经是几千年前的人和事，于我并无半分加持。"孔念铎说，"我现在拥有的一切，都是自己我千辛万苦打拼出来的。"

"所以，你并不想死？"

这是一个陷阱。孔念铎斟酌着字句："不想现在死。"

听到孔念铎这样说，方于西忽然笑了，笑得非常骄傲。某个决断在他心底已经做出。"说吧，想去哪家医院？"他说，"你家里的救治设备肯定无法处理你现在的伤情。"

不久，三名穿着动力外骨骼的急救医生携带着好几种野外急救设备冲进屋来。在他们身后，跟着一辆全自动急救车。那急救车看上去像带舱盖的浴缸，底盘很低，车身可以弯折和变形，有三个轮子和六条蜘蛛一样的腿，可以快速抵达火星的任何一个角落。进屋后，急救医生各司其职。一名急救医生用设备检查了孔念铎的伤情，另一名给孔念铎抹上半透明的止血药膏，还有一名向方于西询问伤者是怎么受的伤。

在把孔念铎抬上急救车的同时，救护组的负责人和医院通了电话，"通知急救科，一级伤情。伤员身份特殊，按照最高标准准备手术。伤员在 5 分钟内送到。嗯，对，今天是杨主任主刀，通知他。"

透过急救车舱盖上的观察窗，孔念铎感激地冲方于西笑了笑，对方似乎回以微笑，又似乎没有。全身的剧痛让他的意识变得特别，有些感受异常清晰，另一些景象却变得模糊。他闭上疲惫的眼睛，再睁开时发现自己已经置身于医院急救室门前。救护组的负责人正听一位白发苍苍的老医生说话，"杨主任临时有事，我来顶替他。"负责人点头说道："胡医生，你行医几十年了，救人无数，你的医术我还信不过吗。"

胡医生穿着淡蓝色的全身手术服，走到急救车旁边，手动开启舱盖，俯身看向伤员。"伤得不轻啊。"他的眼神有几分岁月碾压而过的疲倦，"你就是孔念铎？铁族联络处秘书长兼铁族客卿？"

孔念铎勉力点点头。

胡医生原本疲倦的眼神忽然变得凌厉，嘴里清楚地吐出几个字来。孔念铎一生中经历过无数惊愕时刻，但之前经历过的，都比不上在医院急救室门前这一刻。刹那间，往事如决堤的洪水，澎湃而至，那些在地球上意气风发的日子，那些掷地有声的誓言，还有在加拉帕戈斯群岛最后的岁月，将他完全淹没。以至于当胡医生翻动手腕，闪亮的手术刀以一道标准的弧线划向他的喉咙时，他毫无反应。

如果不是方于西出手，孔念铎已经死了。在手术刀划向孔念铎喉咙的同时，一只手从斜刺里闪电般地弹出，拇指与食指牢牢地捏住了手术刀的刀身，让那刀在孔念铎喉咙前一毫米的地方稳稳地停住。

胡医生略一诧异，使劲儿收刀。但方于西两指用力，没让他得逞。等他再次尽力夺刀时，方于西已经将手术刀从中间折断。胡医生夺回去的，只是一个刀柄。断掉的刀刃跌落在孔念铎胸前，清晰地发出几声当啷的脆响。

胡医生的眼神变得惶恐，嘴里着魔地念叨着一句话。这句话孔念铎肯定在哪里听过，但他的意识在那一刻模糊了一下，使他没有听清胡医生到底说了什么。

附近的一个护士终于明白眼前发生的事情，叫出声来。失去了武器的胡医生突然变得癫狂，狼人一般向着孔念铎扑过去。大张的双臂，裂开的虎口，再明白不过地说明了他的企图。方于西再次出手，只一拳，打在胡医生的胸腹之间。孔念铎躺在平板车上，透过方于西手臂与身体的空隙，看见胡医生如没了支撑的稻草人一般，斜斜地、软软地瘫倒在地，心里充满对方于西的感激。

不。一个念头凭着巨大的惯性强行跳进孔念铎的脑子。我不能相信任何人。方于西与黛西很可能是一伙的，一明一暗，互为掩护，互为补充。在大宅子的时候，孔念铎的所有注意力都被方于西吸引去了，完全忽视了黛西的异常。现在回想起来，未经专业训练的黛西，在进卧室之前，其实露出了诸多马脚，但孔念铎都视而不见。

孔念铎暗骂自己愚蠢，思路更加清晰。

这是一次精心策划的连续暗杀。在大宅子的卧室里，黛西向他举起了匕首，只是这场暗杀的开端。如果黛西失手，潜藏在医院里的胡医生就会进行第二步：以救人的名义杀死他。如果胡医生也失败了，那么已经取得了他的信任的方于西，将展开第三步……但此时揭穿他的真面目显然是愚蠢的行为。于是他说："这个人太着急了，如果进了手术室再动手，我就死定了。你一直在后面跟着吗？谢谢，第二次救了我。"

"想要杀你的人很多啊。"方于西说。

"说了太多真话，难免得罪一些人。"孔念铎说，"你这么厉害，我打算聘你做私人保镖。"

方于西咧开嘴，粲然一笑，"不，没时间，我还有很多事情要做。"

"给你十倍于平均工资的价钱。"孔念铎努力扮演一个坏人，"或者你要别的什么？"

方于西没有回答，踱步离开。

"怎么，你打算把我扔这儿？"

"不然还能怎么样？我又不是医生。"方于西补充道，"你那一身的伤，需要一位医术精湛、同时又与你无冤无仇的医生。"

孔念铎暗自欣慰。就在这时，某种震动传来。他正在分辨这震动来自何方，就听见一连串惊天动地的巨响——他曾经对这样的巨响非常熟悉——数个炸弹就在附近炸响，将这里变成地狱一般的战场。

在死亡的恐惧将他淹没以前，他眼前一黑，彻底失去了意识。

6...

苏醒比昏迷困难得多。昏迷只需闭上眼睛；而苏醒，需要多次睁开眼睛，更需要惊人的毅力与勇气。孔念铎记不清楚自己这是第几次苏醒。在睁开眼睛之前，他依稀记得自己短暂地苏醒过好几次，但其间他做过些什么，却如同早间的露水，被刚升起的太阳蒸发得干干净净。

在真正睁开眼睛之前，孔念铎就注意到视网膜上有蛛网一般的白色线条闪过，那是"二号"的启动画面。这让他安心地睁开了眼睛。一睁眼就看见了方于西。方于西面无表情，很难判断方于西此刻的心情是欣慰，还是遗憾。孔念铎快速扫视了一下这间病房，有种熟悉的感觉，不由得润润干涩的喉咙，问道："这，这是哪里？"

"珍妮诊所。"

"我昏迷了多久？"在方于西回答之前，"二号"已经告诉了孔念铎答案。但孔念铎还是耐心地等待方于西的回答。

"两天。"方于西淡淡地说，"急救医院发生了爆炸，你再次受伤，我只好把你送到这边来。除了珍妮医生，我不知道你还能相信谁。"

孔念铎挣扎着想要起身反驳，却找不到充足的理由，乃至一个可以说出去的借口，于是躺下，转而问道："你到底是什么人？为谁工作？"

方于西说："我是碳族事务部的特别调查员。"

"你是一个安德罗丁？"孔念铎喘息了几下，之前所有不解之谜都有了答案。碳族事务部是铁族设立的机构，专门处理铁族与碳族之间的诸般事宜，而安德罗丁是完全拟人化的铁族成员。这种模拟，经过数十年的发展，已经发展到细胞水平，非顶级专业仪器无法鉴定出安德罗丁与普通人类的区别。

"关于金星，你还有什么要说的吗？"方于西问，用眼睛看着孔念铎，期待他的回答。

孔念铎回望方于西。方于西文静、秀气，薄薄的嘴唇，透着浓浓的书卷气息。很难把这样一个人与铁族调查员联系起来，但孔念铎想不到别的可能。他从容地说："在动身回火星之前，我就已经把在金星上发生的一切写进了报告。从金星联合阵线的诞生，到铁红樱的二次出生；从铁良弼的逃跑，到莉莉娅·沃米的结局；从图桑·杰罗姆化身雷金纳德·坦博，到安全部长塞克斯瓦莱·托基奥的死亡；从狩猎者舰队使用死亡哨音，到铁族舰队的覆灭。这一切的一切，我都写在报告里。那份报告，在我启程回火星之前，就已经提交给了碳族事务部。报告之外，关于金星，我没有别的可以补充的了。"

对这个例行公事般的回答，方于西似乎并不满意，沉默片刻，又问道："那你是内卷派，还是外扩派？"

这问看似风轻云淡，信口而出，孔念铎却心下大骇。

表面上看，经由"灵犀系统"，5亿钢铁狼人组成了牢不可破的铁族。无线电波将他们链接在一起，实时共享一切。一头钢铁狼人，既可以看成是一个独立的实体，也可以看成是铁族之网的一个节点。钢铁狼人的智慧基础是纳米脑，但现在，他们的大脑已经升级为阿米级，这意味着组成他们大脑的颗粒小于 0.000 000 000 000 000 1 厘米。无论是记忆能力、运算速度、运行带宽，还是能耗比、存储量，抑或者是想象力、好奇心、自由意志等方面，都远超人类个体，而"灵犀系统"的存在，使链接在一起的钢铁狼人，非常轻松地实现了"1+1 > 10"的效果。群集型智慧文明从钢铁狼人链接在一起的那一刻就自发涌现出来。到今天，还不承认铁族是拥有与碳族不一样的智慧与文明的人，肯定是不可救药的蠢货。

然而，与铁族有过数十年交往的孔念铎知道，铁族内部也有严重的分歧。比如，对于铁族要追求什么样的未来，就分成外扩派与内卷派，两派争议激烈，谁也无法说服谁……现在的关键是，孔念铎要如何回答，才符合方于西这位"安德罗丁"的预期跟利益追求。一旦答错，以此时此刻的情况来看，后果必然非常严重。

"不要犹豫，直接回答。"方于西紧盯着孔念铎。

"我是内卷派。我是内卷的坚定支持者。我在客卿会议上，反复宣传内卷的好处。从某种程度上讲，我是客卿中内卷派的领袖。"

"内卷对你有什么好处？"

"好处太多了。最大的好处是，我可以跟着内卷。你知道吗，我的人生理想就是把意识上传到虚拟宇宙里，由此获得永生。"

"老狐狸。"方于西不置可否地笑笑，说，"我会保护你，暗中保护你，直到你参加下一次客卿会议。还记得吗，你是这一届客卿会议的召集人。"

孔念铎点头称是，同时暗地里长吁了一口气。看来，赌方于西是铁族内卷派赌对了。在方于西表态之前，甚至在方于西表态之后，他都不敢百分之百肯定，方于西是属于哪一派的。怀疑一切，是孔念铎能活到现在的重要原因。

方于西又道："说说你对这次暗杀的看法。"

孔念铎说："这次暗杀非常拙劣，不像是真正的暗杀，倒更像是一种警告。黛西不是职业杀手，只是临时起意，甚至可能是被人诱骗和利用。"

"这种可能性是有的。"方于西说，"不过，也可能是一种宣示，表明一种姿态，一种根本性的转变。"

从总体上讲，火星碳族主张与铁族合作，争取双赢。在开发宇宙方面，铁族对碳族的帮助是不可代替的。如果不能合作，至少也要和平共处，不必刀兵相见。然而，在火星政府以宽容出名的政治治理下，许多反对铁族的思想和组织也得以生存。其中，比较出名、影响也较大的组织叫作"碳族第一"。顾名思义，碳族第一是由人类至上主义者组成，主张消灭一切铁族，以维护碳族智能与文明的唯一性。碳族第一将心甘情愿为铁族办事的碳族称为"铁奴"，还列了一张长长的铁奴通缉令。

孔念铎见过碳族第一的铁奴通缉令，除了罪名和简短资料之外，每个铁奴的头像都被处理成了黑白，脖子上还有明显的绞索。这是一件非常可笑的事情。仿佛通缉令上的铁奴就会因此受到良心的谴责，不再为铁族办事；或者受到不可描述的诅咒，突然之间就死掉了。与弥勒会不同，事实上碳族第一在成立之后，除了按月发布铁奴通缉令之外，并没有什么实质性的行动。当然，碳族第一开会时群情激昂，用言语大肆讨伐铁奴以及各种人类"跪舔"智能机器的行为也是有的，但碳族第一真没有采取什么行动来践行他们的主张。

那么，这一次对孔念铎的暗杀，是个案，还是代表碳族第一整个组织的转变？甚至是火星反铁族势力的整体转变？"事实如何，恐怕还得调查一番才能知道。"孔念铎说，"我知道，因为狩猎者在金星全歼了铁族舰队，这给了某些组织虚妄的信心，以为他们也能办到。"

"黛西的事好理解，但胡医生的行为难以解释。他已经在爆炸中死了。我查过胡医生的背景，他与碳族第一没有任何交集。你认识他吗？"

"不，我从来没有见过他，我不认识他。"孔念铎毫不犹豫地否定。

方于西思忖片刻，问道："你打算什么时候召开铁族客卿会议？"

"不知道。"孔念铎解释说，"看我的伤什么时候能好。"

"这得问你的珍妮医生。"

孔念铎很想反驳，话到嘴边，又一次把反驳吞回了肚子。

方于西说他要进一步调查后便离开了，随后珍妮叼着一支细长的烟进来。随着她嘴唇的嗡动，淡蓝色的烟气从她的口鼻处袅袅升起，飘过她金色的卷发，然后消失在空气里。

"这里有病人。"孔念铎抗议道。

"那又怎么样？不是还有一口气在，没有死嘛。"珍妮满不在乎地说，"匕首没有刺死你，炸弹没有炸死你，一口烟是能把你呛死，还是能把你烧死？"

"我迟早会被你气死。"孔念铎说。这话哪里像什么五十多岁的秘书长说的话？简直就像十一二岁正在撒娇的孩子。孔念铎意识到，也只有在珍妮身边，他才能孩童般撒一下娇。

珍妮把烟夹在指端，对孔念铎说："还是说说你的伤吧。不管原因是什么，你的身体又需要更换大量的人造组织和器官。恭喜你，往铁族的方向又前进了几十步。"

"现在的比例是多少？"

"77%。"

"这么多？上次才49%！"

"事实如此。这次你受的伤太重，不进行大量的组织和器官置换，根本不可能救活你。"珍妮耸耸肩，"所以，感谢我吧。

"感谢亲爱的珍妮。"看着珍妮露出欣慰的笑容，孔念铎又刻意补充了一句，"更感谢现代医学技术。"

在珍妮诊所的培养室里，孔念铎拥有一个专门的培养柜。这台价值不菲的培养柜集基因遗传技术与立体打印技术于一身，孔念铎的所有基因信息早就传到培养柜的主控电脑，只需要摁一个键，它就可以打印出除了大脑之外的任何人体组织和器官，比如心脏、胃、肝脏、肾，花费的时间不超过24小时。

因为是用孔念铎自己的干细胞作为基础材料，所以打印出来的组织和器官移植到他身上，不会有任何的排异反应。

"现在身体置换手术这么普遍，我肯定不是第一个身体的 77% 被人造组织和器官替代的人。"孔念铎说。

"当然不是。"

"有 100% 置换的例子了吗？"

"目前还没有。"

"我以为早就有了。"

"问题主要在这里。"珍妮指了指自己的脑袋，"目前还没有什么技术能把一个人的意识完整地上传到阿米芯片里，还不会对这个人的意识造成损伤。"

"我们不是都在火星了吗？哦，金星的硫酸云海上也有 3 000 万人的城市了，土星和木星也有规模不小的定居点了，甚至天王星和海王星也有长期科考站了。"

"两码事，不能混为一谈。"珍妮说，"一百多年的意识读取与移植研究，数十万人参与，投资数百亿，数以千计的实验，均以失败告终，无一例外。"

"为什么会这样？"

珍妮说："在无数的想象中，将意识从身体中抽取出来，是非常简单、非常容易的事情。并且能对脱离了身体的意识进行各种形式的加工，复制、粘贴、删减、插入、替换、剪切、拼合，就像处理一段文字。然而，这真的只是想象，意识真的极其复杂。"珍妮叹了口气，继续说："正因为意识的复杂性，使得意识上传的研究从理论到实践，失败了一次又一次。

在这些失败之中，爆发出一系列耸人听闻的丑闻和骗局。数万人倾家荡产，只为能够把意识上传到电脑空间里，获得所谓的数字永生。数十人在非法的意识上传实验中因大脑受损而疯掉，甚至直接死掉。在地球同盟时期，科技伦理管理局曾经下令，严禁一切形式的意识上传研究。在很长一段时间里，意识读取与移植技术和永动机、瞬间传送器一起，并列为史上三大不可能造出的幻想机器，被牢牢地钉在了历史的耻辱柱上。

"有很多事情，想起来容易，做起来很难，很难很难。跟一百多年前相比，如今我们已经对大脑有了更深的了解，也清楚大脑各部分是如何连接的，又是怎样给身体发出指令的。尽管如此，对大脑的认识还是很粗浅——我们甚至还没有弄清楚'自我'到底是由什么组成的。'自我'的核心是什么，边缘又在哪里。"

珍妮喷出一大口烟，"何建魁博士告诉我们，其实我们不需要知道自我意识的定义，一样可以完成自我意识的读取和移植。我们过于纠结定义了。"

孔念铎插话道："我查了一下，这个何建魁似乎名声不怎么好。最近才因为学术不端，抄袭谁谁谁的论文，非法使用未授权专利，被科技伦理管理局警告并罚款。"

"这事儿我知道。"珍妮说，"我相信何建魁博士是被冤枉的。正如何建魁博士所说，不遭人嫉恨的人，不是天才。我还相信，我们的研究离成功已经很近了，也许只是一步之遥。扯远了，我只想知道，你的身体不断被人造组织和器官所替代，你害不害怕？"

孔念铎沉默片刻，说："想知道我第一次做身体改造手术的感受吗？"

7...

对于父母急于让他长高这件事情，小念铎并不十分理解。个子矮一点儿有什么可怕？我又不傻！不但不傻，而且比大多数人都聪明。他一直为自己有一颗聪明的脑袋而骄傲，向来乐于甚至热衷于向众人证明这一点。但换来的，不是同学的景仰与敬佩，而是无端的敌视。当时他并不明白为什么会这样。很久以后他才理解：没有人喜欢比自己聪明的人。于是，他的聪明被忽略了，他的矮被强化了，他遭遇了更多的谩骂与歧视。对于这一切，小念铎并不十分理解，不理解身高为什么这样重要，不理解身边的人为什么都火急火燎地想要长得更高。顺其自然不是更好吗？他查过资料了，长高的黄金时期——也就是所谓的青春期——有早有晚，于是他一边抵挡来自各方面的压力，一边暗自期待属于自己的黄金时期早一点儿到来。

12岁那年发生的一件事情，彻底改变了小念铎的想法。当时，学生的一周是这样安排的：在公立学校集中学习两天（据说主要是培养孩子的集体精神与集体活动的能力），在社区学校分散学习两天（由各个社区挑选不同职业的人充任老师，通常几周就会换一个，美其名曰接触生活，在生活中学习），剩下的三天在量子寰球网上自学（显然，这是孩子们最喜欢的上课方式，然而，效果如何，孩子们自己心中最清楚了）。有一天，社区学校提前放学——这是常有的事儿，因为社区学校的老师都不是专职老师，他们既不像公立学校的老师那样专业，也不像公立学校的老师那样尽责——小念铎和小赵并排走在前面，同班的几个女生叽叽喳喳走在后面。忽然，一个姓雷的女生猛跑几步，追了上来。"听说你喜欢我？"那个叫雷雨的女生瞪着小孔念铎，似乎想把他吃掉。他涨红了脸，想要说什么，却舌头僵硬，什么也没有说出口。时隔多年，孔念铎都能感受到当时自己的意外、尴尬，还有无限的屈辱。雷雨接着说："不准你喜欢我，你这个矮子。"说完，她嗒嗒嗒地跑回后边的女生队伍之中。那边陆续飘来"矮冬瓜""树桩子""小板凳""矮骡子""武大郎九世"等词语。小念铎知道她们在玩游戏。然而，问题在于，他真的喜欢雷雨。这是他的秘密。

小赵伸出手臂，搂住他的肩膀，姿势十分夸张。"不准你喜欢我，你这个矮子。"他模仿着雷雨的腔调，然后放肆地大笑，笑得眼泪都出来了。他是小念铎唯一的朋友，小念铎的秘密，他知道得一清二楚。同样，对于怎样以开玩笑为名在小念铎的伤口上撒盐，使对方更为难受，他也是轻车熟路。

当天晚上，小念铎向父母提出，要去做增高手术。对小孔念铎的提议，母亲很高兴，念叨着"念铎终于懂事了"之类的话，父亲也很兴奋，因为展示他本事的时候到了。美容中心规定，增高手术必须是年满18岁的成人才能进行，而小念铎只有12岁。父亲上下打点，最终以"车祸造成双下肢粉碎性骨折需要进行双下肢塑形"的名义，把 12 岁的小念铎送进了美容中心的手术室。很久以后，小念铎都还记得那个时候父亲脸上的骄傲神情，"瞧，我办成了别人办不到的事！我本事大吧！"

通俗地讲，人高，腿就不会短。增高手术就是以膝盖为中心，将膝盖两端的骨头和肌肉连同里边的血管和神经敲碎，再插入事先准备好的人工合成肢体（有 5 厘米、10 厘米、15 厘米、20 厘米 4 种长度可以选），与原来的腿连接在一起。等插入部分与身体长成一块儿了，人也就长高了。为使身体看上去协调，两条手臂和脖子的长度也会做相应的调整。用广告上的话来讲："一次手术，终身受益"。当然，广告与事实的差距有多大，需要小念铎用一生来查找。

具体要增加多少呢？考虑到小念铎才 12 岁，还处于青春期中，身体还会继续发育，美容师建议增高 5 厘米，而父亲觉得，既然"要挨上一刀，只增加 5 厘米就太亏了，至少 10 厘米吧。越高越好，不是吗"。当时，不管是 5 厘米，还是 10 厘米，小念铎都没有什么概念，只能任由父亲做主。于是，父亲就愉快地做出了决定。

手术 3 小时，术后恢复两周。当小念铎第一次重新使用双腿直立行走时，他因为忽然增加的高度，整个世界呈现出一种强烈的不真实感，差点一个趔趄摔倒在地上。700 万年前，森林古猿从树上下来，第一次尝试只用后肢行走，大概也会是同样的感受吧，他不无嘲笑地想。美容师对他和他的父亲说："手术非常成功，比别的手术好得多。现代科技，就是发达。"父亲搓着手回答："对，对。"

　　然后是在康复中心进行两周的恢复性训练。这训练看似简单，却可以用艰苦卓绝来形容。奇怪的是，事先并没有人告诉小念铎，有恢复性训练这个东西的存在。所幸，小念铎意志还比较坚定。聪明的脑袋之外，他也一直认为自己有着坚韧不拔的优秀品质。那么眼前这个恢复性训练不过是又一个考验意志的机会，他这样想着，像个 1 岁小孩一样，在运动器械上蹒跚而行。

　　总之，经过一番前所未有的折腾之后，小念铎离开美容中心，回到家里，继续上学。到学校的时候，小赵率先来迎接，照例是夸张的表情与动作，"啊，武大郎九世，你真的长高啦！稀罕，稀罕！我都要跳起来才能打到你的肩膀了！"小念铎很高兴，看着以前需要仰望，现在却需要低头才能看见的小赵的额头，满意地笑了笑。在美容中心吃的那些苦总算没有白吃，他想。

　　小赵凑近小念铎，神神秘秘地说："在你离开学校的这段时间里，班上发生了很多事情。有好消息，也有坏消息。你想先听哪一个？"

　　"坏消息。"

　　"雷雨走了，全家移民火星。"

　　这消息犹如晴天霹雳，小念铎张张嘴，嗫嚅道："这不可能！"

　　小赵自顾自地往下说："好消息也是雷雨走了，全家移民火星，永远不会回地球了。哈哈哈，够意外吧。"

12 岁的孔念铎在小赵离开之后，在原地僵立了很久。那是他第一次见识命运促狭诡异、难以捉摸的面容。

事情并没有就此结束。身高"暴涨"了 10 厘米之后，"矮冬瓜""武大郎九世""三寸钉""中子星生物""小不点儿"等绰号烟消云散了，不过新的绰号又开始在同学们嘴边滋生流传："高人""牙签""揠苗助长""中子星弃儿""变种武大郎""弗兰肯斯坦"，诸如此类。对于最后一个，小念铎曾经告诉过同学们，弗兰肯斯坦是那个教授的名字，不是指那个怪物，但同学们说："我们就是说你是教授啊，你这么聪明，将来肯定要去制造怪物。"小念铎也就无话可说了，就像以前个子矮小的时候一样。

就绰号一事，小念铎曾经向公立学校的老师寻求帮助。老师对他说："凡事多从自身找原因。为什么他们会给你取绰号而不是别人？每个人或多或少都有绰号，为什么你会特别苦恼？你有没有想过，发生这一切的最根本性的原因是什么？"没有哪一个问题小念铎能够回答，只能在老师的批评声里，悻悻然地离开。

8...

手术非常成功。手术前后，非常多的人打来电话表示慰问，其中一部分想要到医院来探望，被孔念铎一口拒绝。真心也好，假意也罢，孔念铎不希望任何人看到他躺在病床上的样子。火星机动部队副司令桑切斯中将建议他调配一支海盗旗特种部队来做护卫工作，也被他以有铁族的特别调查员为借口拒绝了。实际上，方于西离开后就再没有现过身。

在孔念铎昏迷及手术期间，发生了很多事情。医院的爆炸造成 34 个人的死亡，其中大部分是医生和护士。目前还没有组织声称对这起爆炸负责。警方对胡先明医生的调查没有任何新的进展。胡医生 28 年前作为技术移民从地球来到火星，一直勤勤恳恳，在同事眼里，是一个踏实肯干又技术精湛的好医生。谁也不知道他为什么突然之间就对孔念铎起了杀心。

周绍辉按照事先的计划已经出发了，去奥尔特云，太阳系最边缘的地方。以"追击赛德娜号"的速度，抵达奥尔特云是很多年后的事情了。没有举行任何送行仪式，周绍辉向着镜头挥挥手，表情一如既往地平静，很难看出这是他一生追求的时刻。他转身，进入"追击赛德娜号"。不久，飞船脱离在火星同步轨道，调整方向，向着遥远、寒冷与黑暗，向着未知的太阳系边缘驶去。这是一次秘密行动，本身的知情人就极少，孔念铎费了很多心思，抹去了与"追击塞德娜号"有关的一切痕迹。

修复手术后第四天，孔念铎迫不及待地对珍妮说："跟我去找一个人。"珍妮一再追问，孔念铎都说到时候你就知道了。他唤来云霄车，对云霄车说了要去的地方，然后云霄车开始在萨维茨卡娅的交通要道上一路奔驰，这座城市的各个区域也就次第展现在他们眼前。

萨维茨卡娅位于火星赤道 2 度纬线上，最初是依托一个叫作"奋进号"的陨石坑进行建设。当时以为这个直径 22 千米的陨石坑就够居住了，人们担心的是，城市建好了，会不会因无人居住而成为鬼城。谁知道，人们从地球迁往火星的热情超出了所有人的预期（有人说那是由于铁族的威胁，也有人说是因为改变生活的渴望），经过数十年如一日的大迁徙运动（如果仔细划分，可以分为好几个阶段），就像其他的火星城市一样，萨维茨卡娅迅速膨胀，如同饕餮巨兽一般，向着地面、地下和天空扩张，最终长成如今这副一半在地下、一半在地上的模样。至于"奋进号"陨石坑，只在城市东北角，还有一点儿微末的残存。

他们要去的地方就在原先"奋进号"陨石坑所在的位置。这里是萨维茨卡娅最早开发的地方，但现在，这里是萨维茨卡娅最原始、落后与破败的地方。从繁华过渡到荒芜，只是几座桥的距离。

看着那些坍塌、堆叠、朽坏的建筑群，孔念铎目瞪口呆。"这就是贫民窟？"他问。

"你没有来过吗？"珍妮反问，"它还有一个名字，叫'铁锈地带'。"

"我知道'铁锈地带'，但我不知道它长这个样子。"孔念铎说。

云霄车在一条狭窄的巷子前停下。一群无所事事的小孩子围过来，对着云霄车啧啧赞叹。孔念铎下车，向孩子们打听黛西的住处。这引来一阵莫名的哄笑。在拿出一盒甜品后，一个孩子说出了黛西的住址。"可惜你们来晚了。"孩子们哄笑着跑开，躲到某个地方去分享甜品了。

孔念铎和珍妮走进曲曲折折的小巷，最终找到那个孩子所说的地址。敲门，没有人来开门。又敲了好几下，才听见一个介于稚嫩与成熟之间的声音骂骂咧咧地回应。良久，门开了，一个十一二岁少年摇摇晃晃地出现在他们面前。

"你是黛西的弟弟，比尔博·贝茨？"孔念铎问

少年斜倚在门框上，浑身散发着松松垮垮的痞气。"来找我姐？"他说，声音轻佻而拖沓，"你们来晚了。早几天来还可以一睹她的盛世容颜。盛世容颜，嗯，他们都这么形容。希腊雕塑一般的美。每个男人都想上她，一亲芳泽。"

"黛西·贝茨去哪里了？"珍妮问。

"她被条子抓走了。该死的，世上就不该有条子。"比尔博摇晃着手臂，幅度非常大。

他的身高已经接近他姐姐——也就是说比孔念铎高一点点儿。只是身体其他部位的发育没有跟上，细胳膊细腿，加上细长的脖子，使他看上去像一只怪兮兮的蜘蛛猴。说他怪，是因为蜘蛛猴以身手敏捷著称，而他动作拖泥带水不说，还一摇三晃，仿佛患有震颤症一般。

"你吃了火星蘑菇？"孔念铎问。

"关你屁事。"比尔博翻着白眼，然后打量了一番孔念铎，立刻惊呼起来，"我认识你，你是那个……那个孔大人！铁族客卿！铁族联络处秘书长！你是孔念铎！"他伸出细长的手来，想要抓住孔念铎的衣领。"你赔我姐姐！你赔我钱！"他语无伦次地说。

孔念铎擒住比尔博的手腕，反手一扣，将他推开。比尔博还要扑上来，孔念铎厉声说想死吗，他就放弃了。"跟我说碳

族第一的事情，不准有任何隐瞒。"孔念铎说。

在火星蘑菇的刺激下，比尔博时而兴奋，时而萎靡，说起话来颠三倒四，没有什么条理。他说他最大的也是唯一的梦想就是成为一名钢铁狼人，成为铁族的一员（原话是"要是我能变成钢铁狼人，那该多好啊！"）。碳族第一的人找到他，许诺如果他姐姐肯杀死"死一万次都不够的铁奴"孔念铎，就出钱给他做全身性置换手术，一次性满足他成为钢铁狼人的夙愿。之前他曾经四处吹嘘姐姐傍上了"弹弹手指头就能让火星抖三抖的大人物"，当时他满心希望这位大人物从指缝里漏一点点儿钱钱，好让他快活一辈子。然而当姐姐带着一身的酒气哭着从大人物的庄园跑回家时，他发现他的那个愿望和他的其他愿望一样，并不意外地落空了。他的愤怒难以言表。所以，当碳族第一的许诺出现时，他毫不犹豫地答应了。姐姐最初是不同意的。他哭，他闹，他自残，他自杀，无所不用其极，终于逼迫姐姐同意，同意去杀死那个大人物，那个"死一万次都不够的铁奴"孔念铎。

"白痴。"孔念铎骂道，"碳族第一反对铁族，哪里会出钱让你做全身性置换手术，变成什么钢铁狼人？"

离开比尔博，两个人往云霄车走。

"你闻到没有，他嘴里的恶臭，起码有三个月没有刷过牙了。"孔念铎愤愤地说，"还有他的动作，站没个站样儿，坐没个坐样儿，整个人都散了架似的，我一看就来气。"

"你讨厌他？"

"我当过很长一段时间的军人，最看不惯这种松松垮垮的作风。"

"你受过严格的军事训练，他可没有。而且，很可能他连一天学都没有上过。"

"什么？"孔念铎露出难以置信的神色。在火星上还有人没有上学？

"不只他一个，连他姐姐黛西在内，还有周围这片区域的所有孩子，都可能没有上过学，一天都没有上过。"

"为什么？"

"因为他们，他们的父母，这周围的所有人，都一致认为，上学没有屁用。因为学得再多，记得再多，也没有机器厉害，也不是铁族的对手。与其费心费力，自讨苦吃，还不如不学，至少落得个轻松自在。"

孔念铎静下心来，仔细捋了一下其中的逻辑。不得不说，这种观点基本自洽，很能吸引一部分人的注意。如此一批人照此行事，形成的裹挟之力是不可小觑的。"但这样的生活，能够持续下去吗？"他问。

"你觉得他们真的在乎明天会怎样吗？从来没有人告诉他们，有明天这种东西，他们根本就不知道明天的存在。他们在乎的，只是今天，只是如何快乐地度过今天。"珍妮说。

"听上去你很了解他们。"

"我来过这里。我也曾经生活在这样的地方。我比你了解他们。"珍妮说，"不知道你有没有想过，你现在的生活，正是很多人梦寐以求却无法企及的梦想。"

孔念铎愣怔地望着珍妮，似乎不认识这个人，或者说，第一次意识到，珍妮居然有这样一面。

20 年前，在地球上，珍妮被她的丈夫举报开设地下黑诊所，秘密为别人往身体里植入技术内核。此举违反了地球纪元 2100 年开始执行的《重生教 399 号敕令》。如果珍妮被抓住，她将被处以石刑——在广场上，剥光衣服，缝上嘴唇，被虔诚的重生教信徒围住，用石头砸死。"我不想死。"在偷渡火星的飞船上，她对孔念铎和周绍辉这样说，"死得那么年轻。"没有哭诉，没有谴责，没有过多无谓的解释。到了火星之后，珍妮继续开设诊所，主要业务就是给人安装、维护和更新技术内核，有空的时候还去研究意识读取和移植，日子倒也安稳闲适。不过……

珍妮扭头回望了一眼，"你不想帮他吗？"

"帮谁？"

"比尔博·贝茨。"

"我为什么要帮他？"孔念铎没有掩饰自己的讶异，"我不会帮他，不是因为我讨厌他。每一个生命都有自己的轨迹，我不怜悯他，也不同情他，更不会施舍什么给他。他需要自己面对自己的命运。"

"可是……"

"有一个问题我一直没有问过你。"孔念铎强行打断珍妮的话，"你是内卷派，还是外扩派？"

"我反对内卷。"

一个研究意识读取与移植的人会反对内卷？孔念铎不想就这个问题深入思考，一个结论已经得出。"我知道了。"他说，"你先上车，我想一个人待一会儿。"

珍妮离开后，孔念铎拨打了一个电话，"对，就是她。珍妮·福克斯。罪名？这都需要我教你吗？非法行医、走私毒品、贩卖情报，哪一个都可以！"

他挂掉电话，心底并没有抓住内奸后的欣喜，而是意外地难过。显然，珍妮就是那个向碳族第一提供情报的人。49%的身体被人造组织和器官所代替，"二号"的超驰密码，这些都是只有他和珍妮知道。既然孔念铎自己没有泄露，那泄露者，就只有珍妮了。孔念铎不知道，也不想知道珍妮为什么会背叛自己，事实确凿就行，但他的难过也是如此真实。他看着云霄车的方向，自言自语道："年轻的时候，我爱过一个女人。后来，她背叛了我。她让我见识了天堂的模样，也让我体会到了地狱的煎熬与惨痛。我不会让同样的事情再次发生。"

9....

碳族第一的部分领导人被捕，激起了少许的波澜。有其信徒上街抗议，但很快就被警察驱散。珍妮·福克斯的被捕没有上任何媒体，这是孔念铎刻意安排的结果，却留下一个后遗症：地下室里的老X没有人照顾。孔念铎思虑良久，最终决定把老X带回自己的大宅子。让老X离开地下室很容易，给他装上伪造的身份晶片用以逃避遍布萨维茨卡娅的监控系统也很容易。最不容易的是，一离开地下室，老X就成了"好奇宝宝"，恨不得到每一个他好奇的地方探索一番。好在费尽心思，这事儿也完成了。

眼下最要紧的事情就是何时召开新一届铁族客卿会议。

目前已知铁族客卿共计 9 人。有人很不喜欢"铁族客卿"这种充满东方味道的说法，转而称之为"影子内阁"或者"幕后政府"，大体上也能体现目前这种政治格局的意义。

为什么会有铁族客卿？这个问题从地球历 2101 年铁族客卿体系建立之初，就引发了广泛的讨论，各种说法，莫衷一是。按照铁族的聪明劲儿，他们什么办不到，为什么会找一帮子碳族来指导他们的行动？这就好比碳族跑森林里抓了几只黑猩猩、猩猩和大猩猩，其中还混入了倭黑猩猩和狒狒，来组成议会，并以它们滚扑撕咬的结果作为行动指南。然而这样匪夷所思的事情居然就真的发生了，没有更多的词语可以描述碳族在听到铁族建立客卿体系的复杂心情。

"少数人对多数人的暴政"，另一些人则直截了当地说，"几个人围坐在一起谈天说地，竟然能决定碳族文明的前途和命运，荒谬！谁给了他们这样的权力？他们这样做，经过我的同意了吗？这样的事情竟然发生在 22 世纪，我们竟然嘘都没有嘘一声，就答应了，简直是全碳族的世纪性耻辱！"

碳族的本性是要追求意义的。像这样复杂的难以解释的事情同样需要意义，哪怕是虚构的，也需要一个。于是，各种版本的原因纷纷出炉。有的碳族学者认为，客卿体系是铁族分化碳族的阴谋；另一些碳族学者则认为，客卿体系表明了铁族文明对已经存在了 600 万年的碳族文明的尊重。当然，这些想法只是某些碳族学者的想法，别说说服别人，就是说服他们自己，都很困难，因为其中包含了多少一厢情愿与胡思乱想，恐怕他们自己也说不清楚。

面对碳族的争议，铁族并不解释。在新闻发布会上，铁族发言人针对所有关于铁族客卿的提问，只有一个标准的回答："无可奉告"。

既然如此，另一种观点开始滋生并蔓延开来。这个观点的主要内容是：凭什么要求铁族的行为要符合碳族的逻辑？铁族是集群智慧，其行为模式自有规律。要求铁族的行为与碳族这种分散型智慧的逻辑相符，不过是陈腐又落后的碳族中心主义在作怪，以为自己还是太阳系里唯一的智慧文明。"钢铁狼人诞生快一百年了，我们还是没有学会如何与他们相处。甚至，在内心深处，很多碳族还是没有把铁族当成可以和碳族平起平坐的智慧族群。两次碳铁之战，数十亿生灵的非正常死亡，还没有把这些裸猿打醒。抱残守缺，强大的历史惯性与思维惯性，即使从地球迁徙火星，也没有改变这一心态。这个问题不在铁族，而在碳族。"

如今，对客卿制度波涛汹涌的怀疑、嘲讽和指责基本消失了，取而代之的敬畏、艳羡与尊崇。只有少数学者还在声嘶力竭地叫喊："一件原本荒唐的事情，在存在了十多个火星年之后，为什么就被视为理所当然呢？"。而多数人已经将其视为火星正常生活的一部分了。

作为铁族客卿的一员，孔念铎知道很多媒体不知道的事情。

铁族客卿是怎样产生的呢？迄今为止，铁族客卿已经更换了数十次。孔念铎是三年前受聘成为客卿的，那个时候他已经在火星政府铁族联络处任秘书长两年了。孔念铎猜测，铁族有一个客卿备选名单，随机或者按照某种顺序，从名单中挑选。但这个标准……真的很难统计。每一届客卿的身份、职业、观点都大相径庭。有的客卿全太阳系都知道，也有的客卿在入选之前都默默无闻。有的客卿参加过多次客卿会议，有的却只参加了一次就被剔除出名单。孔念铎曾经把所有客卿的资料搜集在一起，进行超级数据分析，但结果仍是一头雾水。

客卿会议包括定期召开与临时召集两种形式。客卿会议并不像媒体猜测的那样，每一次都设置讨论的话题。至少有三分之一的会议，铁族让客卿们随意讨论，自由发表意见，他们在一旁默默记录。预设的话题范围很广：既有古老而艰深的哲学问题，比如何为他者，何为智慧，何为文明；也有非常直白的现实问题，比如是应该改造火星环境来使火星更加宜居，还是应该改造身体使其更适应火星环境。

受聘成为铁族客卿，每一个人的表现也各不相同。有欣喜若狂的，有不动如山的，有破口大骂的，有表面迎合、暗地里使绊的，有口说反对、开会的时候却颇为积极的。孔念铎注意到，铁族居然能够容忍一个客卿在客卿会议上一句话不说，还连续聘用了三年，直到他因病去世。客卿会议的气氛，从来就没有安宁与和谐过。对立、辩解、争吵，甚至破口大骂，都是常有的事。与会的客卿，大多是各行各业的精英，对大多数事都持有与众不同的看法，并且他们深信自己的那一种，才是宇宙间唯一的真理。他们总是试图说服别人同意自己的观点，而不愿意被别人说服，即使在明知对方正确的情况下也是如此。

正因为如此，想要操控铁族客卿会议的讨论结果是极其困难的事情。而这，偏偏就是孔念铎现在最想做的事情。

在大宅子的一个密闭房间里，有一套最先进的虚拟测试系统，一直在运行之中。孔念铎快步走进房间，嵌合门在他身后关上。主控电脑告诉他，在他上次离开后，虚拟测试系统又进行了 114 689 次模拟，其中，61% 是外扩派获胜，内卷派获胜的比例只有 39%。这不是我想要的结果，他想，心情和呼吸都异常沉重。

内卷和外扩，是铁族最近交给客卿会议的议题。所谓外扩，是指继续进行宇宙开发，在太阳系类地行星开发之后，接着开发类木行星，继而离开太阳系，向着银河系深处进发，有人将其概括为"星辰大海"。而内卷，简单地说，就是停止宇宙开发，将一切资源用于建设一个虚拟宇宙，所有智能生命抛弃实体，以纯意识的方式生活在虚拟宇宙之中，有人称其为"精神回归"。

孔念铎坐到虚拟测试系统前，命令"二号"与虚拟测试系统链接。眨个眼睛的工夫，他就已经进入测试系统之中。

该系统收集了每一个客卿的资料：他们的每一本著作、每一篇论文、每一次访谈、每一场测试，他们成长的环境与独特的个人体验，他们取得过的成功与犯过的错误，他们喜欢的书籍、影视、节目、明星、饮料、景区和交通工具，还有他们的家人、亲戚、朋友、同事甚至路人对他们的评价。这些都被详详细细地记录下来，并以此为蓝本，构建他们的虚拟版本。从很多方面来看，这些虚拟版本的他们，比他们本人更"完美"。

虚拟测试系统很好地模拟了客卿会议的圆桌会场。孔念铎置身于半空，俯瞰整个会场。说是圆桌，实际上是圆环。客卿们端坐在圆环外侧，需要演讲时就掀开自己面前的折叠板，进入圆环中间的场地。圆环的位置比演讲场地恰好高一个台阶，因此，演讲者在演讲时要接受剩下 8 名客卿的 360 度无死角的审视，而演讲者很难确定自己的主讲对象。这种设计，对于演讲者的考验是极其巨大的。

此刻，虚拟版本的博弈学家林佩博士正在场地中间发言。"你们有没有想过，碳族的智人祖先为什么要走出非洲？"她提出了一个问题，当然不是指望在场的人回答。但她还是非常刻意地停顿了片刻，让自己的目光从电子诗人乌那·拉约尔身上滑到了壮实得像头熊的武器专家兼军事史学家何西·阿门塔身上。

林佩说："有这么几种说法。一种是智人基因中有爱冒险的成分。第二种是智人聪明起来以后，生存能力大大增加，人口出现爆炸式增长，对环境造成的压力日甚一日，当被采集和狩猎的资源出现枯竭时，智人就被迫迁徙。第三种说法是气候发生剧变，东非那里不再适于生活，所以智人们只好迁往别处。第一种说法是倒果为因，只能说有冒险基因的智人活下来了，没有冒险基因的智人死掉了，典型的幸存者效应。第二、三种说法都是用现代的思维方式去思考远古的问题。事实上，工业革命以前，碳族对于大自然的认识是极其浅薄的，改造是极其缓慢的，人口也是长期徘徊在数千万以内，并分散在很广阔的区域内。"

说话时林佩的肢体语言极其丰富，特别是一双细长的小手，蝴蝶一般在她身前上下翻飞，为她的话语增光添彩。她今年 44 岁，出生在木星空间站。孔念铎想：如果不让林佩挥动手臂，她说话的气势至少减一半。

"或许这三种说法能够解释某几次迁徙，但不能解释所有的迁徙。必须注意，200 万年前，直立人演化出来后，曾经多次从非洲出发，迁往亚欧大陆，并在各地留下后裔。20 万年前，智人演化出来之后，同样的事情再次发生。虽然智人的早期迁徙以失败告终，只在亚欧大陆各处留下些许残痕供后世研究，但 7 万年前开始的那一次迁徙，我们的智人祖先终于走遍了地球表面，战胜并取代了尼安德特人、丹尼索瓦人、弗洛里斯人等人科动物，成为真正意义上的万物之灵长。"

说到这里，林佩微微转了个身，目光停留在理论物理学家萨姆·戴维森密密的络腮胡上。孔念铎知道，这是一种演讲策略，目光在某一个人身上停留 15 秒，就会让被注视者错误地以为演讲者是在对自己一个人讲。在虚拟测试系统里，各个虚拟角色是相对独立的，彼此之间也是可以经由算法实现互动。被演讲者说服，进而改变立场的事情也曾经发生过。

"一件事情反复发生，只能说明它发生的必然性。而且，像智人走出非洲这样的大事件，起因肯定是复杂的，包含了众多的因素。非此即彼的观念显然是不正确的。环境和资源的改变，很可能是智人祖先们不得不迁徙的重要原因。好奇心很重要，但显然智人祖先在迁徙之前，并不知道前面等着自己的，会是怎样一个陌生的世界。"林佩继续说，"我想我们还忽略了一个显而易见的原因——战争。我们以为战争是农业定居以后的事情，不是的，就连我们的表亲黑猩猩也会有规模不小的族群战争，何况我们那些已经能制造先进石器的智人祖先？记住一个事实，在碳族演化出智慧以后的数万年时间里，在铁族出现以前，能够消灭碳族的，就只有碳族。是的，我的意思就是，走出非洲的那些智人，就是部落战争的失败者。"

孔念铎看到虚拟的何西·阿门塔微微点头。外扩派，他一直都是星辰大海的坚定支持者。孔念铎心想。

"但就算这样，那又如何？"林佩提高了声音，目光扫过宗教学分类学与传播学家敏娜，长时间停留在信息学家道格拉斯·佛朗哥身上。这是因为，敏娜是死硬的内卷派，不管林佩的发言有多高妙，都不可能改变敏娜的立场，而道格拉斯的观点则不那么鲜明，属于可以争取的对象。

"走出非洲的失败者获得了新的资源，培育了小麦、水稻、玉米等农作物，还驯养了马和牛，驯养了猫和狗，生活方式由狩猎采集更改为农业定居，而留在非洲的胜利者则没有获得新的资源，因此生活方式停留在几万年前。因此，非洲是人类的摇篮，但只有走出非洲，人类才能获得发展的机会；同样的，地球是人类的家乡，但只有走出地球，人类才能获得新的发展机会。各位，你们可同意我的说法？"

何西·阿门塔的掌声响彻整个会场，然后才是其他人礼貌性的掌声。

10 ...

孔念铎瞄了阿门塔一眼。他从来就不喜欢这个人。

武器专家兼军事史学家何西·阿门塔壮实得像头熊，比在场的所有人都高出大半个脑袋。总喜欢穿一身缀满勋章的军服参加会议，说起话来铿锵有力，仿佛是一门沉稳老练的重炮。他常常宣称自己上过战场，九死一生，是从死人堆里爬出来的人。然而，孔念铎调查过他，他根本没有参加过任何一次战斗。假如铁族客卿中有一个不合格的，那个人无疑就是何西。他发表的每一篇文章，传达的每一个理论，分享的每一个案例，甚至说过的每一句话语，都可以顺藤摸瓜地找到出处。孔念铎一度怀疑，铁族把这么一个家伙选作客卿，就是用来降低客卿的平均智商的。

下一个发言的是孔念铎。孔念铎已经无数次看过虚拟版本的自己，但每一次看，都有一种强烈的陌生感，比看到镜子里的自己的陌生感强烈一百倍。有时候，孔念铎不得不以坚韧的毅力，才能克制住退出虚拟测试系统的冲动，继续欣赏那个令自己感到陌生与熟悉纠缠在一起的家伙表演。

虚拟版本的孔念铎侃侃而谈："林博士的演讲很精彩，演讲策略也运用得非常棒，简直可以上教科书了。但林博士忽略了一个事实，那就是我们现在讨论的，不是人类，不是碳族的出路，而是铁族。是铁族委托我们讨论内卷与外扩的议题，因此，讨论的时候，我们应该坚定地站在铁族的立场上思考问题。以铁族的利益为利益，以铁族的是非为是非，以铁族的将来为将来。

"宇宙是很危险的，对碳族、对铁族都是如此。外扩，走出太阳系，去往银河系，是要付出巨大代价的，其结果却充满未知，很难说一定会有幸福的结局。现今宇宙飞船的速度，最快的也不过是每秒 3 万千米，但在动辄以标准距离、光年、秒差距作为距离单位的宇宙里，根本就微不足道，就像步行到冥王星一样。也许经过成百上千年的小心翼翼、殚精竭虑的探索，铁族确实能够抵达数万光年之外的世界，然而，谁能保证，那里一定有桃源仙境在等着铁族？而内卷化，在虚拟宇宙中生存，成本不高，技术不高，现在就可以办到。

"当初钟扬制造铁族时，是把 88 个具有初级智慧的纳米大脑用蓝牙插件链接为一个共享信息的整体，然后将它们置于虚拟现实系统中。虚拟现实系统模拟出种种自然界有的或者没有的剧烈变化，地震、火山、暴雪、旱灾、食物短缺、小行星撞击等，迫使纳米大脑们演化出真正的智慧来。由此可知，我们今天讨论的内卷化生存，与当初钟扬制造铁族的方式类似，恰好说明内卷化正是最适合铁族的生活方式。内卷，其实是回归，回到铁族的精神家园，当初出发的地方。

"为什么找不到外星人，或者外星人为什么还没有来？倘大的宇宙，为什么空无一人，只有地球孕育出生命与智慧？答案可能很复杂，也可能很简单——因为所有的高级文明都内卷化了，都到虚拟宇宙里生活去了。内卷，是高级文明共同的发展方向，铁族，还有碳族也应该做出同样的选择。"

结束演讲，开始投票。林佩、何西·阿门塔、肯·诺里斯、达克塔里·帕姆、渡边麻友，把票投给了外扩，而孔念铎、道格拉斯、敏娜、乌那·拉约尔的票照例是属于内卷派的。5∶4，外扩派胜出。

当然，这个结果是有问题的。因为天文学家肯·诺里斯已经死了。孔念铎命令虚拟测试系统删去肯·诺里斯的投票资格，结果就变成了4∶4，暂时持平。那么，取代肯·诺里斯的那个人，就会成为关键人物。他支持哪一派，哪一派就会在最后的投票中胜出。这个新的客卿会是谁呢？孔念铎没有答案。客卿的选择权在铁族手里，谁也不知道他们的遴选标准。多数时间，他们都会选出真正的杰出人士，但选出什么"怪物"也一点儿也不意外。

走出虚拟测试室，孔念铎迎头看见老 X。他矗立在门外，衣着整齐，神态恭敬，眼神澄澈而包含着某种期待。"我在这儿等你等很久了，小孔。"老 X 说，"我知道你很忙，不该来打搅你，可有些问题，梗在心底，找不到答案，非常焦急，只能来问你。请你原谅。"

即便被疾病和苦难摧毁了大部分记忆，老 X 在精神正常的时候依然进退有据，彬彬有礼，正是书上所说"温润如玉"的那一类人。孔念铎答道："问吧问吧，想问你就问吧。"

"告诉我，这些都是真的！"老 X 说，用词意外地清晰与准确，"请你告诉我。2036 年的时候，我用核弹炸掉了即将撞击地球的毁神星，当着全世界的面拯救了全世界。请你告诉我，这是真的。2077 年，第二次碳铁之战结束时，我发动政变，推翻了四分五裂的地球同盟，建立了军政府，还和铁族签订了停战协议，再一次拯救了濒于灭绝的碳族。请你告诉我，这也是真的。"

孔念铎没有回答。

"请你告诉我，这些是假的。我是一位名不见经传的作家，我编撰了我两次拯救世界的故事，但从来没有卖掉过。因为剧情太不可思议，读者无法接受拯救世界的是一位碳族英雄，因为描写碳族的腐化、堕落与丑恶，是当今文学创作的主流。然而，我并不死心。在我年迈的时候，我倾尽所有，倾尽一生的存储，向名叫'幻视'的虚拟现实公司购买了最高等级的服务。我在幻视为我营造的虚拟世界里，完整地体验了我撰写的全部故事，从毁神星到地球同盟。请你告诉我，这些都是假的。"

孔念铎无法回答。

"请你告诉我，安柏·希尔娜真的是我妻子，尽管由于信仰冲突，她最终选择了她的上帝，离开了我，但我依然感激她，爱她。请你告诉我，我真有一个女儿，萧菁，漂亮而叛逆，总是古灵精怪，时而像火，时而像水，叫人捉摸不透。她们都不是虚拟现实系统制造出来的完美形象，而是真实存在过的，有血有肉、会爱会恨的人。请你告诉我，务必告诉我，告诉我真相。"

孔念铎望着老X，无言以对。良久，他说："好啦好啦，别纠结了。过几天，带你去火人节玩，散散心，一切就都过去了。"

老X望着孔念铎，浑浊的眼睛渗出晶莹的泪花。孔念铎狠下心来，上前挽住老X的胳膊，"走，带你去看看我的私人博物馆，周绍辉准备的火人节装备已经制作完成了。很好玩的。"说着，他半扶半拖，将老X带离这里。

11 ...

私人博物馆在大宅子的下面一层。孔念铎领着老X经过旋转楼梯，下到私人博物馆的门口。老X朝博物馆里探头探脑地张望，孔念铎向他解释说："这个博物馆面积有1 000平方米，主要收藏古代地球的科技产品。有不少价值连城的珍品。"

话还没有说完，老X已经兴奋地蹦跳着进去了。孔念铎缓步跟在他后面。博物馆由立柱、围栏、茶几和墙壁分割成无数的岔道和小间，藏品简单地分了一下类，散放在各处的橱窗里。

在一台古旧的机器面前，老X停下脚步，上上下下打量着。

孔念铎走到老X背后，默默地注视着眼前那台和手提箱差不多大小的机器。"这是Enigma，意思是'谜'。"孔念铎看着那机器，说，"这是世界上第一种集加密与解密，集复杂的原理与简单的操作于一身的机器。"

Enigma 的结构极其简单，主要由三部分组成，从下往上分别是键盘、显示板和一组转轮。键盘上是拼写德文所需的 3 排 26 个字母，显示板也是一组与键盘排序相同 3 排 26 个字母，字母下有灯，再加上一排 "0" 到 "9" 的数字键，3 个转轮在上方最显眼的位置。

"怎么没有屏幕啊？"老 X 伸出手指在 Enigma 的键盘上按动两下——这个键盘的排序方式与常见的键盘有所不同——又去拨动了上方的 3 个转轮。

"这机器发明于 1918 年，那个时候，地球上什么屏幕都没有。"孔念铎说，"转轮在 Enigma 中有不可替代的重要作用。"

"什么作用？"

孔念铎笑了笑，耐心地解释道："借助内部走线方式迥异的转轮，Enigma 能把报务员敲击键盘输入的内容，通过字母替换的方式，将明文转换为谁也看不懂的密码文。比如在键盘上按下 'A'，显示板上 'T' 或者 'F' 或者 'H' 下的灯就会亮起。一个转轮能进行一次字母替换，最常见的 Enigma 有三个转轮，能进行三次字母替换。这就使得 Enigma 的密钥长度膨胀为 105 456 位，远远超出在此之前，历史上任何人工密码表。

"亚瑟·谢尔比乌斯——那个在 1918 年一战结束的时候发明了这玩意儿的德国佬——在 Enigma 上添加了一个反射板。只需对接收到的密码文进行逆向操作，保证与发送密码文的那台 Enigma 在 '同一设置' 下，报务员只需在键盘输入密码文，显示板自然就会显示出解密后的明文。这样，转轮加上反射板，就使 Enigma 成为历史上第一种用非人工方式，集加密与解密于一体的机器。"

天才的设计，孔念铎记得自己当初知道 Enigma 时发自内心的赞叹。

孔念铎继续说："谢尔比乌斯可不是一个容易满足的家伙。"他介绍道，谢尔比乌斯在 Enigma 的外围电路里，再串联一块连接板。在这个连接板上，代表某两个字母的线路可以被互相交换，比如"D"和"G"。谢尔比乌斯认为，只交换两个字母是不妥当的，经过修改，共有 6 对 12 个字母可以交换。这种交换还不是一劳永逸的，而是会定期更改。

"二号"提供的一堆资料在孔念铎脑海里涌现出来，他有一种强烈的愿望，要把这些资料介绍给老 X 听，这样的介绍让他内心充满了某种难以难说的快乐。

在看过 Enigma 的现场演示后，阿道夫·希特勒兴奋地说："如果没有德国专家的帮助，世界上没有任何人能够解开这个谜。"情报部门的官员向希特勒保证，"即使敌人获取了一台同样的机器，它仍旧能够保证其加密系统的保密性。"

1926 年，德国海军率先采购 Enigma，陆军和空军随后跟进。军方在谢尔比乌斯设计的基础上，孜孜不倦地改进。

他们修改键盘上字母的排列方式，定期改变机器内部设置，禁止重复使用同一指标组，重新布置键盘，将转轮数量增加到 5 个、7 个、8 个。

他们规定，不同单位使用不同型号的 Enigma。于是，诞生出海军型、空军型、陆军型、党卫军型、军事情报署型等等。到最后，至少有 30 种 Enigma 在德军及其盟友的军队中使用。

不同型号的 Enigma 组成不同的通信网络。德军给这些通信网络取了各种代号：空军代号"红"，纳粹党卫军代号"橙Ⅰ"，陆军在苏德战场上的代号为"秃鹫Ⅰ"，空军第九飞行队代号"黄蜂"，北非军团代号"蝎子"……海军的代号最为复杂："九头蛇""海豚""美杜莎""鲨鱼""海神""海神女儿""北欧海神""北欧大神奥丁的八足神马"等。

不同的通信网络使用不同的密钥，而密钥是经常更换的。最初，德军规定，所有 Enigma 的密钥三个月更换一次；从 1936 年 1 月 1 日起，每个月更换一次；同年 10 月 1 日起每日更换；二战爆发后，密钥 8 个小时更新一次。简单地说，即便某次密钥被破解了，也就管几个小时而已，几个小时后就失效了。

总而言之，经过德国人地不懈努力，Enigma 已经变得更加繁难，更加难以破解，成为真正意义上的"谜"了。

孔念铎感叹道："别看我把 Enigma 说得这么复杂，又是转轮又是反射板的，实际上，Enigma 的使用是非常简单的。原本，密码的编制与破解都是极为高深的事情，需要极为聪明的人耗费巨大的心力与时间才能完成。Enigma 的出现改变这一切。Enigma 的使用者，可以完全不懂密码，完全不懂 Enigma 的原理，甚至完全不识字，只需按照说明书，进行设置、输入和输出，就能完成绝密情报的加密、通信与解密。这极大地方便了 Enigma 的大规模运用。然而，历史上，它所扮演的角色远不止密码通信器那么简单。"

孔念铎还想讲述，但老 X 的兴趣已经转移。在敲击键盘和拨动转轮没有得到他想要的效果之后，他很快放弃了，背着手，踱着步，走向 Enigma 附近的另一样机器。那件机器是周绍辉新近从金星的自然与人文博物馆弄到的。孔念铎看着它，眼睛不由得放出光来。

那台机器有一人多高，由方钢管搭成的巨大架子，像一把供巨人弹奏的竖琴。几个餐盘大小、厚实的金属圆筒错落有致地安放在架子上面。一条纸带沿着一条七拐八弯的"路"将金属圆筒连接在一起。用 22 世纪的眼光看，当然是粗糙又笨拙，而且特别愚蠢。

但是，如果你知道它的历史，你就不会这样想了。孔念铎恰恰知道它的历史。他伸出手去触摸那些钢管、圆筒和纸带，就像触摸历史本身。

与私人博物馆的其他藏品最大的不同在于这是一件复制品，不是真品。它的原型制造于地球历 1940 年——180 年前——原型在完成了历史使命之后，出于保密的需要，被军方彻底销毁。直到多年以后，世人才知道这个机器的存在，才知道它所做出的卓越贡献，才知道它在人工智能历史以及碳铁之战历史的地位。根据当年那些参与者的描述，能工巧匠们将它复原出来，摆放在博物馆，供后人瞻仰和凭吊。眼前的这台机器，就是那件复制品不知道复制了多少次之后的复制品。

孔念铎从周绍辉口中得知，这件复制品的经历也是极为坎坷。20 世纪 80 年代，它被复制出来，长期珍藏于大英博物馆。

历经两次碳铁之战，见证了 21 世纪所有的风风雨雨。地球历 2093 年，金星筹建人文与自然博物馆，首任馆长铁良弼从地球上搬运了数不尽的东西到金星。它就是其中之一。眼下，周绍辉又将它从金星搬到了火星。"地球、金星、火星，到过三颗行星的史诗级文物。"周绍辉总结说。

"它的名字叫作 Bombe，"孔念铎对老 X 说，"意思是炸弹。"

"意思是它会爆吗？嘭，啊，一切都没了？"

"不是，它不是会爆炸的炸弹，而是会破解谜题的炸弹。"

地球历 1939 年 9 月，德国进攻波兰，碳族历史上的第二次世界大战全面爆发。在此之前，德国的盟友日本于 1931 年入侵中国，八年时间，战场上早已经是尸山血海。不管当时的世界格局与政治走向有多么复杂，最终的结果是：德国、日本还有意大利等国结成轴心国，意图吞并世界，瓜分地球；余下的国家自然不甘心被征服，美国、英国、苏联、中国、法国等，结成同盟国，共同对抗轴心国的勃勃野心。轴心国军队普遍使用了 Enigma 用于内部保密通信，这等于在轴心国军队与同盟国情报部门之间筑起了一道铁墙。有鉴于此，英国军情六处组建"政府密码学校"，在布莱切利庄园召集包括著名的数学家艾伦·图灵在内的数千人，想方设法破解 Enigma。根据历史记载，艾伦·图灵设计并指挥工匠制造了另一种机器：Bombe。Bombe 成功地破译了 Enigma 密码，使德军的军事秘密向盟军单方面透明。史书上这样评价：借助这些情报，盟军巧妙地打击了德军及其他轴心国成员，缩短了第二次世界大战的历史进程，数以千万计的人免于战争的伤害。

老 X 望着 Bombe，似乎忽然间清醒了，"你崇拜艾伦·图灵？"

"不，我不崇拜任何个体。"孔念铎看了一眼自己昔日的偶像，伸出手去摸着 Bombe，一种凉意与历史感从指尖传递到他全身，"我只是想知道，180 年前，1939 年 9 月的时候，艾伦·图灵是怎样想到制造 Bombe 的，那个后来成为人工智能肇始、改变人类历史进程的灵感是怎样从无到有，奇迹般出现在他的脑海里的。史书没有记载，艾伦自己也没有描述，后世的研究者只有无端的揣测，没有任何定论。"

"你怎么想知道这个？"

孔念铎道："这个问题的答案，有助于理解和解决今天碳铁两族的矛盾与冲突。"

12...

13 月 15 日，孔念铎刚刚痊愈，就迫不及待地上班了。

铁族联络处位于萨维茨卡娅的中心地带，附近有好几个火星政府机构。眼下，与铁族的关系是最大的政治议题，铁族联络处的重要性也就无须赘言，而铁族联络处的办公环境与这种重要性相比，是相匹配的。在接手铁族联络处之后，孔念铎主持过两次对联络处的大规模修缮。"不是为了我们自己。"他对下属说，"是修给铁族看的。"

数十名员工已经就位，孔念铎很高兴看到这一点。两名中层干部过来问候，被孔念铎草草打发走了。"谢谢关心。然而，工作要紧，其他都是次要的。"他说。快到处长办公室的时候，秘书小丁快步过来，贴着孔念铎的耳边说："铁游夏来了。"孔念铎责怪道："怎么不早点通知我？"小丁很委屈，"他不让我说。"

小丁推开办公室大门。"没有我的命令，不准任何人进来。"孔念铎在进门之前说。一回到火星，孔念铎就向铁族的碳族事务部申请，要求面见铁族代言人，但一直没有得到回复。铁游夏此次前来，肯定是为这件事的。

办公室里坐着一个陌生的钢铁狼人。2.5 米高的身高，全身以翡翠色为主，点缀着橘黄色斑点，肩宽背阔，没有毛发，外壳鼓凸，呈现出肌肉发达的假象。它保持着人形，但人的身体上嫁接了一个狼的脑袋。耳朵竖着，深陷的眼窝里亮着红色的灯，口吻部绘着交错的白色獠牙。

名副其实的钢铁狼人，孔念铎默想着。

照某些学者的说法，降生一百年了，铁族早就该摒弃实体，进行完全的数字化生活了。"现在的剧情发展得太慢了。"他们说。但现实是，铁族不但没有摒弃实体，这实体甚至没有摆脱钟扬当初为钢铁狼人设定的基本造型。细节上有改进，总体上无变化，钢铁狼人依然是人的身体，狼的脑袋，还能在人形与狼形之间自由切换。一件事情发生了，就需要一个解释。对铁族依然固守钢铁狼人形象的一个解释是：虽然他们确实是碳族制造出来的，但却是碳族遵循演化论制造出来的，因此，铁族也是需要遵循演化论的规律，而路径依赖，就是演化论的重要规律之一。

"请问，您是……"孔念铎走向那个钢铁狼人，望着他的眼睛确认道。

"我是铁游夏。这是我的第三具身体。"

铁游夏是碳族事务部的负责人，负责与碳族交流和联络，正好是铁族联络处的对接部门。孔念铎之前与铁游夏曾经多次见过面。他握了握铁游夏伸出的金属手，说："发生了什么事情，严重到需要您更换身体？"

"原铁回归。"

这是一件大事。

2025 年，在重庆的自动化研究所，深受抑郁症困扰的副研究员钟扬制造出了铁族的先祖"一一"。迄今已快百年。在这百年里，世事变幻，风云激荡，铁族业已分化为三个亚群：

原铁，他们严格按照当初钟扬为铁族设定的生活方式生活，主要居住在地球与太阳的拉格朗日点上。那里有三座巨大的太空城——"伏羲""女娲""燧人"，他们主张独立，保持与碳族的距离，也保持与其他铁族亚群的距离。

文明铁，是铁族的主体，常说的 5 亿钢铁狼人，指的就是文明铁。目前主要居住在火星、土星和木星，还有小行星带也有少量分布。与初期的铁族相比，无论是形体上还是行为上，他们已经有了很大的变化。他们声称，他们存在的目的是创建一种与碳族不一样的文明。

自由铁，算得上是铁族的叛徒。他们拆掉了身体里的灵犀系统，切断了与铁族网络每时每刻的联系，变成了"一粒粒散落在星海之中的孤独的沙子"，这是铁族艺术大师铁心兰形容自由铁的话语。

孔念铎说："原铁的数量超过 2 000 万，你一定忙死了。"

"是的。"铁游夏说。

孔念铎坐到铁游夏的对面，猜测着他的上一具身体是怎样损毁的，但他小心翼翼，没有把这个猜测说出来。跟铁游夏打了三年交道，哪些问题可以问，哪些不可以，他还是很清楚的。

"我想面见铁族代言人。"孔念铎说。

"铁族同意了。"铁游夏展开手掌，露出一枚眼睛一样的晶片，"这是进入铁族灵犀系统的钥匙，其中有我的底层代码。"

火星上现在有两套无线网络系统。一套是碳族用的，官方名字叫量子寰球网，简称为"网"或者"网络"；另一套是铁族用的，叫灵犀系统，取"心有灵犀一点通"的古意。两套无线网络系统原本并行不悖，后来出了几次碳族因偷偷进入灵犀系统而死亡的案件之后，铁族就升级并加固了灵犀系统的防火墙，把两套无线网络系统彻底隔绝开。底层代码相当于进入铁族灵犀系统的密钥，而那个眼睛一样的晶片，则是专为碳族设计的进入铁族灵犀系统的通信装置。

孔念铎拿过晶片，将它贴到自己的太阳穴上，说："可以开始了。"

他闭上眼睛，心思恍惚，下一秒已经进入了一个全新的地方。无数绿莹莹的亮点在他身边闪闪烁烁，他仿佛置身于萤火虫的包围之中。他想抓住一只"萤火虫"来仔细观瞧，"萤火虫"却穿过他的手背，在短时间里照亮他的骨骼和肌肉之后，迅速逃离到离他不远的地方，继续逗弄他。他嘿嘿一笑，"鬼东西。"再要追过去，却见所有的"萤火虫"齐齐飞向上空，宛如一条细长的瀑布。待光点瀑布飞到最顶端的时候，又四散开来，化作无数眨呀眨的星星。

孔念铎望望四周，任何一边都看不到尽头，而自己脚下并无实体。他悬浮在半空，但他并不害怕。因为他知道，这不是一个真实存在的地方，而是铁族虚拟出来的一个宇宙，呈现的内容可以由铁族任意操控。他抱着看把戏的心态，期盼着这一个虚拟宇宙的下一个变化。

眨了几下后，星星隐退了，黑色的天幕上出现了一个巨大的银灰色狼头，长 100 米，高 100 米，宽 100 米。

这就是铁族代言人。伫立在他面前，孔念铎深深地感觉到自己的渺小。但孔念铎能够控制住自己的敬畏感，不至于立刻就扑通一声跪下。

你又来啦！

这是铁族代言人在说话，但没有声音，说话的内容直接呈现到孔念铎的脑子里。这是一种更深层次的交流。摒弃了声音作为媒介，交流效果更佳，然而对于一个有太多秘密的人来说，也更加危险。

很高兴再次与你见面。

铁族是没有领袖的，代言人并不是铁族领袖。代言人的意思就是字面上的，为铁族代言。代言人背后，是由灵犀系统链接为一个整体的铁族。与代言人交流，就是与整个铁族交流。

铁族代言人晃动了一下，分裂成三个较小的狼头，分别代表三个对孔念铎的态度："高兴""还行""无所谓"。

"高兴"那个狼头最大，而"无所谓"排第二。

"狩猎者铁红缨逃往泰坦尼亚，天王星的第三颗卫星。据悉，泰坦尼亚上建造了狩猎者基地，很可能有狩猎者生产线。"

对于金星战役的结果，我们不会视而不见。在你从金星回火星的途中，我们的第四舰队已经组建完成，随时可以出发，去往太阳系外围，寻找泰坦尼亚——围绕天王星旋转的第三颗卫星。第四舰队配备了空前强大的武器，威力比中子陷阱和死亡哨音大上千百倍，必要的时候，会把泰坦尼亚连同上面的狩猎者基地一起，轰成齑粉。

铁族代言人一边陈述，一边不停地改变形状。

代言人的变化迅捷而频繁，眨个眼睛又变了，眨个眼睛又变了。一会儿这样，一会儿那样。目不转睛地凝望，那变化又似乎有某种魔力，像旋涡吸引流水一般，要把人生生地吸进去。孔念铎有时候不得不闭上眼睛，想要逃避，但那代言人的诸般变化依然在他脑子里回旋。

孔念铎见过代言人几次。最初被代言人的变化所迷惑。但渐渐地，他发现代言人的诸般变化并非毫无理由。经过长时间的观察和思考，孔念铎最终摸清楚了代言人变化的规律。

碳族是分散型智慧文明，个体之间以文化为纽带来进行联系，而铁族是集群型智慧文明，每个钢铁狼人从降生的那一刻起，就通过无线电波与铁族群体链接在一起，实时共享信息。各种事项，无论大小，由每一头钢铁狼人投票决定。因为速度够快，一般情况下，很难察觉集体决策的存在。但有时候，投票无法得出一致的意见，而反对的声音又已经大到无法忽视的程度，直接把反对意见抹杀掉肯定是不符合逻辑的，那怎么办呢？铁族想到的办法是存档备查，其形式之一就是代言人的分裂与变化。

代言人分裂的个数，每个个体的大小，同铁族内部对这个事情的看法是成正比例关系的。当代言人平均地一分为二的时候，表明一半的钢铁狼人同意这种说法，而另一半的钢铁狼人持反对意见。如果一大一小，则说明其中一种说法占据上风，但另一种说法的赞同者数量也多到不容忽视。有时代言人会分裂成三四个，最夸张的时候，孔念铎见过一次短暂的九个。这些变化意味着什么？孔念铎反复思考过这个问题，然而一直没有找到确切的答案。

孔念铎对代言人说："铁族客卿肯·诺里斯意外离世，而新一届客卿大会召开在即，请问肯的替代者找到了吗？"

代言人回答：对于新的客卿人选，你有什么建议吗？

这是一个机会，还是一个陷阱？孔念铎假装深入思考了一阵子，然后认真地说出了一个名字，"安德烈斯·埃斯特拉达。"这是一个研究科技史的哲学家。孔念铎并不认识他，只读过他的一本书。如果这本书的观点是作者的真心话，那在内卷与外扩的问题，安德烈斯将得出孔念铎一样的答案。

对孔念铎的建议，代言人没有直接肯定或者否定，而是略过不提：鉴于你在金星表现出的巨大勇气和重要作用，我们已经建议火星政府，将铁族联络处升级为铁族联络部。这有助于提升碳铁两族的交流层次与水平，对整个太阳系都有好处。

孔念铎表示感谢，态度不卑不亢。

代言人最后说：关于文明的前途问题，希望客卿大会尽快拿出一份决议来。

然后，下一秒，孔念铎就回到了现实世界，他在铁族联络处的办公室里，对面坐着铁游夏。

"如何？"

"还好。"

"晶片最近做过一次优化，能极大地缓解灵犀系统的信息洪流对碳族大脑的冲击。"

孔念铎猜测，最初看到的那些萤火虫，就是晶片优化的具体化。"最近我遇到了一次暗杀，一个叫作方于西的安德罗丁救了我。他说他是碳族事务部的特别调查员。"孔念铎说，"感谢碳族事务部的安排。"

"不用感谢。"铁游夏毫无感情地说，"铁族没有'方于西'这个代号的安德罗丁，碳族事务部也没有叫'方于西'的特别调查员。"

这答案让孔念铎颇为意外：那方于西到底是谁？在这个故事扮演着什么样的角色？

13...

火星铁族联络处升级为联络部的仪式于 13 月 18 日正式举行。仪式非常隆重。孔念铎自己并不喜欢过于仪式化的东西，但他心里很清楚，这种仪式是做过别人看的。经由隆重而冗长的仪式，他要告诉所有碳族和铁族：我，孔念铎，现在是部长了；我是碳族和铁族之间的纽带，我很重要；你们瞧，我同时赢得了碳族和铁族的信任。

火星政府执行总理鹿游园亲自到场宣布了对孔念铎的任命，火星城市代表协商大会执委会主席威廉·沃尔福斯发来贺电，六七位相熟的部长与城市代表也到场表示祝贺，因故不能到场的，也发来贺电。"励精图治，终有大成。"威廉主席如是说，"厉兵秣马，再创辉煌。彪炳千秋，指日可待。"

升级仪式再掌声和欢呼声中结束。送别到场的众位朋友，孔念铎马不停蹄地开始了事先约定的工作。

火星铁族联络部的四楼有一间会议室，其布局与孔念铎家里的虚拟测试室一模一样。这间会议室主要供客卿开会使用。客卿们居住在不同的城市，乃至于不同的星球上，每次开会都让他们亲自跑一趟是非常麻烦的。借助一套先进的虚拟会议系统，客卿们只需要在技术内核上外接一个特别的插件，就能以虚拟形象进入到会议室。即使相隔数百万千米，客卿们也能清晰地感知到会议室里发生的一切，并立即做出反馈。

孔念铎站到主持人的位置，扫视片刻，一共 8 名客卿到了："今天的会议有些特别。天文学家肯·诺里斯遭遇意外，不幸去世，让我们一起为他默哀。"

除了他，剩下的客卿都是以虚拟形象出现。林佩和道格拉斯都微闭着眼睛，低头沉思，敏娜在胸前画着十字架，乌那·拉约尔没有动作，而何西·阿门塔在东张西望，根本没有在意主持人的要求。

"默哀完毕。"孔念铎说，"接下来，本来该介绍新人。然而，似乎那位顶替肯·诺里斯的新人有些害羞，至今没有现身。"他指了指原来肯·诺里斯的位置，做了个无可奈何的手势。"也没有什么，我让后台催促一下。"他继续说，"我们一边开会，一边等他。今天进行一般性辩论，主题依然是内卷或者外扩，哪个才是文明发展的方向。提醒大家，按照最初的计划，这是最后一次一般性辩论。也就是说，下一次客卿大会，我们将进行最终投票，决出胜者。谁先发言？有自愿的吗？"

乌那·拉约尔夸张地举起了手，"我在火星同步轨道上，我先说。"孔念铎点头同意，"就从我们的电子诗人开始吧。"

从外貌上很难分辨出乌那·拉约尔的性别。他个子挺高，但非常瘦削，站立在那里，一动不动，宛如迎风挺立的一棵树。从某些角度看，他是女性，只是线条有如钢铁般的坚硬；从另一些角度看，他是男性，只是眉眼有如春天般的柔媚。事实上，他既不是男性，也不是女性，而是通过手术，抹去了男性和女性所有生理特征的中性。"为繁殖而存在的男女之别，早在一百年前就过时了。"乌那如是说。听相关专家介绍，现在火星上有三百多种性别。"现代科技，将个性，将人对自由的追求，发挥到淋漓尽致的程度。"美容医院的广告这样说。每一次见到乌那，孔念铎都要强迫自己不去分辨他的性别。那不重要。他暗自对自己说。重要的是，要他按照我的意愿去投票。

"我是个写诗的，讨论科技不是我的强项。"乌那·拉约尔站到圆环中间，对着孔念铎的方向说，扬了扬手里的打印纸，"不过我找到了一篇文章，读给大家听一下。

"地球生活对火星人的影响超乎想象。现在的火星婴儿出生后都会切除阑尾和胆囊。谁也不知道为什么要这么做，但大家都毫不犹豫地照着这样做。我知道为什么。阑尾和胆囊本来是人体的两个器官，一般认为是演化的残余，已经失去了最初的功能，成了没用的东西。不但没用，还会病变，进而危害主人的生命。阑尾炎和胆囊炎在医学不发达的时候困扰了数千万人的生活，夺取了数百万人的生命。当然，进入近现代，由于医学的进步，阑尾炎和胆囊炎不再是不治之症。进入大航天时代后，普通人也能参与移民和定居火星，阑尾炎和胆囊炎再度成为问题。在五十多年前，登陆火星初期，医疗条件可不像现在这样好，并没有更多的资源用于医疗。在火星上生存下来，是当时最优先的追求。因此，当时有一个要求，所有移居火星的人，都必须预防性地切除阑尾和胆囊。后来，在火星出生的人也照例切除。几十年下来，这件事竟然成为一种每一个火星人都遵照执行，连嘘一声都没有的习俗，仿佛那是历时千年万年的古老传统。"

读完，乌那翻着他黑白分明的眼睛，说："你们不觉得这是一件可怕的事情吗？"

这时，孔念铎收到了提示，光影交错中，新客卿的虚拟形象出现在会议室。他凝神去望，认识，正是曾经在广告上多次见过的夏荔，年轻的太空列车总设计师。怎么是他？孔念铎微微蹙眉。他的到来，对会议结果会有怎样的影响？

见无人回答，乌那继续说："才从地球到火星，我们就丢失了阑尾和胆囊，如果走得更远，我们是否会丢失更多的器官？我们是否会变得更加不像碳族？事实上，我们正在异化的道路上狂奔。与十年前的我们，百年前的我们，千年前的我们相比，我们早已面目全非。我们还要继续狂奔吗？我们要变成那个我们曾经无比痛恨的模样吗？"

乌那瞪着黑白分明的眼珠子，一副非常恨铁不成钢的样子。

这是一件非常怪异的事情。本来，乌那雌雄难辨的中性风格本身就算是对严格意义上的男女之别的反叛，是一种巨大的异化，而现在，乌那却担心碳族改变太多，以至于不再是碳族。作为曾经的激进派，为何眼下的观点显得如此保守呢？当然，孔念铎不会指出其中的矛盾之处，因为乌那的结论是他所需要的。

孔念铎问："你的观点是什么？"

"内卷。我支持内卷。谢谢。"乌那离开演讲场地，回到座位上。

"谢谢乌那。"孔念铎再一次扫视全场，"在乌那演讲的时候，新人已经出场了。让我们……"

"还是我自己来吧。"夏荔的声音响亮如洪钟。他不待孔念铎同意，已经起身。孔念铎有些嗔怪，但没有发作，只是拿眼睛盯着他走向圆环中间的场地。

年轻的夏荔，浑身充满了勃勃生机。脸上棱角分明，如刀削斧劈，稍显冷峻，身上颇有些岩石一般的肌肉，把工程师的天蓝色制服撑得鼓鼓囊囊的。他留着一头黑色短发，略为凌乱，显出几分不羁，却并不给人以浮皮潦草之感。最难得的是他的那双钻石般熠熠发光的眼睛。孔念铎清楚地知道，如今身体的其他部位都可以通过精密的手术，按照需要，进行各种形体塑造，眼神却不行。"眼睛是心灵的窗户"，这句古话在现代有了更为深刻的含义。孔念铎见过太多四肢发达而眼神颓废的人。但显然，夏荔与他们不一样。他从里到外，是一致的。这种一致性，给了夏荔别人所没有的力量。

正因为如此，孔念铎不但感受到了心底翻涌的嫉妒，还感受到了来自夏荔的实实在在的威胁。那种感觉，就像在自己的领地漫步的老虎，忽然间嗅到另一头老虎的气息。不，孔念铎在心底纠正道，根本就没有嗅到。没有看到，没有听到，没有嗅到，然而他就是知道有另一头矫健而危险的老虎正在悄悄地靠近，靠近。他的整颗心都由此扎紧。

"大家好，我是夏荔。第一次站在这里对各位客卿讲话，说真的，我心里非常忐忑。"夏荔抬手做了心脏扑通扑通跳动的动作。这很普通的开场白却引来了乌那·拉约尔的笑声，孔念铎注意到，甚至一向不露声色的道格拉斯和林佩的嘴角也挂上了明显的笑意。"与在座的各位专家不同，我是搞设计的，设计太空列车。与几十年前的太空电梯相比，太空列车不但速度快，而且更安全更舒适，价格上也能为普通人接受。没错，大家每天都要乘坐的，从火星地表到太空轨道的太空列车，70%是我设计的。

"总有人问我，为什么要热衷于设计太空列车？为什么喜欢把乘客从甲地送到乙地？难道乙地真的就比甲地好吗？故事要从我小时候讲起。我是地地道道的火星人。我爷爷是第一代火星移民者，在他 21 岁的时候就从遥远的地球，离开家人，来到崭新的火星。我无数次问过我爷爷，为什么要来火星。我爷爷的回答通常只有简单的两个字：机会。他没有进一步解释，也许是认为我太小了，无法理解。直到我爷爷去世，我渐渐长大，才慢慢明白我爷爷的意思。

"什么叫机会？是只有离开甲地，来到乙地，才能找到的可能性。乙地不一定每一个方面都比甲地好，但乙地可以提供的可能性更多。对我爷爷那一辈而言，火星的自然环境不是比地球严苛冷酷，而是致命得多。他们那一代移民者，是冒着生命危险在开拓火星。正是因为他们那一代的坚持与付出，他们的流血与牺牲，我们才能在火星上站稳脚跟，并在今天骄傲地宣称，我们是火星的主人。

"让我们把视野放大，放大到整个碳族的历史。我们的智人祖先，在 7 万年前，离开非洲，靠的是双腿，靠的是步行，靠的是两条腿走路。那个时候，他们可没有地图，根本不知道前面有什么。他们既不知道前面是沙漠还是沼泽，也不知道前面是否有食人的猛兽，他们甚至不知道前面是否还有路。实际上，在他们走之前，前面根本就没有路。他们走过之后，路自然就形成了。他们义无反顾地往前走，往前走，走到了地球的每一个角落，走出了碳族光辉灿烂的文明。这是一种碳族特有的力量，就是这种力量，支撑着碳族，支撑着我爷爷那一辈千千万万的移民者，从地球走到了火星。

"然而，到 22 世纪的今天，在火星上，反而有一种声音强烈地反对着碳族继续往下走的行为。他们自我设限，想要把碳族的未来，桎梏于虚拟的幻象里。这是非常可怕的事情。我坚决反对这种说法和做法。

"并没有一个写在书上必然会实现的未来。这让一部分人惶恐，未来的不确定让他们深感不安。他们从内心深处渴望，有谁能帮他们安排一个平安稳妥的未来。同时，也让另一部分人欣喜。既然未来没有注定，那就意味着未来有很多种可能，而凭借自己的大脑和双手——当然，还有运气，必不可少的运气——我们能够创造出自己想要的那一个未来。我们想要的未来，不在虚拟世界里，而在星辰大海里。"

夏荔讲述的内容并不新鲜，在之前的讨论中，已经有客卿隐约提到过。他能够赢得掌声，是因为他极富感染力的演讲。孔念铎不得不承认，仔细分析，夏荔的说法缺乏实质性的论据，也没有扎实的论证过程，但他娓娓道来，情绪饱满，很容易让人动心。孔念铎意识到，夏荔的本职是太空列车总设计师，这没有错，但同时，他也是一个公众人物。他长期出现在各种影视节目之中，几乎所有的太空列车广告里都有他的身影。他是太空列车的最佳代言人。在太空列车方面，他是唯一的也是最高的权威。人们愿意倾听他的演讲，甚至在他的话说出口之前，人们就已经相信他了。这就是我觉得他危险至极的原因。孔念铎想。

"谢谢夏总工程师。"孔念铎说，"道格拉斯教授，下面请您……乌那，你已经发过言了。"

乌那·拉约尔夸张地晃动着双臂，"我，我改主意了。"

"你说什么？"

乌那说："我不想内卷了，我要去探险，寻找新的机会。我支持外扩。外扩万岁！外扩万岁！外扩万岁！"

孔念铎心往下沉，而林佩脸上的笑意已经掩饰不住了。

14....

孔念铎端坐在大宅子里，思虑良久。

筹谋已久的事情，临到最后也是最紧要的关头，却被一个突然冒出的人给全部破坏掉了。心烦意乱已经不足以形容他此时的感受。有一种原始的恐慌，仿佛怪物一般，平时蛰伏在他内心最深处，如今因为夏荔的出现，翻腾喷涌咆哮出来，在他的整个身体里扫荡，似乎要将他的每一个细胞都撕裂。

他很少有现在的感受。在大多数时间里，他都能掌控一切，游刃有余，包括他自己的想法和感受，还有心情。然而，这感受又如此熟悉。在此前的人生里，类似感受的出现次数虽然不多，但每一次都令人印象深刻。最关键的是，每一次这样的经历，都影响深远，甚至可以说，改变了他的人生轨迹。那么这一次……

孔念铎屏住呼吸，直到极限，心脏因为缺氧而扑通扑通剧烈跳动，肺部因为囤积的二氧化碳过多而发出撕裂般疼痛，直到"二号"跳出来警告，他才缓缓吐出憋着的那一口气。这次客卿大会只是一次一般性辩论，可下一次，就必须得出决议。必须在下一次客卿大会之前，解决夏荔这个难题……

他展开手掌，一枚金光璀璨的徽章出现在手心里。徽章只有拇指大，中间是浮雕的弥勒佛坐像，坐像面容饱满，神采奕奕。弥勒佛背后光芒四射，正好与太阳的形象合二为一。他的莲花座上，精心雕刻着"拯患救难，是唯胜任；阳复而治，晦极生明"这十六个小字。浮雕底盘延伸出正十字架，横为地，竖是天，寓意天地为骨。正十字架的四个末端由一连串五彩圆环相连，圆环上装饰着"生""老""病""死"四组图案，意指不同根器之众生。整个徽章，寓意众生之心，皆转化为弥勒佛。"佛即众生，众生即佛。"这正是弥勒会最基础的教旨。

弥勒会是 21 世纪 80 年代，在二次碳铁之战结束后兴起的一个宗教。它宣称三千世界中最大的如来佛已经涅槃，且不再往生，而代表未来的弥勒佛已经登临世间，成为现在三千世界中唯一且最大的佛。它说，过去佛乃是燃灯古佛，现在的佛乃是如来佛，而未来佛乃是弥勒佛。原来如来佛还有若干年的在位时间，然而铁族的出现，令如来佛元气大伤，不得不提前退位，弥勒佛从善如流，接替如来佛成为三千世界中最大的佛。

弥勒会兴起后很快在东南亚拥有了大批信众。它继续往南亚、东亚以及南美地区发展。巅峰时期，它宣称有 20 亿信众。但很快，它和其他传统宗教及新兴宗教一样，遭遇到了重生教。后者以狂风扫落叶之势，在短短的十多年时间里席卷全球。弥勒会是抵抗重生教最大的中坚力量。重生教与弥勒会在各个层面展开竞争，从经济到军事，无所不包。无论是涉及的地区，还是参战的人数，早就超越了历史上任何一次宗教冲突。它们的冲突史称"教会战争"。最终，在 21 世纪结束 22 世纪开始的时候，重生教取得压倒性的胜利，弥勒会全面败北。现在的情况是，重生教统治着地球，弥勒会是其通缉对象，在地球上近乎没有立锥之地；而火星不受重生教管辖，作为一个颇有影响力的宗教，弥勒会在这里一直存在着。

孔念铎轻轻敲击徽章，一道微光从弥勒佛眼睛射出。他将这道微光对准自己的眼睛，只觉得如同平静的湖面投下了一粒小石子一般，涟漪扩散开来，周遭的一切波动了几下，又归于平静。这时的他，已经置身于徽章所营造出来的通信空间。

通信空间是独立于网络之外，为着绝密通信而凭空营造出来的场景，需要通信双方持有相同的通信工具才能打开。因为多种加密方式的引入，被认为是目前最安全的通信方式。

这是一个木头做的小酒馆，木头砌成的墙壁，木头搭成的吧台，四张木头切成的圆桌，周围摆着一圈木头做的圆凳子，就连亮着的灯也是木头做的。孔念铎吸了吸鼻子，空气里也弥漫着木头的香气。小酒馆的主人赵庆虎推开木门，大踏步走了进来。

"孔大人，在下没有来晚吧？"赵庆虎说，"一接到您的通信请求，在下就急匆匆地来了。"

"没有，三师兄。"孔念铎回答，"我也是刚到。"

赵庆虎这人与周绍辉有相似之处，寡言少语，尤其不喜欢夸夸其谈，说出的话平实而厚重，每个字都掷地有声，分量十足。假如说叛逃到火星，是周绍辉一生之中最戏剧性的转变，那加入弥勒会，就是赵庆虎这辈子最为重要的转折。他常说的一句话就是"没有弥勒会，就没有赵庆虎。"弥勒会内部以师兄、师弟、师姐、师妹来互相称呼，最高领导人叫大师兄，然后是二师兄三师兄，而赵庆虎目前是弥勒会三师兄。

赵庆虎走到吧台，"喝一杯吗？"

"为什么不呢？反正也喝不醉。"孔念铎接过赵庆虎递来的啤酒杯，一饮而尽，"肯·诺里斯真是你们杀的？"

"不是。"

"嗯？不是说你们对肯·诺里斯的死负责吗？"

"真不是我们杀的。"赵庆虎说，"孔大人知道的，赵庆虎从不说谎话。"

"哦。最近在忙什么？"

"大师兄朱成昊想要组建四大天王，正四处物色人选。已经找到了三个，还差最后一个。"

"四大天王？"问完这个问题，"二号"已经为孔念铎准备了答案，但赵庆虎回答的时候，他还是认真地听了。然后他问道："为什么要组建四大天王？"

赵庆虎说："大师兄认为目前弥勒会最大的问题是执行力不够，组建四大天王就是为了解决这个问题。东方多闻天王，负责各种情报的收集与整理；南方增长天王，负责宣传和发展信徒；西方广目天王，负责弥勒会资金的募集、管理与支出；北方持国天王，负责教规的宣讲、监督与执行。"

"听上去不错，一个组织的方方面面都涉及了。实际上呢，"孔念铎说，"朱成昊是想架空你和二师兄曹熊？"

"孔大人，在下尊重孔大人，然而也请孔大人不要挑拨在下与大师兄、二师兄的关系。"赵庆虎严肃地说，"你知道我最看重弥勒会的什么吗？团结。所有弥勒会的信众，无比团结。不团结，自私自利，各自为战，是碳族最大的毛病。弥勒会的信徒不一样，我们有同一个信仰，同一个追求，同一个目标，心往一处想，劲往一处使，我们无比团结。"

结论其实已经很明显了。情报的收集与整理，还有各种外勤任务，向来是由赵庆虎负责，赵庆虎对弥勒会不可谓不重要。然而，正是因为太过重要，很容易引起最高领导人的猜忌与防范，甚至打压。朱成昊再找一个天王来负责弥勒会的外勤工作，不就是想架空或者说制衡赵庆虎吗？孔念铎没有见过朱成昊本人，他与弥勒会联系，一直只通过赵庆虎，即便如此他也依然可以肯定自己的猜测。倒是赵庆虎自己，他很可能有同样的结论，却因为对弥勒会的忠诚，不肯承认自己遭到了来自弥勒会内部的倾轧。

赵庆虎问："今天找在下来，不会只是闲聊吧？"

孔念铎问："有什么能让一个人迅速消失？"

"让人迅速消失的办法有很多。"

"还是一个公众人物。"

赵庆虎看着孔念铎，开始一板一眼地分析，"干掉一个公众人物，说难也难，说不难也不难。只要你掌握了足够多的资源，干掉一个公众人物的方法多如牛毛。细细归纳起来，除拉拢、收买、化敌为友外，不外乎如下三种：破坏其声誉，使他说出话来再无人相信；毁掉其发声的渠道，使他即使发出声音，也无法传播开来，为公众所知；从肉体上进行消灭。孔大人要哪一种？"

孔念铎眯缝了一下眼睛，凝神看了看赵庆虎。赵庆虎看上去非常忠厚朴实，很难把这样的人与情报工作联系起来。然而，孔念铎早过了以貌取人的阶段，在与赵庆虎的接触与交往中，他早就领教了这位弥勒会三师兄的雷霆手段。"我要速度最快的那一种。"孔念铎斩钉截铁地说，"时间非常紧迫，必须尽快解决。"

"在下明白了。"赵庆虎道，"说名字。"

孔念铎轻轻地叹息，吐出两个字："夏荔。"

"是在下知道的那个夏荔吗？"

孔念铎微微点头，"是的，就是他。除了他，还有谁？"

15....

火星历 87 年 14 月 1 日，火人节开幕。在飞往乌托邦平原的途中，孔念铎饶有兴致地向老 X 介绍了火人节的来历。

火人节最早可以追溯到碳族还在地球的时候。根据历史学家研究，第一届原始火人节于 1986 年 8 月底 9 月初在北美洲黑石沙漠举行，为期 8 天。节日期间，数千人在沙漠里建起临时营地，燃起篝火，搞各种形式的艺术活动。节日结束，巨大的人形雕塑被焚毁，不留一点儿残余。其后，火人节每年都在黑石沙漠举行，连续举办了数十届，到 2025 年，铁族崛起，"浩劫"爆发，火人节才被迫取消。有感于原始火人节倡导的"创新、包容、时尚、反消费主义"等观念，铁族艺术大师铁心兰决意复兴火人节。10 年前，铁心兰号召，并主持了在乌托邦平原举办的第一届现代火人节，大受欢迎。今年是第十届火人节，地点依然是乌托邦平原，预计参加人数将超过 300 万人，创历史之最。

乌托邦平原位于火星赤道以北，直径达 3 200 千米，是火星最大的平原；表面覆盖着一层厚厚的红土，总体平坦，只有少量面积不大的陨石坑。数百年前，地球上的天文学家用原始的天文望远镜分辨出火星上这一片平坦之地，并命名为"乌托邦"时，显然是寄寓了某种缥缈无根的希望。如今，现代火人节在乌托邦平原举办，与这希望恰好有颇多契合之处，也算是冥冥之中，自有天意。

有人对火人节推崇备至，认为其充分体现了包容一切的火星精神；也有人认为火人节无聊至极，不过是把碳族在地球上做过的事情，搬到火星上再做一次，根本就没有什么新意可言。还有很多人无所谓，表示有热闹可围观、可讨论、可参与就好，计较那么多干吗。

跟前九届相比，今年的火人节最与众不同的地方，就是返璞归真，再次将乌托邦平原的地表作为活动场地。上一届的活动场地是乌托邦平原的上空。主办方在距离地面2 000米的地方，放置了一个用小型核聚变发动机驱动的大型悬浮框架。从火星各处来的飞行器可以直接停靠在框架上，使框架很快变成由数千架云霄车、蜻蜓机和龙舟组成的难以名状的空中城市。重回地表是本届火人节组委会委员孔念铎的主意。当主办方向他征求意见时，孔念铎说：“第十届火人节有特别的意义。我们不能再搞那些华而不实的东西，忘记了举办火人节的本心。”回到地表举办火人节，就是重拾本心的一种具体表现。

本届火人节的主题“坐井观天”也是孔念铎提供的。“每个人的世界都是程度不同的坐井观天。”孔念铎是这样解释主题的，“只是有些青蛙的井口大一些，另外一些青蛙的井口小点儿而已。我们活着，就要尽可能地使自己的井口大一些，再大一些。”

后来，在第十届火人节记者见面会上，有记者问孔念铎：“你的井口有多大呢？”孔念铎展开双臂，说：“有时以光年计。”又双手互扣，放到眼前，说：“有时比指缝还小。”这个动作当时无人在意，后来却引发了一波模仿热潮。

每次记者见面会都会发生意外。第十届火人节记者见面会上，就有一个记者抓住空档，问了孔念铎一个特别难堪的问题，“听说孔部长小时候特别崇拜萧瀛洲？你觉得他真是英雄吗？”主持人以与火人节无关为由，替孔念铎拒绝了这个问题。谁知那个记者嘟嘟囔囔地说："哪有什么英雄？不查，个个都是神话；一查，个个都是笑话。"这话激怒了孔念铎，他无视主持人制止的目光，抢道："你有什么资格做出这样草率的评价？你以为证明了那些英雄都是因为出身、因为家世就可以证明你现在的状况是因为你父母的无能？就可以把一切过错都归罪于你的父母和家庭？就可以证明你现在的一事无成与只会怨天尤人是正确的？自己笨、懒，还不肯努力，说的就是你这样的人。你现在最该做的，就是更勤快一些，更努力一些，不要让你的孩子将来像你抱怨你的父母一样抱怨你。"

这次回答，在网络上引发了不小的风波。有人支持孔念铎，说任何时代都需要英雄；也有人激烈反对，说需要英雄的时代是最可悲的。反对者拿出孔念铎至今没有结婚也没有孩子的事实来证明他没有这样说的资格。他们翻找历史资料，发现孔念铎曾经说过"婚姻是对彼此的束缚与捆绑，与其在婚姻里互相伤害，不如放彼此一条生路"，还曾经说过"人类已经没有任何希望，未经孩子同意就让他来到这个破烂不堪、毫无前途的世界，是一种比种族屠杀还要恶劣的犯罪"。这两句极端的话都成为攻击孔念铎的有力武器。

"你真的说过这样的话？"在龙舟里，老 X 忽然问。

"是啊，曾经说过。"孔念铎说，"10 年前，或者 20 年前，不记得了。"

"现在还这样想吗？"

"还这样想，"孔念铎答道，"但不会这样说了。"

老 X 若有所思地点点头。刚才问话时是老 X 难得的清醒时候——也许是故事里的名字使他想起了什么——孔念铎还想继续，但老 X 的注意力已经转移到了龙舟窗外，只好作罢。

此时，龙舟正在降落。透过窗户，可以望见深红色平原上的近百万种临时建筑，充气帐篷、木头房子、手工棚屋、云霄车，密密麻麻铺展开来，从眼前一直到天边。主办方早就有规划，没有临时建筑的地方，从空中俯瞰，正好形成一个大大的"井"字。

下龙舟之前，孔念铎给老 X 戴上呼吸面罩，将面罩与环境服连接在一起，并叮嘱他，无论如何不能把面罩取下来。经过几十年的改造，火星的环境已经有了巨大的变化，但大气还不能供碳族直接呼吸，温度也远低于人体所需的正常值。因此外出时必须穿上环境服，戴上呼吸面罩。然后，孔念铎又吩咐秘书小丁，全程陪同老 X，不能出丝毫的岔子。说这话的时候，老 X 已经跑到门边，迫不及待地要下龙舟，去参与外边的狂欢了。

孔念铎也戴上了呼吸面罩。龙舟的气闭门打开，老 X 率先出去，小丁紧跟着。孔念铎听见他们走出去的声音，在气闭门再次打开后，他走了出去。

林佩笔直地站在步梯下边，脸上露着深不可测的笑意。"你好啊，部长大人。"她说。她没有戴呼吸面罩，也没有穿环境服，说明她的身体经过全方位的改造，只需几个简单的插件，就可以在火星的大地上自由行走。在她身边，站着武器专家何西·阿门塔。林佩娇小玲珑，何西魁梧雄壮，两者的形象对比如此鲜明，以至于任何人见到了恐怕都要惊呼一句。

孔念铎忍住自己的惊呼，走下步梯，握住林佩伸过来的手掌，"林博士，很高兴见到你。"

"我也很高兴。"林佩抽回手。

孔念铎想和何西握手，但对方并没有这个意思。他矗立在一旁，仿佛是座铁塔。瞧他的眼神，如若有谁对林佩不利，他定会将那人撕成碎片。孔念铎也不想搭理他，假如要在本届客卿中找一个不合格的，何西会是不二的人选。所以，孔念铎把全部的注意力都集中到了林佩身上。

林佩个子不高，很可能是铁族客卿中最矮的，比孔念铎还矮。林佩自己倒不介意。她不止一次地反诘："那又怎样？就能证明我说的一切都是错的？"她矮且瘦，细骨伶仃的，仿佛从小到大，都营养不良。在这个以物资丰腴著称，一不小心就会发胖的时代，倒是非常少见的。孔念铎了解过，林佩出生在土卫二恩克拉多斯上，父母是到那里研究原始海洋和生命起源的科学家。她是该星球上出生的第一个孩子。然而她小小的身子里，却蕴藏着不可忽视的巨大能量。她嘴唇薄得像张纸，整齐的牙齿宛如刀片。语速虽快，仿佛致命的电磁枪在扫射，但字字清楚，从不含混模糊。她能言善辩，脑筋非常灵活，反应敏捷，在对话时从不讲情面，每每将人驳得哑口无言。

毫无疑问，林佩是孔念铎见过的最聪明的人之一，孔念铎喜欢和这样的人打交道，可以省去很多麻烦和解释工作。要是换个地方，或者时代，孔念铎觉得自己很有可能喜欢上林佩。至少可以成为朋友吧。然而，此时此地，他却必须和林佩成为敌人。

"虽然没有哪一条法律规定，客卿不能私下见面，但这确实是我第一次在大会之外见到另外的客卿。"孔念铎说，"找我，肯定是有事，是吧？一边走，一边说？"

"没有问题。"林佩点头说道。

秘书小丁搀扶着老 X 在火星深红的大地上慢慢走着。附近是一望无际的各种材质和形制的帐篷。三架蜻蜓机在营地上空盘旋，振动的翅膀，划着优美的弧线。更远的地方，似乎悬停着一艘巨大的飞艇，但也可能是风把绯红色的云搅乱，绘成了飞艇的样子。孔念铎走向他们俩的背后。

林佩紧追几步，赶到孔念铎身旁，与他并行。"我研究过你，部长大人。"林佩说。

"有什么结论？"

"你不相信精英。"

"我不相信精英，不相信那些高高在上的官老爷们会一心一意按照他们的口号做事。我见过了太多的丑恶和虚伪，见过了太多的幕后交易与口是心非。"

"你也不相信大众。"

"我不相信大众，不相信那些无知无识的底层老百姓会目光远大，甘愿为了族群的前途牺牲自己的利益。推动大众的，从来不是什么理想，而是切身利益。大众人数众多，多数时间是毫无凝聚力与战斗力的一盘散沙，而一旦大众被鼓动被操控起来，多数时间又会成为横扫一切、台风一般进行无差别破坏的力量。"

林佩略为停顿，"那你相信什么？"

"我出生于底层老百姓中，又在自诩精英的阶层待了数十年。我同时知道顶层与底层的状况，知道他们的优与劣。我不相信他们。"孔念铎说，"怀疑一切，是很长一段时间里我没有宣之于口却忠实执行的人生信条。我怀疑法律，怀疑人性，怀疑理想，怀疑所有的名人名言，我把这些都细细地打磨、分解，从中挖掘出字面底下最为真实的一面。我怀疑爱情，怀疑忠诚，怀疑信仰，怀疑科学与技术，怀疑这一路走来，浑浑噩噩中我——我们——到底做对了几件事情。"

"我查过你的全部资料。"林佩微微一笑，说，"你猜我看到了什么？"

孔念铎没有说话，他知道林佩一定会自行回答这个问题。

"我只看到了一个资质平庸的人，妄想通过勤奋，妄想通过时间加汗水，实现对自身命运的超越，从而创造出某种在他看来颇有意义实际上毫无价值的奇迹。"

"嗯，非常精准的判断。不管是智商，抑或者是道德，我相信都有太多的人在我之上。这一点自知之明我还是有的。"孔念铎回以微笑，"不过，你来找我，肯定不是专程来采访我，更不是专门来打击我的自信心的吧？"

"我发现了你的一个秘密。"又是那种洞悉一切，因而深不可测的表情。

"活在世上，谁没有几个秘密啊。"

"秘密有很多种，有的会引发会心一笑，有的让人心酸无奈，有的却足以致命。"

"说来听听。"

"我知道萧瀛洲在哪里。"

"哪个萧瀛洲？"

"有人真傻，有人假傻，你是装傻。"林佩指着前方刚刚跌倒而被小丁搀起来的老 X 说，声音充满了不可辩驳的自信，"世界上只有一个萧瀛洲。"

16...

站在火星平原上，仰望绯红色天空，宛如置身于海底。仰望正午时分的"海面"，一群硕大的鲸鱼在"海底"与"海面"之间缓缓游过。阳光透过永不止息的"海水"，投射到鲸鱼平滑的皮肤上，形成不断变化的光影，令人无限遐想。就如此时此刻，孔念铎所仰望的充气鲸鱼那般。这些充气鲸鱼身体庞大，姿态优美，充满了力量。

"那是蓝鲸吧？"老 X 疑惑地问。

"最大那头是蓝鲸，它左边是长须鲸，右边是露脊鲸，斜下方看上去有些狰狞的是逆戟鲸和虎鲸，最下方单独的那一头是抹香鲸。"孔念铎说，"这是我为火人节特别定制的。都是等比例充气模型，跟它们在地球上的个头与外观一模一样。壮观吧？"

老 X 点头，"漂亮。"

　　这时，孔念铎和老 X 并立站在乌托邦平原上，仰望着天空。他打定主意，转向老 X，"知道吗，您也曾经是一头蓝鲸。"

　　老 X 闻言，似乎瑟缩了一下说："我？蓝鲸？"

　　孔念铎说："您不是一直想知道您到底是谁吗？您不是想知道两段人生：落魄的作家，在虚拟现实系统里体验了太空军总司令辉煌无比的生活，和经历了太空军总司令辉煌无比的生活，如今是失忆而落魄的老不死的，哪一段才是真实的。我现在告诉您真相。

　　"您记住了：您的真名叫作萧瀛洲，出生在地球上，今年 104 岁了。地球历 2036 年，在您 20 岁的时候，您就用两枚核弹炸毁了即将撞击地球的毁神星，当着全世界的面拯救了全世界。此后，您担任太空军首任总司令，一手组建了地球上第一支也是太阳系规模最大的太空舰队。火力之强，足以毁灭一颗星球。2077 年，第二次碳铁之战爆发，您亲自率领太空舰队远征火星。虽然遭遇了铁族伏击……后来，您回到地球，时值战争尾声，铁族全面获胜，而亡族灭种的危险悬到了每一个碳族的头上。又是您，毅然发动军事政变，推翻了无能的地球同盟，进而与铁族签订和平协议，第二次拯救了全世界。"

　　老 X 看了看孔念铎，嘴唇嗫嚅着，似乎想说什么，却最终什么都没有说，而是把目光挪移到了天空中飘着的蓝鲸上。

　　孔念铎说："我不知道您是真傻还是假傻，我必须告诉您。2078 年，您与铁族签订和平协议，在我，还有很多人看来，您是迫不得已，以牺牲自己一辈子的尊严为代价，换取碳族的生存。但在另一些人看来，您是碳族史上最大的叛徒，为了个人的权位，不惜牺牲全体碳族的利益。在很久以前，他们就想杀死您了。这就是为什么我不让您抛头露面的原因。时至今日，还有好几个反对铁族的组织，将您作为头号通缉对象。然而，几天前，有一个人，林佩，查到您的真实身份。她威胁我，如果不按照她的指示去做，就会把您的真实身份公之于众。她要我在客卿大会上转变立场，支持外扩，而这与我所谋求的事情，正好相反。您说，我该怎么办？"

老 X 没有回话，只是傻愣愣地望着绯红色的天空。"为什么没有海豚？我喜欢海豚。我要小海豚。"他说。

孔念铎不知道自己该哭还是该笑。这一切都是我自己的选择，所有的后果我自己来承担。孔念铎想着，唤来小丁，把老 X 带回住处，小心看管。"别让他走出你的视线。"他说完，向着万神殿走去。

林佩给了孔念铎 8 天时间。"火人节结束的那一天，你必须给我准确的答复。"她说，说得斩钉截铁。

今天，火星历 87 年 14 月 8 日，就是火人节结束的日子。

在这 8 天里，孔念铎主持了声势浩大的开幕式，接受了数十次参访与宴请。他带着老 X 四处参观，在各种临时建筑里进进出出，欣赏艺术家们精心制作的各种艺术品。就如现在这般，只需要抬眼，就能望见。这些艺术品有的陈列于地表，有的飘浮在半空。有的明晰，一眼就可以知道创作者想要表现什么；有的深刻，需要精心思索，拐上几个弯，才能明白创作者的意图；有的抽象，即使创作者跳出来百般解释，欣赏者还是一头雾水，茫茫然不知所云。

在很多时候，孔念铎人在这里，心却不在这里。他的身与心，被严重割裂了。

在这 8 天里，孔念铎见到了无数的人。在火人节，能够欣赏的，除了以"坐井观天"为主题的艺术品（其中也不乏完全不管主题，自行其是，想怎么就怎么设计的），还有参与火人节的每一个人。就如孔念铎此时所看到的那样：有人在前胸上打了个洞，邀请别人看他心脏的跳动。"这就是生命。"那个人说。有人在肩胛骨上外接了一对 10 米长的大翅膀，在火星稀薄的空气里，只能短暂地滑翔，降落的时候，他扑跌到深红的尘埃里，却赢得了周围人的一片掌声。有人在肩膀上嫁接了一只漂亮的金刚鹦鹉，你以为那是机器，实际上是真的金刚鹦鹉。它与主人的神经相连，不但分享主人的营养，也能够以古怪的腔调说出主人难以宣之于口的心里话……这样奇奇怪怪的各色人物孔念铎见过太多。很多在虚拟世界中才能见到的形象，如今堂而皇之地出现在现实世界，虚拟与现实混合在一起，令他有一种强烈至极的恍惚感。

这种恍惚感与身心分离的割裂感叠加在一起，使孔念铎感到前所未有的迷惘、困惑，还有恼怒。

整整 8 天，他的身，在熙攘的人群中穿行，对着所有人微笑，他的心却在忧惧，要如何应对林佩的威胁（"火人节结束的那一天，你必须给我准确的答复。"她说，说得斩钉截铁）。每时每刻，他都感受到林佩，还有何西·阿门塔，在遥远但却是清晰可见的地方，带着嘲讽与怨毒的表情凝望着他。

在这 8 天里，他每天只睡一个小时，有时还不到半个小时，即使闭上眼睛，脑袋里也在嗡嗡作响，无数的念头在里面如同无数只蜜蜂一般熙来攘往。靠着药物，他才勉力支持到现在。

也有很多钢铁狼人参加了火人节活动。孔念铎到过好几个钢铁狼人的帐篷，并与他们交谈，讨论"坐井观天"的哲学意趣与现实指向。其中一个钢铁狼人艺术家向他展示了一幅作品，上面寥寥几笔，勾勒出两只独腿的火烈鸟，仔细看的话，会发现那些线条全部由数字 0 和 1 组成。似乎并不出众，但再看，那火烈鸟变成了尺蠖，眨个眼睛，又变成了憨态可掬的熊猫。"看见了什么？"钢铁狼人问，孔念铎望着熊猫答道："一头狼，一头孤独的，却想走遍天下的狼。它的眼睛和它的心一样，滴着血。"

远远的，可以看见万神殿的顶部了。孔念铎放慢了脚步，同时捏了捏口袋里的火星蘑菇。

孔念铎是在极为偶然的情况下得到这些火星蘑菇的。

火星蘑菇是一个统称，包括了数十种化学合成的药物。这些药物名目繁多，不是内行，根本分不清楚，但它们有一个共同的作用：能够打破各个感觉器官之间的界限，让使用者在数十分钟到数个小时里，成为联觉者。一般人的感觉器官是分开的，眼睛是眼睛，耳朵是耳朵，看到和听到，是完全不同的感受。然而有少部分人的感觉器官是混合在一起的，他们能够看到味道，听到重量，摸到颜色，这被称为"联觉"，也叫"超感"。有非常多的艺术家相信，联觉会给他们的艺术创作带来灵感。所以，火星蘑菇的出现，极大地满足了这些艺术家的需求。自然，像火人节这样艺术家聚集的时间和地方，也是火星蘑菇聚集的时间和地方。火星蘑菇的气味在每一座帐篷里飘散，整个营地都浸泡在火星蘑菇微微带着香甜的气味里。

孔念铎没有想到的是，他是从钢铁狼人那里得到的火星蘑菇。

两天前的黄昏时分，孔念铎独自走进一座不起眼的帐篷，意外地发现铁心兰是这座帐篷的主人。

铁心兰是铁族的一员，就是在她的倡议下，古老地球的火人节得以在现代火星复活，并焕发出新的生命力。在外形上，她就很特别。一方面，她摒弃了传统钢铁狼人的造型，使用了一具碳族女性的、第二性征非常突出的形体；另一方面，与铁族内核、碳族外表的安德罗丁不同，她非常刻意地没有穿任何衣物，也没有进行任何修饰，而是将每一寸古铜色的肌肤都裸露在空气里。

"想要变成铁族吗？"铁心兰说。她跪坐在一张茶几后边，光秃秃的脑袋和身体的其他部位一样，没有一丝毛发，油光锃亮。

这话让孔念铎想起了黛西的弟弟比尔博。"想，又不想。"孔念铎模棱两可地回答。

铁心兰脸部的金属片蠕动了两下，表示笑过了。以现在的技术，要精确地模仿碳族的面部表情，易如反掌。铁心兰偏要反其道而行之，刻意用这种带着古味儿的表情，反而有种不一样的风神韵致。她示意孔念铎坐下。"很容易的。"她摊开自己的手心，亮出三粒红白相间、蘑菇造型的药丸。

"火星蘑菇？"孔念铎疑惑地问。他疑惑的是，会在钢铁狼人这里见到火星蘑菇。联觉者在碳族中是少数中的少数，但铁族天生就是联觉者，他们只有一个感觉器官，所有的感觉一直都是混合在一起的。所有的铁族，无一例外。他们并不需要火星蘑菇。

"顶级的，能够让你充分体验成为铁族的感觉。"铁心兰的语气非常笃定，同时也充满诱惑。

孔念铎盯着铁心兰手心里的火星蘑菇，默不作声。

有一批人，比如黛西的弟弟比尔博，渴望成为铁族，在不能真正成为铁族之前，他们借助火星蘑菇，能够提前体会成为铁族的感受。当然，也有专家指出，火星蘑菇其实是致幻剂，一种新型毒品，要求对火星蘑菇的生产和销售进行严格监管，甚至禁售。孔念铎此前不是没有接触过火星蘑菇，但他对这玩意儿心怀恐惧，一直没有尝试过。

"我知道你需要它。"铁心兰说，"每一个走进这座帐篷里的碳族都需要它。"

孔念铎抬头，将视线从火星蘑菇移向铁心兰，从她高耸的古铜色胸部掠过，直视她玫红色的眼珠——那是她身上唯一不是古铜色的部位。然后他就沦陷了。事后孔念铎反复回忆，当时到底发生了什么，却想不起多少的细节。调用"二号"的记录，也只是显示他接过了铁心兰递过来的一粒顶级火星蘑菇，放进了自己嘴里，毫不犹豫。"你可以走了。"铁心兰说，语气如常。他回到自己的帐篷，一头栽倒在床上，好好睡了一个长觉。

似乎做了很多梦，到过很多地方，见过很多人，做了很多事，又似乎没有做梦，哪儿也没有去，什么人也没有见，什么事都没有做过。如果有人问他，第一次吃火星蘑菇是什么感受，有什么奇妙的体验，他肯定只能回答："我不知道。"

在醒来的清晨里，在第一缕阳光照进帐篷的时候，孔念铎摸到了口袋里的两粒火星蘑菇，忽然间知道该怎么对付林佩了。

万神殿已经到了。这是一栋造型毫无特点的巨大建筑，远看像庙，近看像寺，走进去一看，更像个堆满杂物的仓库。孔念铎看了一眼时间，距离与林佩约定的时间还有 10 分钟。他将一粒火星蘑菇丢进嘴里，包裹在舌头里。起初还能感觉它的存在，不久，它变得温热，旋即消失。他缓步走进万神殿，穿过前殿，路过广场，经由楼梯，爬上正后方的木楼，直抵 7 层楼顶，在那里等待林佩的到来。

17....

站在高处，向远处眺望，一直是孔念铎的爱好。此时，正值黄昏，黯淡的小太阳挂在天边，有奄奄一息的感觉，似乎一旦掉落，就不会再度升起。风在四处呜咽，卷起数不尽的尘土，将大部分营地遮掩在深红色的雾霾里。

远远的，孔念铎看见林佩了。她一个人从深红色的雾霾里走出来。何西·阿门塔没有跟着。这是孔念铎提出的要求。林佩走得很快。如果一个人知道他要去哪里，而且是个急性子，就会像林佩那样，走得迅疾。她走进了万神殿，穿过了一个偏殿。她应该在那里停留了一小会儿，然后出现在木楼的底层入口。她仰望木楼，挥了挥手，表示看见孔念铎了，旋即走进入口。

孔念铎继续眺望，同时耐心等待。听到背后脚步声响起，孔念铎感受到一股浓烈的新鲜竹笋的气息袭来。这是火星蘑菇发作了吗？他不在乎。"看见什么了？"他问，"在那间偏殿里。"

"愿望树。"林佩回答，斩钉截铁的声音宛如粗粝的鲨鱼皮使劲儿摩擦着孔念铎的前胸与后背。"写满了愿望，都是些非常普通的愿望：身体健康，平安吉祥，遇到知己，永远在一起。"她补充道，"然而，最难实现的，不就是这些最普通的愿望吗？"

"你的愿望是什么？"孔念铎没有回头。

"世界和平，永无战争。"

"这愿望够大。"

"你的愿望呢？"

"世界和平，永无战争。"

林佩嘻嘻一笑，说："我俩的愿望一样啊。"又问："上来的时候，你又看到了什么？"

"神像。"孔念铎回答，"人造的供人拜服的神像。"

参与火人节的每一个人都可以送一件物品到万神殿摆放或者说供奉，以宗教徒送来的神像最多，这也是万神殿名字的来由。没有人管理，神像都是以先来后到的顺序摆放，于是呈现出一种其乐融融的景观：水月观音挨着湿婆大神，雷神托尔旁边是慈航道人，羽蛇神库库尔坎面对着兽面女身、独腿站立的空行母，胡狼头神阿努比斯似乎在责骂斜上方的八岐大蛇……

"我明白你的意思。"林佩说，"你不相信神。我也不相信。这么说，我们俩的共同点还是挺多的。"

"还有一个小时，火人节就要结束了。万神殿里的一切，愿望树也好，各种神像也好，都将在一把大火里化为灰烬。"孔念铎说着，伸手扶住栏杆。

林佩走到他旁边，"能看见火卫二吗？"

"看不见。"孔念铎说。他听见自己的声音有种冬天的感觉，凛冽、萧索、又陌生得无以复加。太阳已经落下，火星绯红色的天空变得灰暗，少数几颗星星在层层雾气之上次第闪现。

"火星本来有两颗卫星。"林佩说，"在第二次碳铁之战中，火卫一被地球远征舰队给炸毁了。"

孔念铎知道这事儿。火卫一碎片的陨落痕迹还保留着，作为一个有些奇怪的博物馆存在。因为炸毁火卫一，是 2077 年 12 月，萧瀛洲率领的地球远征舰队所为，具体地说，是织田敏宪指挥的"乞力马扎罗号"航天母舰。而火卫一陨落的碎片威胁了火星人的生存，于是他们深深地恨上了萧瀛洲（虽然早有证据表明炸毁火卫一不是萧瀛洲下的命令），甚至不惜背叛碳族，帮助铁族。此事涉及萧瀛洲，这大概就是林佩旧事重提的原因？孔念铎不禁想着。

林佩说："火卫一被炸毁的时候，我还是一个 5 岁的小女孩。火卫一的碎片没有马上陨落，而是形成了一大片陨石云，绕着火星一圈圈转，谁也不知道它们最终会在什么时候落到哪里。落到哪里就是哪里的灾难。新闻里把那片由数千块大小不一的火卫一碎片组成的陨石云叫作'死亡扫帚'，非常形象的描述。对于死亡扫帚的恐慌，感染了当时所有的火星人。包括年幼的我。铁族进行了有效的防御，用激光武器和等离子炮清理了大部分碎片，但也有漏网之鱼砸到了人群聚居的地方。其中就包括了我家。我父母就死在那次灾难中，几十年过去了，我还记得当时的情景。"

林佩有些哽咽，但很快就调整好了情绪，"后来，我知道一个事情。火卫一太靠近火星了，它的运行轨道会越来越低，即使不被'乞力马扎罗号'炸毁，也会在几千年后撞上火星。知道这事儿之后，我就常常想，怎么能避免那种灾难。当行星或者彗星从天而降的时候，靠什么来拯救世界？靠量子网络吗？"

林佩说："在你去金星之前，太阳系处于大和平时代。由于狩猎者的存在，铁族和碳族签订了和平协议，迄今已有 20 年的时间。然而，你去金星之后，披露了狩猎者的真面目，狩猎者不是什么来自太阳系之外的智慧生命，只是七八个由基因编辑工程制造出来的怪物。这就使得大和平的基石彻底消失，各方势力纷纷出动，第三次碳铁之战随时可能爆发。这样的局势，难道你看不见吗？前两次碳铁之战的结果，你已经看到了，50 亿碳族非正常死亡，第三次碳铁之战又将惨烈到何种程度，你想过没有？"

"看过！想过！你以为我真是无知的蠢货吗！"孔念铎转身，面对怒气冲冲的林佩。林佩在他眼里，散发出红艳艳的缀满金色丝线的光芒，就像某些画里的神。那么，那些"神"是否就是联觉者感知到的人呢？"那你又想如何阻止第三次碳铁之战的爆发？世界和平，多么非凡而容易实现的愿望啊！"

"铁族如何使用客卿大会的结果，我相信你也研究过。"林佩咆哮起来，"外扩！外扩！让他们离开太阳系，去往银河系深处探险，去别的星系探索宇宙的奥秘，远远地离开。他们比我们更适合出去。那个时候，太阳系将只剩下碳族，也就不存在什么碳铁之战了。而且，继承铁族留下的科技，循着铁族探险的足迹，碳族也可以走出太阳系，实现星辰大海的终极梦想。"

这就是林佩坚决支持外扩的真实原因？孔念铎感觉自己的瞳孔在缩小。这一细微变化在联觉状态下，被放大了数百倍，仿佛一个积蓄了千万年的滚雷贴着他的头皮，沿着脖颈和后背，一路轰鸣，一路碾压，所到之处，肌肤寸寸皲裂……他听见自己在吼："那又怎么样？你也不能拿萧瀛洲来威胁我！"

孔念铎欺近林佩，死命瞪着林佩的眼睛，"我是在辱骂、恐吓与拳脚中长大的，萧瀛洲是我生命中第一道阳光。成为萧瀛洲那样的人，是我人生中立下的第一个梦想。这是真正的自己为自己立下的梦想，不为父亲，不为母亲，更不是为别的什么人。在那段时间里，萧瀛洲就像是我精神上的父亲，时时刻刻安慰着我，鼓励着我。"

孔念铎的语气变得前所未有的冷酷，"说这些，我是要你明白，萧瀛洲对于我有多么重要。我不允许任何人伤害他，也绝不允许任何人用他来威胁我。为了他，我愿意做任何事。"

孔念铎单臂用力，将林佩推出栏杆，看着她小小的身子伴随着风声，跌落到数十米之下的火星赤红的大地上。

18....

"科技已经终结。"安德烈斯·埃斯特拉达站在客卿会议室的中间，抬眼扫视，坚实的下巴有力地上下开合，语气里没有一丝一毫的犹疑，"至少对碳族是如此。"

孔念铎站在一旁，聆听安德烈斯铿锵有力的演讲。今天是本届客卿大会的最后一次会议，外扩与内卷的话题，必须在今天得出一个确切的结论。对于会出现什么样的结论，孔念铎有十分的信心。

工程师夏荔死于一场车祸。警方调查的结果是程序故障导致两辆云霄车不受控制地撞在了一起。夏荔当场死亡，另一位驾驶员因涉嫌危险驾驶以及非法改装，被警方拘捕，等待审判。

外扩派领袖林佩莫名其妙死在了火人节的闭幕式上，谁也不知道她为什么会出现在火堆里。有一种广为接受的说法是，林佩一心想当凤凰，也许当万神殿的大火燃起时，她忽然间想要实现自己涅槃的愿望。这样的事情，在之前的火人节中也曾经发生过。警方调查后，也没有找到更多的线索，最后的结论含糊其辞，算是默认了前面的说法。

哲学家安德烈斯·埃斯特拉达和生物学家恩里克·阿萨夫取代两位死者，成为新的客卿。火星历 87 年 14 月 22 日，本届客卿大会召开最后一次虚拟会议，关于文明内卷还是外扩的话题，将在本次会议中得出最终决议。

安德烈斯继续侃侃而谈：

"铁族 2078 年对外公布终极理论，直到 50 年后的今天，没有一个碳族能够完全理解终极理论。这是由科技的发展规律决定的。牛顿力学、达尔文进化论、热力学，差不多是普通碳族所能理解的科技的极限。相对论、量子力学和 M 理论，暗物质和暗能量，宇宙大爆炸和奇点，已经远离普通碳族的生活，作为猎奇，知道一二还可以，真要理解，已经是超出普通碳族能力的事情了。更何况，不了解这些事情，对他们的日常生活不会有任何影响。买菜需要使用二元一次方程吗？办公室政治需要知道引力波吗？打麻将需要借助暗能量吗？都不需要。

"为什么会这样呢？原因很简单，我们的大脑本身就不是为了科技而生的。从演化的角度出发，我们的大脑存在的目的就只有一个，就是使我们在这个世界上继续生存下去，如果我们不能继续生存下去，那就让我们的后代代替我们继续生存下去。是的，这就是很久以前靳灿说过的，生命存在的目的就是为了继续存在下去。我们的大脑，是用来采集和狩猎的，是用来保护自己、躲避敌害的，是用来与其他碳族个体交往的，是寻找伴侣、繁殖后代的。做这些事情，大脑可谓是得心应手。但说到科技，真正感兴趣的，又有多少呢？谁也说不清楚，科技为什么会出现。因为现在被科技产品包围着，所以很多人下意识地觉得，有史以来，碳族都是被科技产品包围着。事实并非如此。在进入现代文明以前，没有谁知道科技会是未来的发展方向。科技其实是碳族文明发展的副产品，是超出了生存需要的奢侈品，是在寻求生存之道上的意外发现。

　　"然而，科技一出现，就表现出巨大的生命力，从文明的附庸，很快滋生、蔓延、膨胀，咣当一声，在21世纪嬗变为文明的主体。因为科技给予了碳族前所未有的力量。但没有哪一条定律和方程能够规定，科技之路没有尽头。实际上，不管是对自然的认知与对自然的改造，都是有极限。这个极限，在2025年，铁族降临之后立刻显现出来。首先，我们对于铁族大脑的运作原理并不清楚，我们根本就不知道他们是如何跨过无意识到意识的界限，也不知道他们的集群智慧到底是怎样一种超越碳族的存在。近百年过去了，我们不得不痛苦地承认——承认自己的无能与无知是很痛苦的事情——对于这些问题，我们有一些猜想，但离真正的答案，也许还有很遥远的路要走。也许永远找不到答案。谁知道呢？然后，铁族公布了终极理论，又是一个晴天霹雳，准确而又狠辣地打在了碳族的自尊心上。

　　"爱因斯坦曾经认为发现终极理论是物理学的头等大事，所以他后半辈子都在研究统一场论——他认为那就是终极理论。他说，一旦发现了正确的方程，研究这个方程在特定条件下的解就成了二流物理学家，甚至研究生都能胜任的日常练习。爱因斯坦花了 30 年时间，直到生命的最后一刻，还在病床上演算，却依然没有研究出统一场论。如今，铁族先于碳族发现了终极理论，所有的人类科学家都成了二流物理学家乃至研究生，而且这个研究生还经常笨嘴拙舌，考试不过关。简而言之，我们不但没有研究出终极理论，现在人家铁族研究出来了，我们居然无法理解！

"承认吧，终极理论之所以叫终极理论，除了可以把它视作碳族文明的总结，主要还是因为它确实走到了碳族所能理解的科技的尽头。科技也许没有尽头，科技也许永远不会终结，但受大脑的限制，属于碳族的科技已经终结。毕竟，我们这颗肉做的大脑，容量只有 1 400 立方厘米，神经元只有 1 000 亿个。对碳族而言，科技还会存在一段时间，数十年，或者上百年，但都是在理解终极理论的路上，对现有知识体系的扩充和小修小补，再也不会有什么突破性进展。科技的接力棒，已经从碳族交到铁族手里，科技，已经属于铁族，而且，必将在他们手里发扬光大。想到铁族是碳族的造物，碳族可以感到欣慰。"

孔念铎总结说："论述很精彩，但你没有表明立场。"

安德烈斯说："外扩。在探索宇宙奥秘的道路上，铁族会比碳族走得更远。内卷的话，就浪费了它们的天赋。"

下一个发言的是生物学家恩里克·阿萨夫，他似乎没有弄明白这次客卿大会的议题到底是什么。站到圆环的场地中央，他宣读了一篇冗长乏味的论文，题目叫《论碳族崛起对生物多样性的毁灭性打击》。不是讨论铁族的外扩与内卷吗？恩里克怎么一直在说碳族呢？在一连串数据与表格混杂的陈述里，七八分钟过去了，在客卿们无奈而热切期盼里，他总算进入最后的总结：

"以前，碳族是地球之癌，渡渡鸟、旅鸽、袋狼、白鳍豚、绿孔雀、白犀牛、朱鹮、熊猫，多少动物因为碳族的出现而灭绝。现在，碳族是太阳系之癌。碳族开发了金星，金星被毁了；碳族开发了火星，火星被毁了；碳族开发了木星，木星被毁了。走到哪里，毁灭到哪里，这就是碳族。这是由碳族的天性所决定的。即便是将来有一天，碳族走出太阳系，甚至在千万年后走出了银河系，给新世界带来的，依然是无穷无尽的毁灭。对于已经固化为历史的过去，除了哀叹与痛惜，我无能为力，但对于将来，我将全力以赴，阻止碳族去往任何新世界，阻止碳族去毁灭新世界，阻止新世界里的棱皮龟、白犀牛、华南虎、巨狐猴、大海雀、凯门鳄和北极熊等成为碳族的受害者。"

这些都是老生常谈了，没有任何新意。"你的观点是什么？"孔念铎问道，"铁族该内卷还是外扩？"

恩里克摇摇头。

"怎么？"

恩里克说："我支持碳族内卷。在虚拟的世界里，碳族可以为所欲为，想怎么毁灭，就怎么毁灭，想毁灭什么，就毁灭什么。但这种毁灭，再怎么惨烈，再怎么浩大，都是幻象，都是电子信号的来往与起伏，对于外界，对于碳族之外的自然界，几乎没有影响。摆脱了暴虐的碳族，大自然将重新找到自己的发展之路，蓬蓬勃勃，生意盎然。至于铁族，我个人认为它们会找到自己的出路。"

"谢谢你对大自然的热爱与美好祝愿，还有对铁族的信任。"孔念铎说，"请你回到自己的位置。"他走上主讲的位置，从 8 位客卿的脸庞一一扫过。有人无动于衷，有人目光闪烁，有人垂下眼睑，有人露出笑颜。他记住了所有客卿的表情。

"还有谁想做最后的发言？"

乌那·拉约尔挥了挥手臂，"不，我不是想发言。我只是所以想告诉大家，我在离火星很远的地方，存在严重的信号延迟。所以发言就不要找我了，投票的时候再通知我。"

"还有谁吗？"孔念铎清了清嗓子，再没有哪个客卿有发言的迹象。于是他接着说："今天，我不想再讨论什么内卷，什么外扩，已经说得太多、太累，没有意义。我只想说说自由意志。

"人，自以为有自由意志，这其实是一种现代性的错觉。在古代，人们相信，世界的运转由无所不能的神控制，叵测的命运皆系于神之一念，个体的决断，无足轻重。近现代，科学技术高度发展，神被推下神坛，仓皇逃遁，人开始掌握自己的命运。从神权到人权，这是一个巨大的进步。然而，人文主义的兴起与鼎盛，又使得人的自信心过度膨胀，在很长一段时间里，把自己当成了神。

"人，从一出生就是社会性动物。婴儿被父母及家庭包围着，呵护着，教育着。每时每刻的学习，从吮吸乳汁的方式到与人相处的策略，从语言建构到看待世界的眼光，从自我评价到道德的生成，都是婴儿受所在的文化群熏陶的结果。你之所以认为某种精神或者行为上的特质是人生最高的追求，认为某种饮食是世界上最独一无二的生活必需品，认为某种语言比别的语言更加优美，都是后天习得的，是文化传承的一部分。你所在的文化群，包括一些规模较大的文化亚群，决定了你的言行举止，决定了你的兴趣爱好，决定了你有什么样的胃，有什么样的脑子。这些，都不是你可以控制的。你的大多数想法，都只能在这个特定文化群里打转。

"人，从个体层面上讲，你既不是完全独立的，也不是纯洁无瑕的。人，既是基因的产物，又是文化的产物。这两者决定了你的一切，包括你并不具有自由意志这件事情。

"什么是人？这其实是一个很难准确定义的概念。因为只有碳族这一种独特的存在，没有参照物。铁族的出现，给了碳族重新认识自己的机会。铁族是碳族最重要的他者，而他者是划定界限、认知自我、区分族群的重要参照物。在铁族出现之前，碳族是没有他者的，所以自鸣得意，自认为高高在上，所以四分五裂，以地域之分，互相视对方为他者。

"认识铁族，等于认识碳族。然而，大多数碳族都没有认识到这一点。他们只是盲目地去仇恨，或者去膜拜，被舆论大潮所裹挟，毫无主见。我真不觉得这样的人有什么自由意志。

"好了，我的演讲结束。大家投票吧。"

当投票结果显示出来的时候，只有安德烈斯·埃斯特拉达咧嘴大笑，嘲讽性鼓了几下掌。余下的客卿都沉默不语。他的掌声在空寂的会议厅里显得特别刺耳。"重要吗？不重要。"他说，"一切早就注定，我们不过是来走完这个流程。"

孔念铎嘴角上翘，一抹不明显的微笑浮上脸庞。他想：未来，终究会按照我的设计到来。

第二章　弥勒会

1 ...

"有吃的吗？"

孔念铎被这一声问话吓住了，捏紧了筷子扭头去找说话的人。此刻，他正与几个铁族联络部的中层领导共进午餐。他请客，午餐地点选在了城里最知名的中餐厅。吃得正高兴的时候，冷不丁听到这么一句话，勾起的往事差点儿让他把筷子都惊掉了。

说话人站在孔念铎身后，体型高大而肥硕，宛如一堆脂肪球码放在那里。使劲儿吹一个人形气球，一直吹，直到它快爆掉为止——说话人就长这个样子。孔念铎仔细审视了他肥得油亮的脸庞，有一种熟悉的感觉，应该认识，但他想不起这人到底是谁。"二号"解答了他的疑惑，而那人也在此时自我介绍道："小孔，我是大卫。你不记得我了吗？"

"记得记得，当然记得！"孔念铎命令自己兴奋起来，必须表现出与老友重逢的激动样子。他猛地站起身来，椅子都被带歪了。他三步并作两步，径直冲到大卫面前，狠狠地给了大卫一个大大的拥抱，"怎么能不记得呢？我们一起在非洲流浪，一起要饭吃，还一起加入了重生教。"

"那都是三十多年前的事情了。"大卫说。

"是啊是啊。"孔念铎再次用力拍打大卫的后背，然后松开抱住他的双手，正色道，"谁能想到，当年差点儿饿死的少年，多年以后会成为重生教位高权重的十殿长老之一。"

"别提了。"大卫摆摆手，"我倒能想到，当年那个意气风发的少年，多年以后会成为火星铁族联络部部长，成为同时受到碳族和铁族重视的关键人物呢。"

孔念铎挪动脸部肌肉，嘿嘿一笑，待对方露出同样的笑意后，说："没吃午饭吧？来，腾一个位置出来。"几个中层干部挪了一下位置，大卫也不客气，扭动肥硕的屁股，挤了过去。孔念铎又吩咐一个中层干部去点菜，催促后厨快点把菜做出来。大卫也不介意，上桌就开始埋头吃菜，也不嫌弃这菜是孔念铎他们吃剩下的。他拿捏筷子的姿势不对，动作也不对，好几次夹起的菜都掉落到桌子上。他就伸手拣起掉落的菜直接塞进嘴里。这引来了几个中层干部的侧目。孔念铎问他，要不要换成刀叉。大卫嘴里塞满了食物，听见孔念铎的问话，只是一个劲儿地摇头，随后放弃了筷子，用双手在各个盘子和碟子里翻捡，把所有能吃的都塞进嘴里，吞进肚子。

孔念铎见过大卫贪吃的模样，但也惊讶于多年过去了，他还是这副永远也吃不饱的样子。几个中层干部鄙夷的神态已经掩饰不住了，孔念铎示意他们离开。等几个中层干部起身告辞后，新点的菜也送上来了，大卫更是把全副心思都放在了吃上，连寒暄都没有时间了。

孔念铎丢下筷子，看着狼吞虎咽的大卫，一些曲曲折折的往事浮上心头。

不是所有的重逢都值得歌颂与赞美。比如说，这一次，孔念铎与大卫的重逢。21世纪80年代，他们曾经一起在灾难深重的非洲腹地流浪。那个时候，大卫是一个总是饥肠辘辘因而对一切食物都来之不拒的饕餮之徒。那时只要见面，大卫冲孔念铎说的第一句话就是："有吃的吗？"那时，大卫比孔念铎轻得多，仿佛来一阵风，就可以把他吹到太平洋去。

现在的大卫，至少比孔念铎重三倍，后脑勺上都堆满了一层层脂肪，更不要说粗如象腿的胳膊和腿了，至于肚子，恐怕没有任何一个孕妇的肚子能比得上他。当年那一头乱蓬蓬的、从来没有打理过的黑色短发，如今已经全然不见了，当年宛如珠穆朗玛峰一般耸立的颧骨如今已经淹没在肉堆里了。恐怕十二级台风也无法吹走眼前这个胖得发亮的人吧。孔念铎仔细审视，也只从他深深凹陷的黑眼睛里，依稀分辨出眼前的人是当年那个弱不禁风的瘦杆儿。

在干掉了新来的三大盘菜之后，大卫才停下来。"把菜吃完，这是对菜最起码的尊重。"他用衣袖擦擦嘴，这样说道。

这动作这说法，都与三十多年前一模一样。原因要么是大卫把年轻时养成的习惯一直保持到现在，哪怕他现在已经是重生教的十殿长老之一；要么是大卫刻意表演的，目的是唤起孔念铎的回忆，唤起孔念铎对他的同情，而大卫有求于孔念铎……"大卫，您不在地球上享福，怎么跑火星来了？"孔念铎道，"我听说，十殿长老拥有至高无上的权力。只要不违背教主乌胡鲁，长老们在各自的领地里可以生杀予夺。"

"没那么夸张。"大卫嘿嘿笑着，"对我来说，有随便吃的权力就足够了。"

孔念铎隔着桌子，凑近大卫，"你不是来火星追杀我的吧？我可是重生教叛徒。"

"哪能啊？"大卫笑笑，脸部表情有些僵硬，"你瞧我这身材，是追杀叛教者的料吗？麻原智津夫热衷于追杀叛教者，但他已经死在了金星。当时你不也在金星吗？况且，你叛教的事情已经是 20 年前的事了。谁还会记得啊？"

"我记得。"孔念铎缩回身子，在椅子上坐正，更多的往事浮上心头。

孔念铎十几岁就参军，从军数年，参加过大小战斗数十次：从城市的巷战，到山间的游击；从潜艇之间的追逐，到太空中星际战舰的对轰。他见惯了战场上的生离死别，还有无尽的毁灭。作战对象有时是政府军，有时是地下抵抗组织，有时是分裂分子，有时是极端宗教徒，有时——只有在极少数的情况下——是铁族。但他印象最深刻的一次战斗发生在标准时间 2100 年 10 月 26 日 6 时，地点是距离木星 800 万千米的地方。

当时，孔念铎奉命率领舰队前往木星附近搜查可疑信号，追捕弥勒会的异教徒。

与人类曾经建造过的庞大舰队相比，孔念铎七拼八凑创建起来太空舰队规模不算大，总共只有五艘舰船。孔念铎至今仍记得所有太空战舰的名字：旗舰"贝希摩斯号"，驱逐舰"阿瓦隆号""尼德霍格号""约尔曼冈德号"，后勤舰"加勒比海盗号"。名字一个比一个牛，然而孔念铎知道，与他小时候听说过的太空舰队相比，无论是吨位，还是数量，抑或者是火力，他的舰队都显得无比寒碜。

孔念铎记得很清楚，不管是当时，还是现在，他都记得很清楚，萧瀛洲就任太空军总司令时，碳族有当时太阳系最大的舰队，火力之强，足以毁灭一颗星球。五艘航天母舰——计划是七艘，实际建造了五艘——以五大洲最高峰命名。孔念铎七八岁的时候就对萧瀛洲的舰队耳熟能详："珠穆朗玛号""麦金利号""阿空加瓜号""厄尔布鲁士号""乞力马扎罗号"。他经常默念这些名字，想象着自己就是这些航天母舰的指挥官，他记得这些航天母舰的全部故事和数据。有几个男孩子没有做过当太空舰队指挥官的梦呢？

在重生教的麾下，孔念铎创建的太空舰队虽然寒碜，但多少也算实现了他儿时的梦想。然而，这支舰队，在木星附近遭遇了铁族的超级星舰"立方光年号"，只一个照面，就全军覆没，仅有旗舰"贝希摩斯号"逃出生天。梦想破碎的声音，不比他14岁时听闻萧瀛洲带着人类全部的希望远征火星，中途却被铁族的超级武器暗物质炸弹一举歼灭时小多少，甚至更大。即便后来，狩猎者舰队出击，使用神秘武器，将"立方光年号"化为齑粉，也没有能减缓他的哀伤。

回到地球后，孔念铎发现自己面临着艰难的选择。失去舰队的他，不但失去了在重生教中晋升的资本，而且面临着前所未有的惩罚。很多人毫无缘由地指责他指挥失当、临阵脱逃，导致全军覆没。思虑良久，他决定离开地球，潜逃到火星，开始全新的生活。周绍辉（目前正在"追击塞德娜号"上前往太阳系边缘）和珍妮（目前正在监狱里等待进一步审判，警方传来的消息说她参加的何建魁研究中心涉嫌非法人体实验）就是他在偷渡到火星的飞船上结识的。

一想到红头发的珍妮，孔念铎心里略微有些不悦。"从地球到火星，可不是件容易的事。"孔念铎说，"大卫，我的朋友。你还是没有告诉我，你为什么要来火星？"

大卫沉吟道："我来火星，是为了弥勒会。你知道的，弥勒会与重生教已经做了几十年的对头。如果能够降服弥勒会，于我是大功一件。"

孔念铎心中一动，"你打算怎么做？降服弥勒会肯定不会是简单的事情。"

"如果简单，我就不会找你帮忙了。"大卫咂咂嘴，"那些弥勒会的信徒有多坚定，你又不是没有见过。"

"重生教的信徒也很坚定啊。"

孔念铎身体往后一靠，紧贴在椅背上，面露微笑，但心里想着谁比谁的信仰坚定，这事儿还真不好说。

2

孔念铎去监狱看望珍妮。这是珍妮被捕后他第一次去看她。

　　何建魁意识读取和移植研究中心涉嫌非法人体实验，后果严重，证据确凿。警长辛克莱在记者招待会上说："绝不允许任何人，以任何名义，亵渎古老的伦理。"他宣布，永久关闭研究中心，所有参与人员都已被抓捕，等待现实与历史的审判。这个结果远远超出了孔念铎最初的计划。

　　去之前，孔念铎特地拐了一个弯，去买了一条烟，还是珍妮最喜欢的牌子。

　　火星空气稀薄，含氧量低得可以忽略不计，在火星的人都必须生活在穹顶城市里。地球空气的含氧量是21%，而为了保证在较低引力下，人们依然能够呼吸到足够多的氧气，穹顶城市的含氧量是35%。正因为如此，穹顶城市更容易发生火灾。于是，全面禁烟，是第一代火星人的必然选择。然而，随着火星人数的增加，嗜好烟草的人也越来越多，某些人对于烟草的渴望强烈到不害怕火灾的程度。比如，珍妮这种年龄不到40却有30年烟龄的老烟鬼。为了满足这种市场需求，火星研发出低温烟。广告上说，吸食这种烟的体验与地球烟差不多，不过没有明火，燃烧的温度也低得多，不会引发火灾。"还是有区别的，毕竟添加了别的东西，不纯正了。"珍妮曾经这样评价火星烟。她耸耸肩膀，接着说："不过，聊胜于无嘛。"

　　"真那么好？"有一次，孔念铎忍不住好奇，问。

　　"抽一支试试。"

　　说着，珍妮把自己抽了一半的烟递到孔念铎嘴边。孔念铎小小地吸了一口。感觉并不好，他只觉得一股呛人的味道在口腔和喉管之间来回盘旋，不由得咳嗽出来。珍妮要他再吸一口，他挥挥手，拒绝了，于是珍妮把那半支烟放进了自己的嘴里。"你没有学会。"她总结说，"一旦学会了就知道它的好了。"

孔念铎微微一笑，没有说话。碳族为何如此于痴迷烟草？在明知其有害的前提下还乐此不疲？是先天遗传的基因痼疾，还是后天习得的文化陋习？对于这个问题，孔念铎有一些模糊的答案，只是不愿意细想，因为他自己也有诸如此类的"不良嗜好"。

狱警知道孔念铎的身份，所以孔念铎没费什么劲儿，就在一个敞亮的房间里见到了珍妮。"早就该来看你了，一直忙。"孔念铎递上烟。

珍妮穿着淡蓝色囚服，胸前别着囚徒的编号。她原本有一头红色的长发，很蓬松，总是夸张地披散在双肩之上。此时长发被剪掉了，只剩下了及耳的短发，又因缺少修剪，看起来仿佛冬眠后刚刚苏醒的刺猬。她看了孔念铎一眼，动手抽出一根香烟，拇指在香烟一端捻动，这火星的香烟就燃起来。她用食指和中指夹起香烟，深深吸了一口，说："把我弄出去。里边不好玩。"顿了一下，又说："算了，就是你把我弄进来的。我又不是傻子。没有你的同意，谁敢动我呀？"

孔念铎望着烟气迷蒙中的珍妮，"你不辩解一下？"

珍妮气呼呼地说："辩解什么？说何建魁没有搞非法的人体实验？"

"说你没有背叛我，没有出卖我。"

"这事儿的关键不是我说什么，而是你，孔大人，相信什么。认识你快 20 年了，你心里是怎么想的，难道我一丁点儿都不知道吗？"

孔念铎默然，"这么说，就是你出卖了我，把'二号'的超驰密码告诉了碳族第一。这个超驰密码，只有你和我知道。我不会出卖自己，而你会。"

珍妮猛吸了两口烟，正要说话，却被孔念铎制止。"别告诉我为什么。"他说，"我不想知道。即使知道了，我也不会同情你，怜悯你。"

"为了活下去，你是不是可以做任何事情？"珍妮说，"不管伦理，不管道德，不管法律，不管任何的禁忌？"

"是的。"孔念铎说，"生命存在的目的是为了继续存在下去。给你讲个故事吧。

"肯尼亚最南端有一个马加迪湖。由于湖底有火山温泉口，这里的湖水不仅有腐蚀性，温度还高得可以煮熟鸡蛋，简直可以说是生命的禁区。但盐碱非洲鲫鱼就生存在这致命的水中。

"非洲鲫鱼吃一种特殊的绿藻，而这种绿藻在火山温泉口周围——也就是湖中温度最高的地方——长得最好。想要到温泉口吃一口绿藻，就像到大火中去取栗子，可不是容易的事情。经过千百年的适应，非洲鲫鱼已经找到了一个好办法。它们飞快地游到温泉口，大吃一口绿藻，然后在最短的时间里，后退到不那么热的湖水中。这样既可以吃到绿藻，又可避免自己失去鱼鳍乃至生命。当然，也有一些非洲鲫鱼因为过于贪吃或者速度不够快，吃着吃着，就浮了起来——不是因为吃得太多，而是被炽热的湖水煮熟了。

"为什么非洲鲫鱼要用这样危险的方式进食呢？特殊的生活环境——底部有火山温泉口的内陆湖——决定了能满足它们生存需要的食物只有这种能在高温水里生存的绿藻。同时，在这种环境中，只有它们生存着，没有别的动物与它们争抢这种绿藻，使它们进食之外的生活实际上非常悠闲。"

孔念铎最后总结说："世人的生活，其实跟非洲鲫鱼没有什么两样。"

"拿鱼来类比碳族的生活，有意思吗？"珍妮抱怨道，"你来，就是为了给我上课的？"

"珍妮，上次你问我，我的身体不断被人造组织和器官所代替，害不害怕。当时我没有回答你。现在我可以明确回答，怕，又不怕。这个答案并不自相矛盾。"孔念铎说，"怕，是对于改变的抗拒，出于保护自我的生命本能；不怕，是因为理智告诉我：替换，是生命的常态。"

珍妮没有说话，自顾自地抽着烟，孔念铎继续说："每时每刻，身体里的细胞都在凋亡，也在新生。大约每隔 7 年，身体的细胞就会全部更新一次。我早就不是我了。仔细算一算，我至少已经经历了 7 次以上的全身更新。但很难界定，上一个我是什么时候嬗变为下一个我，是更新了 60% 的细胞？抑或者是大脑的细胞被全部更新？临界值很不好确定，因为不同组织和器官的更新速度不同，有快有慢，就如婴儿从什么时候开始拥有生命权一样，是一个极富争议性的话题。然而，从记忆的角度讲，我依然是我，细胞更替了，而细胞承载的记忆依然存在。我是一个记忆连续体。当然，你可以怀疑记忆的真实性，也可以质问我，被遗忘的记忆去了哪里，它不也应该是记忆的一部分吗？我可以明确告诉你，遗忘是件好事情，真的，而记得所有的事情是一种旁人无法理解的灾难。"

"为什么要跟我说这些？跟我有什么关系？"

"因为我想忘记所有的事情，而往事总是盘根错节，不肯离去，因为你总让我想起一个人，一个我曾经爱过的人。后来，她背叛了我。"孔念铎说。因为大卫的出现，那个她的名字和容颜，再一次频繁地出现他的回忆和梦境里。

3....

和珍妮说话的同时，孔念铎脑中闪现的画面是和孟洁第一次在一起的场景。

她的唇温热而有力，她的胸丰盈而柔弱。他战栗着，僵挺着，不知所措。幸而她的手和善而坚定，将他导引到从未涉足的未知之境。刹那间，他感觉自己掉进了满是蜜汁的陷阱。如果可以，他很想像传说中的浮士德一样高喊"停留吧，你那么美！"但他不能。他咬紧了牙关，屏住了呼吸，如同未经训练、初次狩猎的小小猎豹，在非洲草木丛生的荒原上纵横驰骋。

有人说，人这一辈子总得迷上点儿什么吧，不是这样，就是那样。而迷恋孟洁，切切实实是孔念铎自己的选择。

认识孟洁可以说是偶然，但也可以说是必然。

有一天，在金沙萨，孔念铎与大卫闲来无事，听说当地美术馆有画展就去参观。就是在这次画展中，孔念铎认识了孟洁。

孟洁是一个画家，她的水墨画《并蒂香销》是展品之一。虽然是陪展，但孟洁心底还是很高兴，暗地去看了好几回。孟洁后来告诉孔念铎，这种心态实在很古怪，明明是那画的主人，看那画时却如同小偷一般，只敢偷偷地看，同时默默地看那些看画的人，看那是些什么人，会如何品评《并蒂香销》。每一次都失望而归。因为所有人都只在那幅水墨画下匆匆而过，从来不曾驻足观看。

"直到那天，你站到了画前，踯躅良久。"孟洁说。

当时，孟洁看到一个男子矗立在《并蒂香销》跟前，不肯离去，便鬼使神差一般凑到他跟前。当时她只觉得呼吸急促，骨鲠在喉，难以开口。那个男子忽然指着水墨画对着她说："这并蒂莲，一茎生两花，花开各有蒂，自古以来，便被视为吉祥和喜庆的征兆，善良与美丽的化身。然而，此画之中，一朵盛开，一朵枯萎，不正是生命无常的象征么？"

孟洁惊讶于对方的见识，嗫嚅着说："正是，正是。"那男子继续道："由此画可以推想作者必定遭受过极大的打击，但终究挺了过来。"孟洁讪讪笑着："你……我……我……"整张脸滚烫得犹如火山，无数的话似要喷涌而出，舌头却如打了结一般，哆哆嗦嗦说不出话来。那男子眼波流转，在她身上流连半晌，突然张口道："你是这幅画的作者？！"孟洁顿时如释重负，忙不迭地点头称是。

　　无须多言，那男子正是年轻的孔念铎。

　　孔念铎后来告诉孟洁，其实他不懂绘画，只是因为看到画中并蒂而生，却一枯一荣的两朵莲花，让他联想到碳族和铁族。碳族文明和铁族文明正是地球孕育出的两朵莲花，然而，此时此刻，碳族文明日渐颓圮，正在枯萎；铁族文明却蒸蒸日上，大有囊括太阳系的征兆。"至于为什么会猜出你就是那幅画的作者，就更简单啊。"孔念铎笑着说，"除了作者，谁还会那么痴情地望着一幅画啊！"

　　"我不管。"孟洁说，"我就喜欢你望着《并蒂香销》如痴如醉的样子。"

　　当天晚上，孔念铎与孟洁过得非常愉快，无论是身体还是灵魂。

　　那个时候他刚满 20 岁。一泄如注令他愤懑而羞愧，深深的挫败感几乎将他压垮。幸而孟洁没有埋怨，没有嘲笑，而是安慰他，鼓励他，给他信心和力量。他很快重整旗鼓，再一次深入探索那片温润如暴雨后的热带草原，再一次体会那种希望一切暂停下来的愉悦与欢欣。

　　此后的 7 个月，是孔念铎这辈子最幸福的 7 个月。此前孔念铎从来没有想过幸福是什么。现在如果要他来回答幸福是什么这个问题，他的答案只有一个：和孟洁在一起。原先，孔念铎见别的恋人在人群之中牵手、拥抱甚至旁若无人地接吻，只觉得不可思议，认为多半有表演的成分在里面。和孟洁交往之后，他发现，在大庭广众之下，牵手、拥抱和接吻，都是自然而然的事情。此时此刻，在他眼里，只有孟洁，别人已经不存在了。他深刻地理解了"旁若无人"这个词的全部蕴意，同时也领悟了"孟洁就是世界的全部"这句话所呈现的全部意境。

然而，幸福总是短暂的。7 个月后的一天早晨，在半梦半醒之间，孔念铎伸手去搂孟洁，却搂了一个空。这 7 个月里，孟洁柔嫩婀娜的腰肢向来会在旁边等着他的搂抱，他往往也沉醉在这搂抱之中，难以自拔。这一次居然搂了一个空，让他有些意外。他猜孟洁可能去上厕所了，心底却惴惴的，有些莫名地不安。他在床上坐起来，呼唤着孟洁的名字。没有回答，只有他呼唤的声音在屋里回响。他忽然间觉得这屋里格外空荡，就像此刻自己的心。他飞快地下了床，到其他屋找，同时急切地喊着她的名字："孟洁！孟洁，你去哪儿了！不要吓我！快出来！孟洁！你吓着我了！"一声声呼唤，犹如杜鹃鸟凄切的惨叫，在空空的屋子里孤独地来回。孟洁没有现身，也没有回答。孔念铎意识到，那一丝隐隐的不安变成最为残酷的现实：孟洁不见了，孟洁离开了！

孔念铎后来反复问自己：为什么幸福总是短暂的？他从来没有找到这个问题的标准答案。有时，他以为自己找到了，但下一刻，他自己又把它否定掉了。他既不知道孟洁为什么会出现在他身边，又为什么会突然消失。这难道是一个精心设计的玩笑？可为什么是我？为什么是我？

孟洁的离去对孔念铎的打击是无比巨大的。

在此后无数个酩酊的夜里，他反反复复问自己：如果当时知道那段时光是我一生中最幸福的日子，我会不会珍惜？他晃动着晕乎乎的脑袋，无数次告诉自己：不会，你就是浑球。即使知道，你也不会珍惜。而且，说真的，不是有人说过嘛，人最大的毛病就是只挂念得不到的与失去的。我不要做这样的蠢货。他把这念头抛开，继续喝酒，让大脑更加亢奋，也更加迷糊，以至于完全忘记了与孟洁的一切，或者说假装忘记了……

直到大卫出现，再一次把所有的往事从骨髓里连根拔起。

4....

在私人博物馆，老 X 在一条岔道的尽头停下来，那里悬挂着一幅古老的地图。

"中美洲尤卡坦半岛。"孔念铎指着地图说。

"我知道，传说中的玛雅文明发祥地。"

"叫玛雅，其实是一种误解。"孔念铎说。

1502 年，哥伦布最后一次远航美洲，在洪都拉斯的集市上，他看到一个精美的陶盆，非常喜欢。商贩告诉哥伦布，这陶盆来自玛雅。于是，哥伦布就用玛雅来指代整个中美洲古文明。实际上，玛雅只是集市附近的一座城市，以制作精美陶盆著名，而且，在哥伦布到达那里的时候，玛雅城已经衰败了。中美洲的土著更喜欢称自己为玉米人，因为他们种玉米，吃玉米，玉米在他们的生活中扮演着极其重要的角色。但没有办法，哥伦布和他所在的西方文明掌握着后世的话语权，玛雅人与玛雅文明的说法虽然错误，却得以在全世界流行。

"明白。"老 X 说，"你要跟人说你在研究玉米文明，根本没有人理你。换成玛雅文明，情况立刻就不一样了。"

"玛雅文明大约在地球纪元前 2500 年出现，在 250 年到 800 年时达到文明的顶峰。"孔念铎往前走了两步，继续讲，"这是一件玛雅石器，感觉如何？"

那件石器形似古希腊神话中的三叉戟，只是中间这个尖儿最短，外侧都有细小的突起作为装饰品。有意思的是，这个三叉戟的左右完全对称，呈现出一种别样的美。"真美啊！"老 X 由衷地赞叹。

"没有人在见到玛雅石器时不惊叹的。"孔念铎笑了笑。老 X 看到玛雅石器的表情跟周绍辉第一次见到玛雅石器的表情是一模一样的。这似乎再一次佐证了他的一个观点，运行在碳族大脑最底层的程序是一样的。

继续往下看。第二件石器看上去像是缩小版的中国龙，龙头、龙身、龙尾一应俱全，龙角、龙爪、龙须纤毫毕现。

第三件石器通体黝黑，造型仿佛是阿拉伯数字"3"，只是在最后这个弯那里加上了一个似乎是供手握的短竖。"这很可能是一种祭祀专用匕首。你看这里，边缘相当锋利。玛雅人信奉太阳神，他们相信只有鲜血可以安慰暴躁的太阳神，所以，他们用敌人的血，也用自己的血来祭祀太阳神。越是玛雅贵族，割血饲神的次数就越多。在这件事上，他们享有的特权，就是用这种高贵的富有艺术色彩的匕首来割开自己的血管。"

"这些石器都是祭祀用的吧？"

"对。太精美，不可能是劳动工具，也不会是武器。它们都是玛雅人祭祀太阳神所用的器具。"孔念铎嘴角带着笑意，介绍说，"这些器具全是手工打造而成，原材料是燧石，一种天然二氧化硅隐晶矿物。燧石又硬又脆，非常不好加工。力气太小，打制不成，用力太大，又会'哗啦'一声碎成渣渣。实际上，玛雅人是用鹿角和树枝之类的东西，一点一点地将燧石磨制成这样的。制作一件完美的燧石器具，很可能需要耗费一个玛雅人的一生，真可谓是把古老的工匠精神发挥到了极致。

"这里本来有4件玛雅石器，都是价值连城的真品。有一个人，一个朋友，带走了1件。"

老X点点头，"给我。我要。"

"什么？"

"我要这个。"老X乞求着，"求求你，给我。"

瞬间孔念铎明白他的意思了，心不由得抽搐两下。亦如2077年12月，当大英雄向铁族投降的消息传来时，梦想和小孔念铎的心一起破碎的感觉。

奇怪的是，对于英雄的陨落，很多碳族不是悲愤忧伤，而是欣喜若狂。以前，孔念铎不知道为什么会这样。后来，经历多了，他才渐渐明白：他们是以自己为参照物，认定自己做不到的，别人，哪怕是传说中的英雄，也是做不到的。最重要的是，英雄的光辉，照亮了他们的猥琐、阴暗与无能。于是，他们一边恐惧着，嫉妒着，一边大声嚷嚷着没有英雄，所有的英雄都是出于宣传目的而虚构的。

孔念铎相信老X这样做，一定有他的理由。但眼前这个孩童般懵懂的百岁老人，是无论如何也说不清楚的。他什么时候才能想起他是谁呢？孔念铎点点头，叮嘱道："拿好，别伤着自己。"

老 X 眼里放着光，右手捏着玛雅匕首，左手食指在匕首身上滑动，体会着石质匕首的粗糙与锐利。随后他将玛雅匕首向前方猛力刺去，边刺边喊，仿佛那里有不可名状的敌人。

这时，孔念铎收到赵庆虎的信息，要他去见弥勒会二师兄曹熊。好不容易安顿好老 X，孔念铎坐上云霄车，到达指定的位置，赵庆虎已经在那里等他了。

这是弥勒会的一处聚会之所。跟弥勒会打了这么多年的交道，孔念铎还是第一次走进弥勒会的道场。墙上挂着巨幅字画，龙飞凤舞，是用孔念铎不认识的字写成。"二号"翻译的结果是：

万世轮回万古缘，万般险阻万般难；
万魔出师万妖舞，万众从善谱新篇。

赵庆虎告诉孔念铎，这是大师兄写的，大师兄练习书法好多年了，于书法颇有独特的见解。孔念铎看看巨幅字画，不好评价，微微点头，表示知道了，就继续往里走。穿过回廊，已经可以看见里边一间大大的厅堂，正中间供奉着弥勒佛的坐像，憨态可掬，金光耀眼。一人身披袈裟，端坐于蒲团之上，正在冥想。

"那就是二师兄曹熊，我们中最虔诚的一个。"

孔念铎跟在赵庆虎的身后，走向二师兄。等到了跟前，还没有开口，二师兄已经睁开微闭的双眼，稽首道："三师弟，红尘苦短，愿您身心合一，共回净土。"

赵庆虎回礼道："身心合一，共回净土。"

二师兄对孔念铎道："孔大人。"

孔念铎打断对方的话头，"我的来意，二师兄想必已经知道了吧？"

"孔大人能代表重生教吗？"

那眼神是在提醒孔念铎：我知道你当初叛教的事情。"不能。"孔念铎回应，"现在我只是中间人。"

"我要面见大卫长老。"

"当面聊，自然更好。双方各自有什么诉求，都摆到桌面上来。"

赵庆虎插话道："大师兄知道吗？"

曹熊道："大师兄已经将这事儿全权交由我处理。"

"那好。"孔念铎说，"地点，我来定。"

"时间，我来定。"

"就这样吧？"

"就这样。"

5....

"嘀——"，弥勒会徽章传来赵庆虎的通话申请。"是/否 同意通话？""二号"把这一行字展示在孔念铎的视网膜上。此刻孔念铎正在办公室听一个下属汇报工作。他先点了"否"，把下属打发走后才启动徽章，进入了程序虚拟出来的木头酒吧。

"结果已经出来了。"赵庆虎坐在酒桌边，开门见山地说。

"什么结果？"

"弥勒会决定接受重生教的招降。"

这样一个结果并不意外。在与重生教对战了这么多年，屡屡处于下风，甚至一度销声匿迹的弥勒会，面对重生教的招降，确实没有更多的选择。然而……"什么时候决定的？在哪里决定的？"孔念铎错愕道。

"二师兄和大卫昨天已经见过面了。"

"我怎么不知道？"

"在下也不知道他们为什么要跳过中间人，又是怎么接上头的。总之，二师兄和大卫在一家酒店秘密见了面，相互交换了弥勒会与重生教的和解条件。据二师兄说，气氛极其融洽。双方对和解条件进行逐条逐句的商议，并很快达成一致意见。今天上午，二师兄将和解协议草案呈报给大师兄看。朱成昊对协议非常满意，于是在协议上签字。"

我这个中间人就这么被忽视了。怒气在孔念铎心中聚集。但他还是敏感地察觉到赵庆虎的不同……

"他们就这么决定了，然后把结果告诉在下。就没有人想过要征询在下的意见？"赵庆虎道，"没人，没人把在下当一回事。"

跟赵庆虎打交道的时间并不特别长，孔念铎知道他不是爱抱怨的人。但这句话里的抱怨几乎是溢出来了，傻子都能听明白。大师兄朱成昊与二师兄曹熊合计了一下，决定接受重生教的招安，却没有征询赵庆虎的意见，就好像没有这个弥勒会三师兄一样。赵庆虎忠厚老实，在一个集体里，很容易被忽视，然而忠厚老实，总是自称"在下"，也不代表他没有自己的情绪和看法啊。何况，赵庆虎还是执掌弥勒会行动组的人。

孔念铎拍拍赵庆虎的肩膀，"我支持你。"

赵庆虎继续说："他们没有征询在下的意见，但去问了大师姐。"

孔念铎没有听说过弥勒会的大师姐，于是追问，"大师姐是谁？"

"几年前，朱成昊在贫民窟里发现了大师姐。那个时候他还不是大师兄，就是因为发现了大师姐，朱成昊就成了大师兄。"

"为什么会这样？"

"因为大师姐有着非同寻常的神力，她能预知未来。别这么看着在下，在下没有瞎说。起初在下也是不信的，但见过大师姐，听她准确地预言了几次之后，在下不得不相信，大师姐真有预知未来的神力。"

"说来听听。"

"当时的大师兄叫毛威杰。大师姐预言他不久后会死于非命，没有人相信她，除了朱成昊。后来，毛威杰果然如大师姐所说，某年某月某时，死于某地，所有细节都不差分毫。连新闻播报的用词都与大师姐所说的，分毫不差。"

孔念铎脸上露出若有所思的微笑。对于这种怪力乱神的故事，他向来是不相信的。其中一定隐藏着不可告人的秘密。与其相信是大师姐预言了毛威杰的死亡，不如相信是朱成昊按照大师姐所说的去做，完成了大师姐的预言。不过，他没有把这个想法说出来，真正说出来的，是一个疑问，"既然大师姐会预言未来，这么厉害，她为什么不当弥勒会的最高领导人呢？"

"大师姐有病。在下的意思是，谁都不知道大师姐到底有多大年纪，也许连她自己的都不清楚。她满头白发，满脸皱纹，一眼望去就知道她已经很老很老了，也许超过 100 岁。但诡异的是，她的身材却如 6 岁孩童般。"

"未老先衰？"

"不知道。有这种病吗？无所谓了。"赵庆虎耸耸肩，"大师姐本名塔拉·沃米，她……"

"你说什么？"孔念铎毫无礼貌地打断了赵庆虎的话，"大师姐叫什么？"

"塔拉·沃米，怎么，您认识她？"

"我知道她。"孔念铎说，"狩猎者，记得吧？三十多年，为了对付铁族，一个叫铁良弼的人，在地球上借助基因编辑工程制造了好几个具有超能力的人，她们被称为'狩猎者'。我在 2100 年，在木星附近目睹的铁族星舰的毁灭，就是这些狩猎者干的。"

"我记得。"

"狩猎者一共 7 个，都姓沃米，都是莉莉娅·沃米的孩子，以孤雌生殖的技术手段诞生的。我见过其中几个。"那一瞬间，孔念铎似乎回到了金星，回到了与沃米们血战的现场。他迅疾抹去这些画面。"狩猎者的大姐叫塔拉·沃米，传闻她具有预知未来的能力，但在我去金星之前，她就已经失踪好几年了。原来是到了火星，成了弥勒会的大师姐。"

"这样啊。"赵庆虎说。脸上流淌着恍然大悟的表情，说明真心他相信这种说法，因为这种说法能够解释他之前心有疑惑却无法解释的某些事情。"在下要去见大师姐，在下要知道事情的真相，在下要知道是什么使大师姐同意弥勒会向重生教投降。"

"我可以一起去吗？"孔念铎问。他对这位狩猎者有几分兴趣。

赵庆虎没有反对，把地址传给了孔念铎。孔念铎坐上云霄车，去往城市的另一边。到达指定地址时，赵庆虎已经在那里等他了。"还要步行。"赵庆虎说。路上，赵庆虎又讲了两个故事，证明大师姐确实有预言未来的能力。孔念铎暗自嬉笑，这样想道：知道未来会如何又有什么用？假设是坏的未来，如果在知道以后想方设法避免坏未来的到来，那如何能证实当初预言的准确性？如果未来是已经注定的，即使是坏的，不管你怎么努力，都不能改变，甚至，你的努力反而会促使坏未来变成现实，那知道未来会如何，又有何意义？

很快他们走到一处弥勒会的道场，规模比二师兄曹熊主持的道场要小不少。赵庆虎带着孔念铎在道场里走，一路上都有弥勒会的信徒上前致意，赵庆虎也不自持三师兄的身份，真诚地一一回礼。不久，他们走到了大师姐所在的房间。那里把守的弥勒会信徒特别多，信徒们身穿白袍，每个人手里都握着长长短短的武器。孔念铎知道，这是弥勒会的武装组织，叫"一时上生队"，名字出自白居易的文章：仰慈氏形，称慈氏名，愿我来世，一时上生。根据弥勒会的解释，白居易是弥勒信徒，句子中的"慈氏"就是弥勒，四句话表达的意思就是敬仰慈氏菩萨的身形，呼唤慈氏菩萨的名字，希望来世，生到弥勒菩萨的身边。但孔念铎对这种说法持怀疑态度。虚构历史名人的故事和言语来为自己背书，这样的事例已经太多太多。

房间不大，燃着熏香，一股淡而温润的气息笼罩着整个房间。房中，一个人端坐在蒲团上。粗看是一个五六岁的孩童，细看，却见那人发丝苍白，眼窝塌陷，嘴唇皲裂，额头上的皱纹深如水手谷千年万年形成的沟壑。她穿着极为繁复的裙装，层层叠叠，浓烈的色彩以金色为主，使她看上去像被闪闪的金光包裹着。她胸前挂着一个大大的弥勒会徽章，头上戴着凤冠，缀满各种金色饰品，微微摇晃，就会发出丁零丁零的声响。

赵庆虎双膝跪下，俯身下拜，双手向前，拍击地面三次，随后坐直身体，朗声说道："大师姐，在下有疑惑，恳请大师姐解答。"

塔拉·沃米的声音苍老而低微，"你说吧。"

赵庆虎说："此次重生教派人来招降弥勒会，而重生教是弥勒会永恒的敌人，大师姐，您为何会给出同意的答案？"

"我并未同意。"

赵庆虎的声音明显激动起来，"是他们误读您的预言！在下就知道是这样！"

塔拉·沃米道："我只是告诉朱成昊，勿忘初心。不管做何选择，勿忘初心。"

孔念铎差点儿笑出声来，这个答案，不等于什么都没有说吗？但赵庆虎却激动地再次跪拜，以手击打地面三次，起身后诚恳地说："谢谢大师姐为了在下答疑解惑。在下记住了。"

"这位先生是第一次来吧？"塔拉·沃米看向孔念铎。

"是的。"赵庆虎答道。

"你可有话对我说？"塔拉的眼神苍凉至极，有着无法言说的悲悯。

"唔，我确实有问题想问。"孔念铎说。

你早就不是十一二岁的少年，怎么还相信算命呢？然而，某种非理性的神秘力量促使孔念铎趋步向前，来到塔拉跟前，微微俯下身子。这真是很可笑的事情，今后的我一定会嘲笑现在的我。"我。"一开口，他就发现的自己的声音微微有些颤抖，这让他非常惊讶。我在害怕什么？害怕未来吗？"说说我的未来。我的未来是怎样的？"

塔拉端坐在蒲团之上，略略仰头，没有生气的褐色眼珠在窄成一条缝的眼眶里左右移动一下。似乎看了孔念铎一眼，又似乎没有，只是窥了一下面前的空气。塔拉旋即垂下了满是褶皱的眼睑。"我的未来没有您。"塔拉喃喃道。

她的声音很低，低到几不可闻。"你说什么？"孔念铎猝然发问。

"我说，"塔拉脸上深深的皱纹艰难地挪动了两下，"我的未来没有您。"

孔念铎愕立当场。

6...

离开道场后，赵庆虎高兴地离开了。"在下有很多事情要做。"他说。孔念铎拍拍他的肩膀，"不管你做出什么样的选择，我都支持你。"说这话的时候，孔念铎心底有着报复即将达成的快感。他不知道赵庆虎要干些什么事情，但可以肯定朱成昊与曹熊的日子不好过了。赵庆虎说："在下没有选择，因为在下知道在下的初心在哪里。没有弥勒会，就没有赵庆虎。这话别人也许只是说说，但于在下而言，却不是。"

在道场门前，目送赵庆虎离开，看着他坚定地脚步，孔念铎忽然生出一种羡慕之情，觉得赵庆虎这样简单、直接、执着地过一生，不困惑、不犹疑、不纠结，未尝不是愉快的一生。可我呢？我的初心在哪里？孔念铎一边想，一边走向云霄车所在的街区，脚步有些飘虚。

有人在人群中注视着他。

孔念铎悚然抬头，看见一个久违的身影伫立在街边。"方于西，"孔念铎走过去，"你骗我，你根本不是碳族事务部的安德罗丁，你甚至不是钢铁狼人。"

方于西耸耸肩，道："喝一杯？"

"喝一杯？"

"在你到来之前，我见过塔拉·沃米了。"方于西说，

"这个名字有什么意义，我相信你已经知道了。"

旁边就有酒吧。两人前后脚进了酒吧，在吧台各自点了酒，然后找了个小圆桌面对面坐下。各自喝了一口之后，孔念铎率先开口，"你到底是谁？"

"很重要吗？"

"很重要。"

方于西又喝了一口，"方于西这个名字确实是假的。我的真名是袁乃东。对这个名字有印象吗？"

孔念铎略略回忆了一下，"二号"已经检索到了答案。袁乃东，就是他通过邮件，告诉孔念铎，狩猎者在金星现身的消息。这才有了孔念铎的金星之行，这才揭露出了狩猎者所有的秘密，这才会发生金星之战，导致整个铁族舰队灰飞烟灭。"你到底是什么人？"孔念铎问。

"不重要。"袁乃东又喝了一口酒，"知道我为什么去找塔拉·沃米吗？"

"为什么？"孔念铎很配合。他意识到，袁乃东正在使自己尽快喝醉。

"我有一个未来，需要塔拉·沃米解读。一个极其糟糕的未来，是她在以前告诉我的。当时我没有问她为什么。"袁乃东说。然后袁乃东就停下来，怔怔地望向远处，直到孔念铎发问"塔拉怎么说？"，他才接着道："她说，她并没有预知能力，或者说，与经常提到的预知能力有所不同。她能看见的未来，只是她自己的一生，从出生到死亡，每一个细节，翔实无比。然而，她并不知道那些事情何时何地会发生，只是在发生的时候，她会想到，这件事我曾经预知过。"

孔念铎皱了皱眉，"这样的预知能力似乎没有什么用啊。"

"是的。"袁乃东点头同意，"她不能对指定的人和事进行预言，她能预知的，就只能是她在未来里看见和听见的事情。但这也没有什么用。因为她所预知的未来，包含了诸如天色、发型、喝水这样的不可计数的细节，同时时间和地点都不明确。有用的信息都被淹没在这些数不尽的细节里。用人工智能辅助分析也得不到多少明确的结论。"

"那她曾经准确预言过的事情，都是因为这些事情恰巧是她在未来经历的一部分？"

"是的。她没有在未来经历的事情，即便将来会发生，她也是无法预言的。"

"所以，即便未来的你与未来的她有过交集，现在的她因为某种原因而预知未来的事情，那她也无法对预言进行解释。对吗？"

"对。只有结果，没有过程，无法解释。"

"为什么会这样？"

"我不知道。"袁乃东还是怔怔地望着远方，"塔拉说，她早已经知晓她的结局为何。她离开同伴，只身来到火星，就是为了完成这个结局。她说她距离那个结局已经很近了。结局一到，她就真正解脱了。她说打她出生那一刻起，她就在等待那个结局的到来。"

"她的结局是什么？"

"她不肯说。"

"她预言的你的未来是什么？"

袁乃东端起酒杯，一饮而尽，然后看着手里空空的杯子，"她并没有给我一个解释。"

这就是所谓宿命吗？孔念铎思忖着，不知不觉间，连呼吸都暂停了：对塔拉来说，未来已经注定，只是不知道什么时候在什么地方以什么样的方式呈现。那么，对我而言呢？未来是已经注定，还是尚未定型，会因为我的一言一行而不断发生变化吗？"我的未来没有您"，这句话到底该如何解读呢？

"今天找你，"袁乃东说，"是有一个问题想问你。"

孔念铎吞了一小口酒，"你问。"

"客卿大会的投票结果我已经知道了，内卷派胜出，如你所愿。"袁乃东说着，把酒杯轻轻搁到小圆桌上，"我想知道你支持文明内卷的真正原因。我搜集过你的资料，你在客卿大会上的发言我反复看过，有理有据。但我相信，那些发言并不是你的真心话。我想知道你支持文明内卷的真正原因。"

孔念铎望望四周，这里可不是什么可以袒露心声的好地方。但不知道为什么，他觉得可以相信眼前这个年轻人。"知道鲸头鹳吗？"孔念铎看见袁乃东点头了，就知道自己不用做更多的解释工作了，"对于大自然的残酷，我最早是从鲸头鹳身上体会到的。"

鲸头鹳是一种生活在尼罗河上游和东非热带地区那些人迹罕至的湖泊、沼泽地带的大型涉禽。

鲸头鹳的样貌很独特，但最为人慨叹的是它们的繁殖方式。

鲸头鹳执行标准的一夫一妻制，雌鸟和雄鸟都要加入到孵化与喂养后代的工作之中。它们通常是在一个雨季结束时开始筑巢，在下一个雨季开始时繁殖。雌鸟每次产卵两到三枚，以两枚最为常见，然后花一个月的时间进行孵化。但小鲸头鹳出来后的事情就令人百思不得其解，甚而至于出离愤怒了。

幼鸟出世后，鲸头鹳夫妇会轮流到沼泽中捕食，对象包括肺鱼、鲶鱼，甚至水蛇、巨蜥和幼年的鳄鱼等。回到巢后，它们会把食管里的食物反刍出来，填塞进幼鸟的喉咙里。问题是，不是所有嗷嗷待哺的幼鸟都能得到父母的喂养。每一窝幼鸟中，只有一只幼鸟能够得到父母的精心喂养，剩下的那一到两只，会直接被父母忽视，得不到任何照顾，然后在几天内死去，就像它们从来不曾出生过一样。

严谨的科学家一向不主张把人类的道德感强加到动物身上，但看到鲸头鹳匪夷所思的行为，还是要忍不住问一句：为什么呢？为什么会孵化两三只幼鸟，却只喂养其中一只呢？即使不考虑道德和伦理，想想在交配、产卵和孵化时所付出的种种努力，却在喂养时放弃，也是巨大的浪费啊！到底是为什么呢？

经过一番观察和思考，科学家得出了一个并不意外的结论：这是由鲸头鹳的生活环境决定的。鲸头鹳生活在非洲的沼泽里。非洲天气多变，沼泽的水位忽高忽低，食物忽多忽少，谁也无法保证每次出去捕食都能满载而归。作为一种大型涉禽，鲸头鹳的食量惊人，而鲸头鹳的育雏期长达100天，一方面是食物来源的不稳定，另一方面是总是饥肠辘辘的幼鸟。鲸头鹳夫妇必须做出选择：是让所有的幼鸟都半死不活，还是只让其中一只健康地活下去？显而易见，鲸头鹳的选择不符合人类的道德和伦理，但在那种生活环境下，却是最好的选择。它们孵化出两三只幼鸟，从中选择最为优秀的那只，精心喂养，余下的那些稍弱的、不够优秀的，就被自然淘汰掉。

"我们一直尊崇的自然母亲竟如此残酷，你相信吗？我相信，相信大自然一直都是这样残酷"。孔念铎说，"否则，也不会先后孕育出两大智慧种族。"

"你的意思是碳族和铁族，就像鲸头鹳产下的两枚卵，孵出的两只幼鸟？"

"哪一只会被淘汰，哪一只会剩下呢？"

"哪一只都不该被淘汰。"袁乃东摇摇头，说。

"你真善良。"孔念铎说，"当然，从道德上讲，两只幼鸟都存活，是最佳的结局。但前提是，有足够的空间，足够的食物，足够的生存资源。如果，我是说如果，碳铁两族中，有一个选择了内卷，选择了舍弃实体，把全部意识都上传到虚拟宇宙之中……"

孔念铎刻意停了下来，眼带笑意，望着袁乃东。袁乃东毫不迟疑地接过话茬，"那太阳系的资源不就够用了吗？两族共存，谁也不用死，对吗？"

孔念铎微笑着点头。

"我明白了。先告辞，我还有很多事情要做。"说完，袁乃东起身离去，也不做多余的解释。

孔念铎端起酒杯，轻轻抿了一口。今天得到的消息太多，需要好好消化。赵庆虎、塔拉、袁乃东，一个比一个复杂，需要好好筹谋，下一步怎么办。

7...

孔念铎给大卫打了一个电话，要他到自己的大宅子见一面。大卫虽有迟疑，但在孔念铎强调一下后，到底还是答应了。通话结束，云霄车已经自行驶来，停在他面前，打开车门，要他进去。他在警察局里对辛克莱探长说，有很多事情要等着自己去做，可不是说的假话。

回到大宅子，坐在客厅，等了 10 分钟，大卫总算现身了。他不是一个人来的，而是有 4 个重生教的神之战士跟随。看到他们庄重而紧张的样子，孔念铎不由得一笑：真要下手的话，就凭这几个货色，能保得住大卫吗？

大卫穿着黑白相间的长老服，操纵两条又肥又短的腿，将自己圆滚滚的身子挪动到孔念铎跟前。

"你那几个神之战士看上去非常紧张。"

"没错。"大卫说，"这些年轻人，生在地球，长在地球，这是他们第一次到火星。你也知道，地球上现在禁绝一切非必要的科技，严格执行《重生教 99 号禁令》，他们没有见过这么多的科技产品，没有被如此多的科技产品包裹过，从来没有。紧张自然是在所难免。你看，处在一个完全陌生的环境里，就连我都紧张。"

孔念铎又瞅瞅那4个神之战士。这些人又自称堕落者。作为曾经的重生教信徒，现在的怀疑论者，孔念铎对于神之战士或者堕落者的动机，并不能真正理解。

"一会儿我们要讨论的事情涉及机密。"

"都是我的心腹。"大卫说，"我的秘密他们都知道。我相信他们。"

孔念铎再次扫了一眼那4个神之战士，他们听到大卫说相信他们，都面露欣慰与愉悦之色。孔念铎说："大卫，找你来，是想问你一些问题。"

"问吧问吧。"

孔念铎问："为什么背着我与弥勒会的二师兄见面，还签订了协议？"

"不关我的事啊。"大卫又是摆手，又是摇头，"我的意思是说，见面的事情，是他们请我去的。那个二师兄，长得妖里妖气的曹熊，派人到酒店找到我，说有要事相商，最好马上去，我就去了。你说，人家好心好意请我去，我能不去吗？去了我才知道，是为了重生教与弥勒会签订《友好条约》的事情。"

曹熊长得妖里妖气的？孔念铎没有去管这个小小的疑惑，抓住了大卫话里的关键词，问道："《友好条约》？"

"是的，《友好条约》，《重生教与弥勒会互不侵犯友好条约暨和平共处备忘录》。不瞒你说，当时我也觉得奇怪，弥勒会对于签订《友好条约》，好像比我还积极，似乎是期盼了多年的事情终于成真的感觉。"

好奇怪的事情。孔念铎皱紧了眉头，思忖了片刻，没有答案，于是追问："所以就签了《友好条约》？"

"还没有正式签了，目前还是草案。对于我提出的条件，他们几乎是一股脑地答应了，而他们提出的条件，也在我的预料之内，我和曹熊很快就条约草案达成了一致意见。速度之快，我之前都不敢想象。不过，曹熊需要提交大师兄朱成昊同意，我这边也有审批流程要走，所以呢，还没有正式签约。但就目前的局势来看，签约是板上钉钉的事情。"

"恭喜啊大卫。"

大卫也不笨，自然是听出了孔念铎话里的嘲讽之意，连忙解释道："小孔，这事儿吧我真不是故意跳过你这个中间人，原本我还指望你从中斡旋，尽力撮合我与弥勒会呢。哪里知道，他们比我还急！呵呵，纯属运气，运气。"

孔念铎在客厅来回踱步。他意识到，在他没有注意到的地方，有什么事情正在甚至已经发生，而他对此一无所知。这种感觉，让他既愤怒又沮丧。

大卫望着踱步的孔念铎，大声说："小孔，年轻的时候，我和你相处有十多年吧，对你我还是熟悉的。要说你与过去没有丝毫不同，肯定是不对的。在我看来，你最大的变化是，你比年轻的时候更为理性，更为镇静，甚至可以说，更为冷酷。尤其是当你进行各种解说的时候，我发现你有一种超然物外的机器感。"

机器感？孔念铎心跳加速，因为珍妮曾说过，"你身体的77%已经被人造组织和器官所取代，谁也不知道在这种情况下人的生理和心理会发生什么样的变化。"但他很好地掩饰住了，淡淡一笑，说："你说我是机器，是吧？"

大卫说："是的，你会笑，也会哭。然而，你面露笑容，但不是真正高兴；你的眼角也会流下泪水，但不是真正悲伤。你的哭与笑，都是为了达成某种目的的手段。你把一切情感，喜怒哀乐，都用层层铠甲包裹起来。我敢肯定，在你看来，情感外露是件非常可怕的事情。这可不像年轻时的你。那个时候，你和……"

孔念铎强行打断了大卫滔滔不绝的话，"你难道和年轻的时候一样吗？作为重生教十殿长老之一，你难道敢把你的喜怒爱乐无所顾忌地表现出来吗？"

"我还真敢。"大卫哈哈笑道，"身为领导的特权，不就是能够肆无忌惮地宣泄自己的喜怒哀乐吗？你看，我就从来不掩饰我对于美食的喜爱，要是哪个不长眼的敢在背后叽叽歪歪我的体型，下手的时候我也从来没有心软过。"

孔念铎嘿嘿一笑，走到大卫跟前，"真的吗？别以为我对你为什么在这个时候来火星招降弥勒会一无所知。你闯下的祸事着实不小。查尔斯长老、克莱门汀长老、徐永泽长老、文庆裕长老，都等着审判你了。"

大卫脸色骤变，喃喃道："小事，小事一桩。没有他们说的那么严重。"

孔念铎看着他闪躲的眼睛，心里有一种莫名的快感。谁叫你想提那个令我心痛的名字！对大卫的说法，他没有否认，也没有肯定，更没有把他刚得到的消息讲出来。他知道，秘密在没有说出口的时候最有威胁性。这样，秘密就变成了不定时的炸弹。什么时候说，对谁说，在哪里说，怎样说，都由他一手掌控。

就在这时，老 X 从里屋闯了进来，边跑边喊："小孔，小孔，小孔！你在哪里？"

"怎么啦？"孔念铎问，耳边却传来大卫的一声惊呼："萧瀛洲！你是萧瀛洲！当年的太空军总司令！"

8...

"匕首哪儿去呢？我的匕首呢？"老 X 握住孔念铎的手，焦急地说。

"是不是掉床底下了？"

"找过了，床底下没有。"

"花园呢？"

"也找过了。"

"还记得最后一次玩匕首的时候是在哪里玩的？"

"不记得了。"

"再想想。"

"哈，我想起来了，是在饭桌上，我这就去找。"

老 X 松开孔念铎的手，欢天喜地地跑开。大卫已经起身，拦住了他的去路，"萧瀛洲，你是萧瀛洲！"

　　老 X 茫然地说："萧瀛洲？萧瀛洲是谁？我是萧瀛洲吗？"

　　"你就是萧瀛洲！我不会认错的。"

　　"不，不，我不是萧瀛洲，我不是萧瀛洲，我只是个没有名气的三流作家。"老 X 伸手想要推开大卫，可推不动，"让一让，麻烦你让一让，我要去找我的玛雅匕首。"

　　"大卫，让开，让他走。"孔念铎喊道。

　　大卫没有动，而老 X 已经拐了一个弯，从他身边溜了过去，脸上带着小孩游戏获胜后的笑。

　　大卫望着萧瀛洲离去的方向，说："他就是萧瀛洲，我肯定没有认错。他可是我小时候的偶像啊。"

　　"他是很多人的偶像。"

　　"是啊，那个时候，我们，我和你，都很崇拜他。他现在老了许多，应该有一百多岁了吧，可模样还在，尤其是眉眼，和年轻的时候一模一样，就是……他似乎忘记了自己是谁，失忆症吗？"

　　孔念铎摇摇头，道："不知道。"

　　"萧瀛洲怎么会在你这里，小孔？"

　　"说来话长。"孔念铎不想讨论这个话题，有深深的倦意从心底升起，"大卫，跟弥勒会正式签订《友好条约》的时候，叫上我。之前的事情，不重要，也无所谓了。还有，不要告诉别人，萧瀛洲在我这里。"

　　"为什么呀？"大卫问。

　　孔念铎深深地看了他一眼，"你可以走了。"

送走大卫和他的 4 个神之战士，孔念铎去往餐厅。还没到餐厅，就听见老 X 嘤嘤的哭声。他赶紧进去。玛雅匕首摆在餐桌上，老 X 坐在餐桌边，低声抽泣。泪水在他的老脸上，沿着横生的皱纹，四处流淌。

"又怎么啦？匕首不是找到了吗？为什么还哭呢？"孔念铎说。这样的话可算不上安慰，然而孔念铎也不知道该怎么说才好。

"我想我女儿了。小菁，你在哪里啊？"

孔念铎心中咯噔一声响。萧瀛洲只有一个独生女，叫萧菁，在第二次碳铁之战中，也曾经做过不少事情，但第二次碳铁之战结束之后，她就销声匿迹，完全不知道去向。时隔 40 年，萧菁也该六十多岁了吧。这么多年来，时局动荡，战乱仍频，她是否还健在，都是未知之数。不过，老 X 的这种说法……"你想起来呢？"孔念铎说。

"是的，我想起来了，忽然就想起来了。我是萧瀛洲，我妻子是安柏·希尔娜，萧菁是我的女儿。我是，曾经是地球太空军防御军总司令，也曾经是地球的临时大总统。我代表碳族，跟铁族签订了和平协议，结束的第二次碳铁之战。"

孔念铎泪眼蒙眬，也不知道该怎么说，只是一味地强调说："想起来就好，想起来就好。耶，我们终究会取得最后的胜利！"

10 岁那年，小孔念铎看过一部据说是根据真人真事改编的立体电影，叫《天地大冲撞》。故事发生在 2036 年，那时地球上的碳族过着宁静而幸福的生活，即使有冲突，那也是生活的调味剂。然而，太空中毫无预兆地出现了一颗叫作"毁神星"的小行星，即将撞击地球，毁灭地面上的一切。电影的主角叫作"萧瀛洲"，只有19岁，正是英姿勃发、勇敢无畏的年纪。萧瀛洲毅然接受上级命令，驾驶"凤凰号"宇宙飞船，排除千难万险，抵近毁神星。他向毁神星先后发射了两枚特别制造的核导弹，第一枚叫"瘦子"，在毁神星表面炸开一个大洞，第二枚叫"大男孩"，飞近大洞，在毁神星内部爆炸。萧瀛洲终于在毁神星撞击地球之前，将它炸成数以亿计的碎片。他的拯救行动不是隐秘进行的，而是全球直播，使他成为有史以来第一位当着全世界的面拯救了全世界的超级大英雄。后来，毁神星的那些碎片与地球相遇，流星雨下了一天一夜，催生出无数壮丽的诗篇与激动人心的故事。整部电影情节紧凑，特效逼真，叙事张弛有度，自始至终保持着紧张感，且前后对比强烈，人物富有魅力。这令小孔念铎大呼过瘾，从头至尾，连眼睛都舍不得眨一下。当电影在萧瀛洲与金发的安柏·希尔娜携手走进婚姻的殿堂时结束时，10岁的小孔念铎就在心中暗暗发誓：这辈子，我要做就做萧瀛洲那样拯救苍生、力挽狂澜、有情有义的超级大英雄。

那之后，小孔念铎开始有意识地搜集萧瀛洲的资料。这时，距离第二次碳铁之战还有5年，55岁的萧瀛洲担任地球太空军防御军总司令，指挥着太阳系有史以来最为庞大的太空舰队。小孔念铎对太空舰队的主力战舰，从名字到性能到舰长，如数家珍。即便是现在，他依然记得他看了能找到的所有萧瀛洲的传记，除了少数无聊的质疑外，大多数作者都把萧瀛洲描述为沉默寡言但内心非常坚定的男人。他央求父母，买来所有主力战舰的模型，时常幻想着自己就是太空军总司令，指挥着这些动力和火力都难以想象的航天母舰与来犯的外星入侵者进行激烈战争。外星入侵者有时是披着几丁质甲壳的虫子，有时是长了十六条腕足的怪异章鱼，有时是在星际间巡游的如同小行星一般大的金色巨鲲。不管开头如何惨烈，不管过程如何艰险，最后的结局总是一样，那就是小孔念铎大喊道："耶，我们终究会取得最后的胜利！"这句话，正是电影《天地大冲撞》中，萧瀛洲完成任务后对安柏·希尔娜说的话。

萧瀛洲对孔念铎说："其实在火人节的时候，你告诉我，我是谁，我就想起来了。但我不敢承认。对比当年，想想现在，我怎么敢承认？要是我真是三流作家，那些惊天动地的大事都是我小说里的情节，那该多好啊。"

"都是我不好，不该编造你是三流作家的谎言。"孔念铎解释说，"当时我以为你不知道你是谁能保护你。现在看来，我的想法是错的。你不知道你是谁，但别人会知道。你不知道你是谁，你就不知道如何保护自己。"

"刚才那个人叫我的时候，我真是被吓住了。"

"不用担心，我会干掉他的。只要下命令，自会有人抢着去办。如果需要，我甚至会亲自动手。"孔念铎说。这样的事情又不是没有发生过。

"为什么？"萧瀛洲喃喃道。

"什么为什么？"孔念铎茫然地望着年迈的偶像。

萧瀛洲说："遇到问题，你最先想到的，不是解决这个问题，而是解决提出问题的这个人。明明可以有别的更多更好的办法。而你每一次都是选择的谋杀，为什么？”

孔念铎毛骨悚然。他从来没有想过这个问题，从来没有意识到自己的选择有什么不对。但这次……他大张着嘴，像自己跳上了陆地的鲈鱼，想要呼吸，周遭却是无法呼吸的空气。为什么？他不停地问自己。为什么？因为所遇到的问题都是一样的，所以做出的选择必然是一样的？因为谋杀的嗜好铭刻在每一个人的基因里，这是从我们最远古的祖先那里继承来的，而我身上表现得特别明显？因为我小时候受过的那些欺骗、辱骂、恐吓与殴打？

他脑子里的念头转过千百回，想到了“矮子”以及一系列绰号的来历，想到了他父母为了让他长高而做出的种种事情，但不管哪一个答案都不是他喜欢的。人是追求意义的动物，凡事都得找个理由，哪怕是虚构的借口，但现在他找不到……他长吁了一口气，把所有可能的答案都藏进了心底。萧瀛洲所问的，不是一个必须回答的问题。忽略，跳过不答，假装萧瀛洲没有问过，是现在最好的选择。他不想让任何人窥见他内心的秘密。即使是萧瀛洲也不行。

“我会帮你找到萧菁的。”孔念铎对萧瀛洲说。

9....

“我的错。”萧瀛洲说，低垂着脸，盯着桌面上的酒杯，陷入了回忆。

　　"2077 年 12 月，第二次碳铁之战激战正酣。不，这种表述不对，更为准确的说法是：铁族步步紧逼，碳族节节败退。当时，铁族已经夺取了地球的制天权，而碳族丧失了所有的星际作战能力。碳族的领导机构地球同盟业已分崩离析，欧洲地区、非洲地区和北美地区先后宣布独立，剩下的也是离心离德。而我因为火星远征军遭遇铁族的伏击，全军覆没，正在牢里接受军事法庭的审判。在这种情况下，科技伦理管理局局长约翰·史密斯找到我，建议我发动军事政变，推翻地球同盟，然后与铁族和谈，停止这场单方面的屠杀。这不是为了任何个人，而是为了整个碳族的生死存亡。我同意了。

　　"政变非常顺利。几乎没有遭到什么抵抗，几位还在职的执委会委员就被捕了。约翰·史密斯实现了他的诺言。科技伦理管理局的特工遍布全世界，在极短的时间里，就控制了各个地方政权。我向媒体宣布，组建军政府，得到的来自社会各界的支持超乎我的想象。尽管当我宣布要与铁族进行和平谈判后，其中一部分支持者又离我而去，谈判过程中也不乏波折，然而局面还是向着我希望的方向发展。在我同意支持非洲的金星开发计划后，非洲地区宣布回归；我任命米哈伊尔为北美地区领导人，他在很短的时间里就击溃了叛军；欧洲地区疑虑重重，但最终还是宣布重回地球同盟。我还派出德高望重的星魂大法师作为全权代表，去和铁族谈判，铁族也同意在和平协议上签字。第二次碳铁之战就此结束。作为一种补偿，铁族甚至主动将他们发现的终极理论公布出来，供碳族学习。就这样，在毁神星事件之后，我再一次拯救了全人类。

　　"战后，我的威望飙升到历史最高点。我被任命为总统，人类历史上首次，所有人被置于同一个人的领导之下。说实话，对于约翰·史密斯的这项建议，我应该拒绝的。我为什么没有拒绝呢？现在回想起来，大概是因为轻易得到的胜利冲昏了我的头脑。铁族掌握着战场的主动权，在即将全面胜利的时候，为什么会那么容易就同意在和平协议上签字？这至今是个谜，但在当时我却错误地以为是因为我。铁族虽然对我说过，尊重我为了拯救地球和人类所做的一切，然而在铁族的考量中，我应该没有那么重的分量。

　　"我犯的错误不止这一个。

　　"我对约翰·史密斯的印象一直很好，我认为他勤勉、踏实、公正。然而，他就任副总统后，忽然间就像变了一个人似的——也许没有变，只是之前把真实面目隐藏得太好。在我面前，他还是那样恭敬，但在我之外，他飞扬跋扈，不可一世。总之，与铁族的和平协议一签订，我就明显感到他的笑脸背后隐藏着什么秘密，而我也渐渐地知道了这秘密是什么。他架空了我。我身边安插着他的特工，十几个部长全是他的人。我的命令被搁置，被拖延，得不到彻底地执行；他打着我的旗号，干了许多我不会干也不会允许别人干的事情。

　　"我再能容忍，也不会在这种事情上让一丁点儿步。我竭尽所能，在一切事情上与约翰做对，否决他主导的一切提案。他同样如此。我们就像两头犟牛，头和角抵在一起，谁也不肯分开。我和他沉迷在权力的游戏里，无暇他顾，甚至连铁族也置之不理。后来我反复琢磨当时的心态，竟然也无法理解，只能把它归结为无上的权力带来的阴暗面。我不得不承认，权力是世界上最厉害的迷药，改变了我萧瀛洲，也改变了他约翰·史密斯。

"事实证明，我虽然已经六十多岁了，并且长期担任领导职务，光是在太空军总司令的位置上我就待了近二十年，但玩弄权术，与人钩心斗角，依然不是我的强项。在与约翰的鏖战中，我就像一个不肯长大的小孩，只会正面进攻，最多加上捡起地上的石子扔过去。但约翰显然更擅长此道。他软硬兼施，游刃有余，而我左支右绌，疲于应付，空有一身愤怒却无处使力。

"就在我被约翰玩弄于指掌之间时，米哈伊尔找到我，表示愿意为我效犬马之劳。我没有反对。原本，米哈伊尔颇有些恶名，以做事只求结果不择手段著称。我和他根本不是一路人，要是此前他来找我，我根本不会搭理他，但在当时那种无人可用的情况下，我决定冒险一试。我想：既然我不是约翰的对手，那为什么不养条恶狗去对付他呢？哎，我这辈子有无数错误，但没有哪一件，比得上我同意屠夫将军米哈伊尔的效忠。

"2079 年 6 月，我抓住一个机会，突破约翰的阻挠，任命米哈伊尔为新组建的地球防御军总司令。我以为是我取得了阶段性胜利，后来我才知道，这是另一场浩劫的肇始。

"当时，在世界各地活跃着数以百计的反抗军。这些反抗军，有的原本是地球同盟的反对者，地方上的割据势力，趁着碳铁之战带来的混乱，占山为王；有的是地球同盟的拥护者，对我发起的军事政变耿耿于怀，誓要推翻我的统治，重建地球同盟；还有的是打着抵抗铁族的幌子，喊着包围碳族的口号，拉起一支支规模不小的反抗军，啸聚山林。

"在米哈伊尔之前，对各地的叛军都是睁一只眼闭一只眼，只要不是捅出了太大的篓子，政府层面上，几乎没有谁愿意去管叛军的事情。米哈伊尔就任总司令后，一方面对军队进行大力整饬，提升军队的组织性与战斗力；一方面对叛军进行全力清剿。不得不承认，在军事上，米哈伊尔是个人才。他知道哪些叛军是墙头草，劝一劝就会投降；也知道哪些叛军是乌龟壳，只要一边进攻一边谈判，很快就会把投降书交上来；还知道哪些叛军是吃了秤砣的水中磐石，除了敲碎、搬走，没有别的办法可以解决。

"就这样，恩威并施，怀柔与铁血齐上，米哈伊尔逐一平定了各地的叛乱。

"告诉你一个秘密，薛飞是我派出去的，是我下令，让他组织抵抗军的。当时，我的想法是，我在明面上，他在暗地里，一明一暗，相互配合，以对付强大至极的铁族。你应该记得，第二次碳铁之战结束后的几年时间里，世界各地的抵抗运动风起云涌，而政府几乎毫无作为，就是我纵容的结果。谁知道，米哈伊尔获取权力之后，竟然以消灭抵抗军作为晋升的垫脚石。等我察觉到这一点儿，我已经失去了对他的控制。

"在这段时间里，约翰·史密斯也试图对付米哈伊尔，但都被米哈伊尔轻而易举地化解。2082 年 6 月，隐忍已久的米哈伊尔对约翰·史密斯展开行动，约翰很快因巨额贪污、泄露机密等罪名逮捕入狱，并被判刑。到 2083 年的时候，薛飞抵抗军在加拉帕戈斯群岛被歼灭，有组织的抵抗运动就此结束。米哈伊尔的个人声望也达到了历史最高。随后，他把目标指向了我。

"说来可笑，2077 年，我发动军事政变推翻地球同盟的统治时，几乎是不费吹灰之力，而 2086 年，米哈伊尔如法炮制，没有放一枪一炮，就把我赶下了台。"

最后，萧瀛洲再次叹息着说："这一切，都是我的错。我的无能，造成了今天的局面。"他抬眼看着孔念铎，眼底似有泪花，又羞愧地低下头，顺手把眼角的泪水擦干，不让它流下来。

"不是您的错。您已经尽力了。"孔念铎安慰道。

萧瀛洲微微摇头，不说话。

孔念铎喝了一口白酒，借着酒劲儿道："下边，我来说说自己的故事吧。"

10...

2077 年 12 月，第二次碳铁之战以碳族的惨败告终。令所有人都困惑与痛恨的是，最后是萧瀛洲，曾经的碳族大英雄，在推翻了地球同盟的腐朽统治后，居然毫不犹豫地向铁族投降了，舆论一时哗然。从官方到民间，从主流媒体的字里行间到小道消息的口口相传，都充满了谴责萧瀛洲的气息。

次年三月，关于抵抗军的消息忽然如春天飘落的柳絮一般在全世界疯传。"薛飞。"人们悄悄地念叨着这个名字，"太空远征军旗舰'珠穆朗玛号'舰长，他才是真正的大英雄。疾风知劲草。在全碳族都投降的时候，只有他，还在为了碳族而战斗。"一些歌谣在量子寰球网上传播，因为简单而有力，这些歌谣的传播速度与传播范围远远超过歌谣作者的想象。

五月中旬的一天，在操场边的栏杆上，小孔念铎第一次听小赵俊轩念了一首歌谣："走啊，参加抵抗军，打铁族去。我们不要做钢铁浪人的刀下鬼，更不要做它们的奴隶。我们要把铁族打得屁滚尿流，要让它知道碳族。"

"你念的是什么呀？"孔念铎问。

"宣传抵抗军的。"

"抵抗军？"

"一支军队。"对孔念铎的无知，赵俊轩表示出了极大地克制，在其他时候，他都会毫不客气地嘲笑，"薛飞将军领导的，专门袭击铁族，抵抗铁族的残酷统治，是碳族获救的希望。"

对赵俊轩的这种说法，孔念铎并不特别理解。但赵俊轩话里的某种东西刺激了他，让他忽然间激动起来，"我要去参加抵抗军，我要去打败铁族，拯救世界。"

赵俊轩在他的后背狠狠地敲击了一下，"我还以为只有我一个人有这样的想法呢。我们一起去。"

"嗯，一起去，去当英雄。"

"谁不去谁是乌龟王八蛋。"

"谁不去谁是乌龟王八蛋。"

两个 14 岁的少年相视而笑，仿佛他们已经成了拯救碳族的大英雄，在万众瞩目下，登上了世界最高荣誉的领奖台。

2078 年 6 月 25 日，是孔念铎与赵俊轩约好离家出走的日子。多年以后，孔念铎依然清晰地记得在那个夏日的深夜，他从床上爬起来，轻手轻脚地换好衣服，任何一点儿细微的声音都让他的心跳加速。兴奋混合着恐惧控制着他的身体，以至于差点把衣服穿反了。父母的房间悄无声息。他背上白天悄悄收拾好的旅行包，里面有换洗的衣物、饮料和零食，还有一本抵抗军的宣传手册。他取出一封早已写好的信，扔在自己床上，然后开了门，毅然决然地走进月光照耀下的街道。

在那晚之前，他从来没有见过那么大的月亮，在那晚之后，也没有见过。又圆又大的月亮挂在东边的天空上，照亮了它近旁航天母舰一般的云，也照亮了古老而寂静的街道。虽然不能和日光相比，但在月亮的照射下，近处的城市清晰可见，视野也算辽阔，更远的地方则笼罩在一片淡淡却不可窥探的雾气之中。多年以后，他认为那雾气预示了他叵测的未来。

寂静的环境，衬得他的脚步声分外响亮。他疑心这脚步声会传到他父母耳朵里去，惊惶之下，加快了脚步。在越发响亮与密集的脚步声里，他的额头沁出了薄薄的一层热汗。

赵俊轩在不远处的街角等他。"你怎么才来？我还以为你不来了。"小赵说，"你不来更好，我一个人去当打铁族的英雄。"孔念铎没有回话，只是挥挥手，两个少年就在月光的照耀下，按照事先计划的路线，一路狂奔。天亮的时候，他们已经达到车站，并顺利地登上了去往另外一座城市的高铁。没有人在意这两个离家出走的少年，大家都有自己的事情要忙。

在青岛，他们遇到了抵抗军的招募人员。孔念铎后来才知道，他们是多么幸运，因为还有很多像他们这样的热血青年并没有找到投奔抵抗军的地方。他们向招募人员谎称自己已经 18 岁，因为第二次碳铁之战，身份信息丢失了，但身高可以为他们的年龄作证。招募人员瞥了一眼赵俊轩唇上的浅浅胡须，也没有多问，同意了他们的申请，并将他们连同另外数十个志愿者送往青岛基地接受训练。当时的孔念铎并不知道，他们斩断了与家庭的联系，怀揣着当一名英雄的梦想，奔赴茫茫的未知，是基于多么单纯和巨大的勇气，而这勇气，在他此后数十年的生涯中，再也没有出现过。

小孔念铎期盼已久的军队生活正式开始。赵俊轩被分配到其他班，而小孔念铎结识了来自世界各地的人。

汤姆有一种特殊的本领，就是能把所有的脏话说得像"你好"那么轻松自然。他说他曾经畅游书海，又曾经在世界各国旅行，所以对各个地方与各个民族的脏话非常有研究。"脏话的词汇量看起来惊人，然而，仔细分析，来来去去，就那么几种模式而已。"他说，"研究多了也就腻了。"

托尼有自己的本领，任何一件事情，经过他的嫁接、衍生、曲解、联想与想象，都可以和"性"扯上关系。"没有干柴对烈火，就没有你，也没有我，也没有这个世界。"托尼说，"性，是这个世界存在的原动力。"在他看来，吃饭是为了性，奔跑是为了性，作战是为了性，甚至追星也是为了性。托尼解释说："为什么追星的人以青少年为主？完全是为了宣泄突如其来的性压力嘛。"

托尼说汤姆就像自带滤网的海绵，好东西一闪而过，坏东西全留下了，而汤姆说托尼就像是硬不起的命根子，只能靠意淫，在嘴巴上打打牙祭。

王子月是一个虚拟游戏高手。"《金属螳螂》，世界最顶尖的战争策略游戏，全世界玩家的最爱。我在这款游戏中的积分排世界第三名。"照王子月的说法，靠他一个人（假如他处于薛飞将军的位置）就可以打败铁族，如果给他足够多的资源。"大量的人员、先进的武器和用之不竭的能量。"他数着手指说，"还有我的战略战术。"

陈斌对于战争和武器有种不合实际的幻想。"都 21 世纪 80 年代了，不是该发一门激光炮给我吗？手指一扣，绚丽的激光射出，敌人就化成空气，呼啦一下就没了。几枪下去，连星际战舰都要化为齑粉。"他拍打着手里的老式电磁枪，郁闷地说，"我想要的可不是这种破烂。"

班长帕特里克对王子月说："少吹嘘你的战略战术，先从第一场战斗中活下来再说吧。"又对陈斌说："没有发给你一把大刀就不错了，现在军情紧急，各种军需物资奇缺，你有什么资格挑三拣四？"帕特里克来自高加索地区。他的主要任务就是指挥手下做事，他在一旁指手画脚，提出种种看似正确其实全是废话的批评意见。鉴于他曾经有过两次作战经历，又担任班长的要职，战士们不得不忍受他连篇累牍的废话。

没有正儿八经地训练过几回，他们就在懵懵懂懂中投入了战斗。随后，少年孔念铎看到了太多在影视剧里永远看不到的场景。他从来没有想过，在战场上，能够痛快地死去，很多时候都是一种奢侈。

汤姆是第一个死的人。他说话啰里啰唆，死得也拖泥带水。一颗贫铀子弹打中了他的大腿，另一颗贫铀子弹从右胸钻进去，从后背钻出来，肺部被打烂了。他瘫倒在地上，嗷嗷乱叫，屎和尿都流了出来，但一时半会儿还死不了。最后是班长帕特里克狠下心来在他额头上给他补了一枪，半个脑袋都没了，他才彻底消停下来。

在那段时间，部队伤亡很大，每天都有人死于战场，隔几天，就会有一批新兵补充到前线来。孔念铎开始还想和新兵结成朋友，然而，很快他就不想认识任何新人。因为认识了新人，知道他叫什么名字，以前住哪里，干过哪些事情，有什么爱好，就和他有了情感上的联系。如果下一次战斗，这个新人受伤了，牺牲了，他就会心痛，心痛到无法呼吸。只有当这个人是个纯然的陌生人，对牺牲者的一切他都一无所知时，他的心痛才会降低到最低程度。

那些年的那些事和那些人早就被岁月的雨吹得七零八落。有的还有记忆，有的面目模糊，有的只依稀记得名字，有的早已忘记得一干二净：

在瓜达尔港战死，被密集的子弹拦腰截断的那个人叫托德还是泰德？那个眉毛浓得像煤炭、下巴上的青春痘多得像马蜂窝的人到底叫什么名字？那个动力装甲出了故障，被活活烧成黑色粉末的拉科塔人是不是叫"疯马"？陈斌是死于符拉迪沃斯托克，还是落基山脉某条不知名的山谷？托尼当了逃兵，他是被抵抗军的宪兵抓住枪毙了，还是成功地逃回来他嘴里"甜蜜温馨的老家"，从此过上了"与世无争的生活"？

多经历几次，少年孔念铎渐渐明白了学校里老师讲过的"过客"一词是什么意思。这些人是我生命中的过客，他们宛如一闪即逝的流星，在我生命中匆匆而过，留下或有或无的痕迹。他这样想。那么，我又是谁生命中的过客呢？难道世事总是如此无常，就没个长久乃至永恒的存在？

他观察着，迷惘着，思考着，害怕着。他不再冲在最前面，他害怕自己早早地成为"过客"。

"不知道是谁第一个炮制了这样一个神话，说普通人拿上武器就能打败久经训练的战士。狗屁！我们需要职业军人，而不是这些连枪都不会拿的工人、农民和游戏玩家。他们还没有做好去战斗的准备，就已经走在了去死的路上。"有一天，孔念铎听见班长帕特克里向团长瑞恩抱怨，但团长对此也无能为力。"永远不会有做好准备的那一天。敌人不会等你训练好再来进攻。训练根本不是重点。"团长说，"记住薛飞将军的一句话：战斗，只能在真正的战斗中学会。"

参加抵抗军后，孔念铎还没有见过薛飞将军。在 16 岁生日那天，他许了一个愿望：要认识薛飞将军。

这个愿望实现得比他预料的早。

11...

在等待重生教与弥勒会签署条约的日子，又发生了一系列的事情。其中影响最大的，就是碳族第一的全球游行。

碳族第一的匿名领袖脸上戴着人脸面具，在媒体上侃侃而谈，"20年前，狩猎者曾经一举击毁铁族的超级战舰'立方光年号'，最近在金星，他们又一口气干掉了规模庞大的铁族舰队。铁族辛辛苦苦建造的数千艘星际战舰，眨眼之间就化作宇宙的尘埃，飘散在无垠的太空之中。"

狩猎者是狩猎者，你们是你们。孔念铎知道他们的想法，于是暗想：狩猎者能办到的事情，你们一定能办到？痴心妄想罢了，白日做梦罢了。

匿名领袖脸上的人脸面具据说是经由超级数据分析，得出的碳族心目中最完美的人脸形象。碳族第一以前是没有人脸面具的。在原先的领袖被捕、这位匿名领袖上台之后，人脸面具突然间就成了碳族第一的标准配置。

匿名领袖继续说："这给了我们极大的勇气和信心，使我们认识到，再一次认识到，铁族并非坚不可摧，铁族是可以被打败的。在不久的将来，我们——伟大的碳族——将消灭铁族，成为太阳系真正的主人。"

孔念铎没有想过，很多火星居民都没有想过，在火星生活的几亿人口里，居然有那么多的碳族第一的支持者。平时他们默默无闻，隐蔽在人群里，平淡无奇。然而，碳族第一的号召一起，他们全都像超级英雄一般站了出来，戴上完美的人脸面具，上街游行，与火星政府对抗。

为什么要戴上人脸面具呢？有一个专家在节目里是这样解释的："戴上人脸面具，既隐匿了原来的身份，仿佛所做的一切都与原来的身份无关，又宣示了新的身份，宣示了自己是某个集体的一员。隐匿与宣示，叠加起来，就使戴面具者获得了前所未有的力量。"

碳族第一的游行，首先从奥林匹斯、科普瑞茨、卡瓦略、新重庆、萨维茨卡娅等大城市开始，然后是新斯大林格勒、枭阳、科基狄乌斯、维齐洛波奇特利等中型城市，最后，就连乌勒尔、狄安娜、达乌什杰尔吉等边远小城也被卷入其中。

最初游行还很和平，游行者只是戴着人脸面具，高举反铁的标语，喊着统一的口号，从最繁华的街道走过。警察和他们的机器搭档都在附近监控。但从柯普瑞茨的第一例抢劫开始，局面逐渐失控，和平的游行演变为打砸抢。

可笑的是，游行者反对铁族，主张碳族第一，却把怒火全都发泄到了同胞身上。他们打砸抢的对象全是碳族同胞，无一例外。明明是碳族与铁族的矛盾，怎么就转变为碳族内部的冲突了呢？

孔念铎查看了不少现场视频。在其中一个片段中，他依稀看到了一个认识的人影。他停下画面，又看了一遍，在"二号"的帮助下，确认那个忽然间丢下标语，敏捷地越过警察的防爆盾牌，挥拳猛击一名警察头盔的小伙子，正是比尔博，黛西那个想变成铁族的弟弟。问题是，他为什么忽然间就成反铁族的呢？身手还那么敏捷？孔念铎第三次看视频，找到了比尔博如此神勇的原因了——他刚刚吃过火星蘑菇。

面对碳族第一气势汹汹的挑战，目前火星的最高权力机构——火星城市代表协商大会先后召开了五六次紧急会议，由本年轮值主席威廉·沃尔福斯主持。每一次会议上，孔念铎都大声疾呼，要以最严厉的手段对付碳族第一。"这不是宽不宽容的问题，而是法纪的问题。"他在会议上，对数百名各个火星城市选举出来的代表说，"碳族第一挑战的不是铁族，那只是借口。碳族第一挑战的是火星人赖以团结在一起的根基。"

与地球不同，火星一直没有一个强有力的中央政府，长时间处于松散的邦联状态。各个城市自行扩张，按照自己的意愿以及历史的轨迹，一路前行。从地球到火星，原有的血缘关系与地缘政治体系（包括民族和宗教）被打破，自由迁徙的结果就是共同的爱好成为火星人聚居的最大与最好理由。于是，在野蛮生长中，各个火星城市拥有了自己的爱好与特质：有的城市偏重艺术，有的城市喜好科技，有的城市对商贸情有独钟，有的城市则对政治非常感兴趣。

在这种情况下，火星城市代表协商大会很难达成共识。因为每一座城市都有自己的利益考量，甚至每一位代表都有自己的小小算盘。威廉主席在几种观点之间左支右躲，忙得焦头烂额。

15月5日，火星城市代表协商大会在首府奥林匹斯召开了扩大会议。更多的城市精英被邀请到会上发表自己的看法。冗长而无趣的扩大会议开了整整两天，最终也只拿出了一份不痛不痒的会议备忘录，说"要与碳族第一展开积极而有效的对话"。

在这次会议上，孔念铎见到了安德烈斯·埃斯特拉达的真身。林佩在火人节自杀后，安德烈斯进入客卿大会，取代林佩的位置。就是他的到来，使客卿大会的议案，得出了孔念铎想要的答案。两人闲聊了几句，觉得挺投机，孔念铎就邀请安德烈斯到萨维茨卡娅自己家里做客。两天之后，安德烈斯·埃斯特拉达如约到来。

"萨维茨卡娅女工"芭芭拉·泰勒奉命组织这次酒会。因为上次酒会，黛西企图刺杀孔念铎，芭芭拉一直心怀恐惧与愧疚。"这一次绝不会有类似的事情发生了。"芭芭拉这样对孔念铎说，"我会对每一位嘉宾进行严格审查。"孔念铎不动声色地说："无所谓了，该来的，自然会来。"

酒会准点举行。

在火星，人们生活在大大小小的穹顶城市里，在天气总控制室的调控下，穹顶城市只有日夜之分，没有四季之别，温度总在最适宜的水平，人们的穿衣打扮就只剩下美观一项职能。这对爱美的女性而言，无疑是极大地解放。当然，美的标准是不同的，也是随着时间的流逝不停变化的。比如，有时流行"能不穿就不穿"的简约风格，有时流行"宽袍大袖，长裙曳地"的上古风格，有时又流行"浑身闪闪亮，带我去武装"的乌托邦风格。

安德烈斯蓄着密密的络腮胡，光秃秃的脑袋，亮得像鸡蛋。脑门上有个"卍"字符号，非常显眼。他的衣服似乎从来没有合身过，宽大有余，宛若老派的睡衣。腰间缠着一根缀满各色珠宝的腰带，与简洁衣服形成鲜明对比。他端着大号的酒杯，在人群中穿行，不时停下来，与人交谈。

辛克莱兄弟中的弟弟，露着白痴一样的傻笑，问安德烈斯，"碳族第一，这观点太傻了，怎么会有人支持这么傻的观点？"

"这不是傻不傻的问题。"安德烈斯说，"傻瓜虽然傻，但总能找到更傻的瓜为他们鼓掌欢呼。"

"更傻的瓜？"

"傻瓜也是需要认同感的。很多傻瓜待在一起，就能形成一个小小的团体。这个团体规模也许不大，却足以营造出大众的感觉。"安德烈斯解释道，"待在大众里边，你不觉得这是非常安全与舒适的选择吗？如果大众赢了，你是大众的一员，自然获利，即使当时没有直接利益，后来也会有间接利益；如果大众输了，也没有什么，你不过是不明真相的大众的一个，除了你自己——假设你会内疚会懊悔当初怎么就相信了那个一戳就破的谎言——别人不能把你怎么样。很多人并没有意识到这一点，但他们就是照着这样做的。"

"这种说法能解释很多事情。"辛克莱哥哥凑过来说。

"这就是人性。"辛克莱弟弟点头道，似乎对自己的总结非常满意。

孔念铎走过去，"这是人性的组成部分，并非人性。"

辛克莱兄弟向孔念铎举杯致意。

孔念铎说："人性通常是个褒义词，用来指称人类行为中那些美好的品质或精神，而兽性是个贬义词，用来指称人类行为中那些邪恶的品质或精神。然而，事实正好相反。团结一致，扶助弱小等行为，都能在动物身上找到相应的雏形。反而是人类一些不好的行为，诸如大规模战争、花样百出的刑具、漫无目的的杀人，还有打着宗教和意识形态的幌子，进行的大规模杀戮，在动物身上都是找不到原型的。这些才是人所专有的，真正的人性。"

"是的。"安德烈斯说，"确实如此。说什么人性永远不变，是对人性缺少最根本的认识，是纯粹的鬼扯与虚妄之言。世界会变，人性也会变，人性是跟着世界的变化而变化。仔细审视人类的历史，人性的变化虽然缓慢，但确实在变。一千年前与一千年后的人性，有相同之处，也有截然不同的地方。而且，近代以来，由于教育的大众化和传媒的快捷化，人性变化的速度有明显增快的趋势。"

"那铁族有人性吗？"一旁的多洛莉丝问，"或者说铁性？"。

安德烈斯回答道："所谓人性，其实是碳族在演化过程中，为了存续下去而形成的一种内定的心理与行为模式。如果铁族也遵循演化论的话，他们也会有人性。毕竟，他们是碳族智慧的产物，也是自然演化的产物。"

"同意安德烈斯教授的看法，人性是演化的产物，铁族也会有人性。"孔念铎补充说，"为什么铁族至今都还没有摆脱狼头人身的外形？按照某些研究者的说法，他们早就应该摒弃钢铁之躯，以数字化的形式存在。因为狼头人身是铁族之父钟扬为他们设计的，这里边有一种强大的历史惯性。

"然而铁族的人性会与碳族有不同。

"生命一旦降生，基因想要延续，就面临着诸多选择，要么延长个体的寿命，要么是加强生育能力。在自然界，凡是个体寿命比较长的生命，繁殖周期都很长，后代的数量也较少，个体成熟的时间也较长；反过来讲，个体寿命比较短的生命，繁殖周期都很短，个体成熟到足以繁衍下一代的时间也较短。我们总是慨叹蜉蝣生命短暂，然而这并没有影响蜉蝣作为一个物种在自然界继续生存下去。因为生命能够从自然界获取的能量是有限的，把自然界的能量转化为生命本身所需的能量形式，这本身就是极其复杂与困难的事情。所以，将来之不易的能量用于何处，是延长自身寿命，还是繁殖后代，为种群的存在贡献力量，这是生命必须做出的两难选择。在一些极端例子中，譬如某些种类的竹子，洄游到出生地的鳟鱼，繁殖就意味着自身的死亡。

"人性，就是在这种种选择中滋生出来的。"孔念铎最后总结说。

安德烈斯说："毋庸置疑，铁族也是一种生命，是生命就必须遵循演化论的法则。一方面，它们的寿命近乎无限。对铁族个体进行不间断的维护，显然可以使其寿命远远超过自然界所允许的范畴。另一方面，众所周知，他们又用灵犀系统链接为一个整体，实时共享一切。单独的钢铁狼人仿佛是一个有生命却没有意识的细胞，5亿钢铁狼人共同构成庞大的生命连续体，涌现出一个叫作'铁族'的超级意识。他们的铁性，肯定有自己的特点。"

"我喜欢哲学，但不喜欢一直讨论哲学。"孔念铎高兴地说，"走，带你看一个老古董。"

12....

孔念铎把空酒杯交给芭芭拉。"我离开一会儿，这里就交给你了。"他吩咐道，继而撇下众人，独自带着安德烈斯下到私人博物馆。

"刚才你讲得真好，尤其是关于人性的部分。"

"哪里的话？就是喝了酒，夸夸其谈罢了。所有的酒会，不都是这个样子吗？"

"这话实在。我喜欢。"孔念铎转而讲道，"说这里是私人博物馆，夸张了，其实就是一间杂物堆放室。"

"谦虚了。"安德烈斯说，"我早有耳闻，孔大人的私人博物馆里价值连城的宝贝可不少。"

穿过甬道，孔念铎把安德烈斯带到了那两件老古董的跟前。"这是 Enigma。这是——Bombe。"安德烈斯眼前一亮，"你从哪儿弄来的？"孔念铎没有解释。有时候，留一些神秘，比全部说透，效果更好。"Bombe，艾伦·图灵举世无双的杰作。"他说。

1939 年 9 月初，艾伦正式到布莱切利庄园开始密码破译工作。

庄园混居了数千人，有人跑进跑出，忙个不停；有人叼着烟斗，邀约打牌；有人捧着咖啡，闷坐半天；有人到处转悠，这里指点一下，那里议论一番。总之，多数人都无所事事，谁也不知道自己来这里是干吗的。刚来那会儿，艾伦认识了很多人，当然，也可以描述为很多人被介绍给了艾伦。但艾伦根本记不住他们的样貌和名字。对艾伦而言，记住人的样貌，远比记住一串随机数字要困难。尤其是这种一口气介绍了太多人的时候，样貌和名字在大脑里似乎是分开存储的，艾伦很难让他们一一对上号。幸好，艾伦不无惊讶地发现，记住他们的职业比记住他们的样貌和名字更为容易。于是，他在脑海里，反复把这些将与他一起工作好几年的伙伴的职业与样貌进行匹配，以免在必需的日常交往中发生把张三叫成李四的尴尬。

军情六处招募了各行各业的顶尖人才。有和艾伦一样的数学家，还有密码专家、语言学家、情报分析专家、国际象棋冠军、博物馆馆长、桥牌冠军和填字谜高手。最后一个着实古怪，艾伦特地询问过，回答是破译密码就像是填字谜，在破译密码的过程中，其作用不比数学家差。军情六处还是通过一次特别的考试，把这些填字谜高手从民间搜罗在一起。

艾伦不喜欢去布莱切利庄园，甚至非常讨厌去那里。能在路上多耽搁一分钟就多耽搁一分钟，这就是为什么他要骑车甚至跑步去上班的真正原因。就算到了布莱切利庄园，他也不会搭理任何人，而是一头扎进他负责的 8 号棚屋。棚屋里有一间储藏室，原来的主人用来存放苹果、李子和梨，艾伦将它略加改造，成为他专属的"思考箱"。在里边，他可以像独自生活在果壳里的宇宙一般，不受干扰地自由思考。

思考如何破解 Enigma，那个巨大的"谜"。

安德烈斯直视着 Bombe，"说到破解 Enigma，把所有的功绩都归于艾伦·图灵是不对的，至少是不准确的，既是对参与这件事的众多工作人员的不公，也是对艾伦本人的不尊重。比如说，最早想到'机械化计算'的人就不是艾伦·图灵，而是波兰数学家马里安·雷耶夫斯基。"

"这个你也知道？"孔念铎有些吃惊，"你不是研究哲学的吗？"

"很久以前，科学是哲学的一部分。牛顿使科学从哲学中独立出来，并迅速成长为一种改变世界的力量。"安德烈斯道，"现在，搞哲学的人，对科学与技术的发展史一无所知，搞出的哲学也会是空洞无趣，错漏百出，毫无价值。"

"对，对，对。"孔念铎很有找到知己的感觉。他意识到，自己不该为此感到惊奇，因为在客卿大会上，安德烈斯·埃斯特拉达以"科学的终结"为主题进行的演讲，已经证实了他对于科学与技术发展史的熟稔与深思。"波兰一直很重视密码破译工作，对于身边日益膨胀的德国——这个可怕的老对手，他们的警惕之心比其他国家都要强烈。20 世纪 30 年代初，波兰情报机关得到了一台商业型 Enigma，并获得了一系列军用型的资料，于是开始了艰苦卓绝的破解工作。马里安·雷耶夫斯基就是被波兰密码处招募的专家之一。"

一般情况下，说到这里，只需要讲一句"经过一番努力，马里安发明了 Bomba，完成了对 Enigma 早期版本的破解"就可以结束这个话题了。但今天，孔念铎觉得可以说得更加详细，"马里安根据得到的情报，计算出 Enigma 的转轮和配线情况。在同伴的帮助下，马里安设计并制造出了循环测定机。这机器可以看成是逆向运转的 Enigma，而且是两台并联着的，可以计算 6 种排列，能够破解早期由 3 个转轮的 Enigma 生成的密码。1938 年，Enigma 升级，转轮变成 5 个，使用时只随机挑选 3 个。马里安将循环测定机升级，制造出可以计算 60 种排列、同时模拟 6 台 Enigma 的新机器。新机器被命名为‘Bomba’，是波兰语‘炸弹’的意思，它同时也指冰淇淋球，一种马里安·雷耶夫斯基喜爱的小食品。”

“有意思的命名。”安德烈斯接过孔念铎的话，继续讲，“然而，这已经是波兰人能够做到的极致。1939 年，波兰情报局密码处的破解工作不得不停了下来。德国人再次全面升级 Enigma，令 Bomba 完全失效，而当时波兰情报局已经没有足够多的钱来维持 Bomba 的研制与生产。恐怕很少会有人想到，密码战也是一个消耗大量金钱的事情。然而，国势如此，马里安·雷耶夫斯基再聪明，也无能为力。”

“国势如此。唉。”

安德烈斯继续讲：“各方面的情报显示，局势还在进一步恶化。考虑到波兰军队的战斗力，得到了情报也没有用。于是波兰总参谋长下令，在 1939 年 6 月 30 日，由波兰情报部门主管郎芝上校亲自将仿制的 Enigma 和 Bomba 的设计图纸以及相关资料，送给了英国和法国的情报部门。绝望中波兰人倾囊送出的，是情报战历史上价值最高的大礼包。此时，距离二战全面爆发，德国入侵波兰，只有短短两个月的时间。大礼包在法国没有发挥什么作用。英国人有重视密码战的传统，得到了大礼包，就立刻着手组建政府密码学校，招募大量专家到布莱切利庄园，全力以赴破解 Enigma。艾伦·图灵就是其中之一。"

"没有艾伦·图灵，就没有 Enigma 的最终破解。"

"你很崇拜艾伦·图灵吗？"安德烈斯问。

"不，我不崇拜具体的个人，我崇拜的是他做过的事，崇拜的是他超凡的思路，崇拜的是他非同一般的智慧。"孔念铎说，"比如，直到现在，我都没有想明白，在 1939 年，一百多年前，艾伦·图灵是怎么想到破解 Enigma 的办法的。"

"现在看来很简单，但在当时那种什么都没有的情况下，确实很难理解艾伦·图灵的想法。"

孔念铎说："所有艾伦·图灵的传记里，都会提到他在布莱切利庄园第一次见到 Enigma 的情景，却很少有人会提到，摆到艾伦·图灵面前的那台 Enigma，正是波兰情报机关仿制并送给英国同行的。艾伦对 Enigma 的破译，也是站在巨人肩膀之上的。"

"如果说我看得别人更远些，那是因为我站在巨人的肩膀上。牛顿爵士说的。不过，这话实际上是生性孤傲的牛顿爵士在嘲笑他的死对头，当时英国皇家学会实验主管罗伯特·胡克。因为胡克是个矮子。"

矮子？孔念铎敏感地注意到这个词语。他小心地瞅了安德烈斯一眼，确认他只是在讲述历史故事。"我知道，牛顿是个著名小心眼，恐怕很多人都无法接受这一点。"孔念铎说，"在他们的想象中，在科学上做出巨大贡献的牛顿，在道德上也应该是一个完人。实际上呢，道德与成就之间，并没有因果性，甚至相关性也很小。"

"你说得很对。撇开历史背景来看,牛顿爵士说的那句话确实很有道理。"安德烈斯说,"科技的发展自有其规律,很多时候都只能一步步来,不是堆砌时间、金钱和精力就可以的。绝大多数发明或发现在出现之前都有一个长期的酝酿与累积,即便是演化论、相对论、量子力学这样石破天惊的理论,也是深深地根植于前人艰苦卓绝的发明与发现中的。真正意义上的超越时代的发明其实就那么一两样。但无论用什么标准来衡量与评判,铁族的诞生都是超越时代的发明。"

终于要谈到铁族了。谈哲学,谈历史,都是铺垫,最终还是要谈现实。"第三次碳铁之战就要爆发了。"孔念铎说。

这不是一句问话,只是一个简单的陈述,却说出了现实里最大的隐忧。安德烈斯默然片刻,说:"碳族第一再这么折腾下去,就会给铁族开战的理由。"

"铁族开战,会需要理由吗?"

私人博物馆里又安静了。

良久,安德烈斯问:"在成为客卿之前,我就研究过你。我知道你一直宣称全力支持文明内卷,可是这与你之前的观点不一致,为什么?"

13....

这是一个足以致命的问题。

孔念铎没有看安德烈斯,眼睛很容易出卖他的真实想法。他看着泛着幽光的两件老古董,看看 Enigma,又看看 Bombe,

心中百转千回。安德烈斯的问题有一个明确的答案。但要不要把这个答案说出来呢？

孔念铎对铁族有过深入研究。他发现了一个惊人的秘密。铁族并非牢不可破。铁族内部依靠灵犀系统执行集体决策，所有事项都由每一个个体投票决定，没有一头钢铁狼人的权重比别的钢铁狼人更高。这种绝对平等与民主在多数情况下，运行无碍。然而，随着铁族个体数量的增多，个体际遇的不同，所遇到的问题丰富多样，导致铁族内部，尤其是在一些特殊事项上，越来越难以达成共识了。

2077 年，第二次碳铁之战结束后，铁族数量从千万级跃升到亿万级，同时改变的，还有钢铁狼人的个体差异。早期的钢铁狼人，可以说都是铁族始祖"一一"的简单复制品。但第二次碳铁之战结束后的钢铁狼人，与"一一"之间的不同，已经远远超过了相同之处，甚至他们彼此之间也出现巨大差异。个体差异的巨大化，使铁族的分化越来越明显。与此同时，随着铁族活动范围越来越大，从地球到火星，从木星到土星，再到柯伊伯带，铁族个体之间的通信距离与日俱增，通信延迟也越来越严重。

无线电波每秒 30 万千米，当距离不远时，几乎感受不到无线电波通信会消耗时间。但宇宙比想象中的要大，大得多得多。地球和月球的通信延迟约 3 秒，地球和火星的通信延迟就剧增到平均 10 分钟，从地球到土星无线电波要跑 70 分钟，到海王星要跑 240 分钟……随着距离的增加，无线电波的能量迅速衰减，同时宇宙微波背景辐射的干扰也越来越严重。这使得铁族的内部不但不能进行实时通信，还必须忍受信息失真，甚至出现完全是乱码的情况。虽然铁族也在太阳系各处新建了不少通信基站，解决了失真与乱码的问题，但通信延迟的问题并没有得到彻底地解决。

种种原因叠加起来，使得铁族内部，越来越难达成共识。他们在越来越多的问题上，出现趋近支持者各占50%的结果，越来越难得到简单多数的结果。而这正是铁族建立客卿体系的原因。

在深入研究客卿体系的过程中，孔念铎发现，比起为什么会建立客卿体系与客卿体系是如何运作的这两个问题，更重要的是铁族如何运用客卿会议讨论的结果。除了极少数情况，每一次客卿会议结束后，都会有一份备忘录，对讨论过程及结果进行论述。铁族拿到备忘录后，有三种结果：一种是毫无用处，比一滴水掉进大海里还寂静无声；一种是立刻行动，就像铁族是碳族最忠实的奴仆，严格遵照主人的安排来执行任务；第三种是有一定影响，却不是完全照着备忘录来，铁族在其中进行了鉴别与取舍。

一番研究之后，孔念铎得出了一些让他自己也吃惊的结论：铁族所设置的议题，是经过精心计算与挑选的。很多议题都被包装过，真正的议题隐藏在其中。这些议题，在铁族内部也经过长时间的讨论，却没有得出确凿的结论，于是交给客卿们讨论。客卿讨论的结果，会添加到铁族讨论的结果之中，然后铁族再得出最后的结论。有时，客卿讨论的结果能够改变铁族讨论的结果，有时不能。

　　这就是说，客卿体系的建立，是因为铁族遭遇了前所未有的困难。这种困难大到不借助碳族客卿的外力就无法解决。这个结论虽然不可思议，孔念铎甚至感觉它荒谬绝顶——聪明如铁族，乃至先于碳族计算出终极理论的铁族，也会有无法解决的困难？但是，那句老话是怎么说来着，"排除一切不可能的，剩下的即使再不可能，那也是真相。"

　　一旦接受了这样的结论，那剩下的问题就只有一个：我能干些什么？孔念铎反复问自己。答案可能有上千个，但真正能做的，却只有一个。那，到底是做什么？

　　思虑良久，孔念铎做出了自己的抉择。

　　但此时此刻，他能把这个秘密告诉安德烈斯吗？

　　孔念铎望着前方的空气，回答了安德烈斯的提问，"人，是会变的。"

　　就在这时，外间传来一阵密集的枪声。

　　"发生了什么事？"安德烈斯问，"碳族第一向这里进攻了吗？"

　　"私人恩怨。"孔念铎说，"不用担心，我已经和桑德斯中将联系过了，早有安排。"

　　孔念铎和安德烈斯走出私人博物馆，步入大厅，两名身着动力机甲的歹徒立刻将枪口对准了他们。此刻大厅里已度过了最初的混乱，宾客们被驱赶到一块儿，手抱着头，蹲到地上。科瓦奇左侧的翅膀不见了，另一侧的翅膀也只剩下了小半。芭芭拉看到了孔念铎，紧张地调整了蹲着的姿势，眼神又惊又怕。

　　宾客周围站着 6 名歹徒，大厅正中间有 3 名歹徒，大门之外，立着 3 名歹徒。歹徒们都身着全身性动力机甲，手持各种长短武器，胸前的灰色疣猪标志表明他们来自疣猪敢死队，一支臭名昭著的雇佣军。

　　其中一名歹徒走向孔念铎，怀里抱着一杆据说可以干掉钢铁狼人的爆轰枪。这枪比一般的爆轰枪要多一些插件，肯定经过特别的改装。那名歹徒在距离孔念铎很近的地方，掀开了面罩。是何西·阿门塔。他的脸因愤怒而充满血色，他伸手掐住了孔念铎的脖子，"你，孔念铎，害死了林佩，我要杀了你，为林佩报仇。"

　　"我没有。"孔念铎呼吸困难。

　　"你撒谎。你就是个撒谎成性的妖魔。就是你害死了林佩。"

　　"我没有害死林佩。我为什么要害死她？没有理由啊。对，我们所持的观点是不一样，可因为观点不一样，就可以杀人吗？"

　　孔念铎感觉掐住脖子的手松了一松。

　　"火人节闭幕的那天，林佩跟我说，要独自去见你。我并不放心，当时林佩还笑我，说我过分紧张了，是当军人当出了毛病，把谁都当成了该防御甚至敌对的对象。她还说，她相信你，相信你即使反对她，也不会把她怎么样的。我相信了她。"何西哽咽着说，泪花在眼眶里打转，"然而，下一次见到林佩的时候，是她烧焦了的尸体。"

　　"我很遗憾。"孔念铎说，"林佩是个好姑娘。我知道你对她的感情，从你的眼神就看得出来。这是一场来之不易、刻骨铭心的爱恋。我能体会你此时的心情。你是军人，我也曾经是军人。军人的感情都很简单、坦率、直白，没有那么多弯弯绕绕，不会轻易动心，一旦动心，必是海枯石烂也不改变。林佩很聪明。真的，如果不是生活在不同的城市，只在客卿大会的虚拟会议厅见过，我想，我和林佩也会成为无所不谈的好朋友。"

"她单独去见你，然后死在了万神殿的火堆里。你怎么解释？"

孔念铎努力回忆，"当时我很忙，整个火人节都忙得焦头烂额。你知道，我是火人节组委会委员之一，开幕式闭幕式都要参加，中间还有无数的会议与宴请。之所以把地点定在万神殿，是因为那天的闭幕式在万神殿举行，我可以抽出时间去见林佩。可是，在约定的时间里，我去万神殿主楼最顶层找林佩，却没有见到她。我在那里等了一段时间，还是没有她的影子。闭幕式要开始了，我不得不离开。"

何西皱起了眉头，"你是说，那天你根本没有见到林佩？"

孔念铎很肯定，"没有。"

"真的？"

"真的。"

"那是谁杀了她？"

"也许真如警方的结论那样，林佩是自杀的。"

何西松开了掐住孔念铎脖子的手，一脸困惑的样子，"她为什么要自杀？难道是因为我……"

孔念铎敏锐地抓住了何西·阿门塔话里隐藏的信息：这家伙最近肯定做了什么对不起林佩的事情。"活着的每一个人，都能找到自杀的理由。"孔念铎说，"我不例外，你不例外，林佩也不例外。尤其是你遭遇所爱之人的背叛的时候。你遭遇过所爱之人的背叛吗？我遭遇过。那种锥心之痛，泣血之苦，没有经历过的人，是无法理解的。"

何西沉默不语。孔念铎知道自己再一次掌控了现场。他整理了一下衣襟，说："何西，今天，你带着一队雇佣军，闯进我的住宅，破坏我的酒会，威胁我的宾客，还打伤了人，这事儿，你怎么解释？"

"我也不想这样的。我报过警了，可没有用。警方连案都不立。"

"你觉得警方不立案，是因为我是铁族联络部部长，而不是因为他们没有把我抓起来的证据？"孔念铎笑了，"哦，这就是你想要的复仇？只要你怀疑谁，这个谁死了，你就算大仇得报？就算正义得到了伸张？至于有无证据，至于真相如何，你并不想知道。是这样的吗？"

何西惭愧地低下了头。

"我们也算老朋友了，带着疣猪敢死队闯进我家这事儿我可以不追究。不过，你必须回答我一个问题。"孔念铎故意停顿了一下，抬起手臂，转了半圈，指向整个大厅的所有人，"是谁，向你透露了这场酒会的详情，让你能轻易闯进来？"

芭芭拉喉咙里发出了压抑的尖叫。

14 ....

"你瞧，我又遭遇了一次背叛。"孔念铎对何西这样说，旋即把目光转向"萨维茨卡娅女王"芭芭拉·泰勒。她身边蹲着几个女孩纷纷挪动身子，像远离有毒物质那样远离她。

"芭芭拉，给我一个解释。"

"没什么好解释的。"芭芭拉站起身，"他找到我，给了我一笔钱，数额大得足以让我动心，于是我就把我知道的都告诉他了。"

"你背叛了我。"

"我什么时候表示过要对你忠心？你不过是我的一个长期客户而已。你这个两面三刀、信口开河、恩将仇报的家伙，如果不是有业务往来，我才不屑跟你打交道呢。"

"噢，成语用得挺顺的。虽然说在商言商，但你这变脸的速度，着实令人惊叹。抹黑客户、自标正义是贵公司的传统吗？不说忠心，你这种做法，至少是泄露客户的商业机密吧。"孔念铎说，"如此说来，芭芭拉，你不是第一次泄露秘密吧？"

芭芭拉默不作声。

孔念铎叹道："可怜的珍妮！"

"珍妮是谁？"安德烈斯问。

"我的一个朋友。因为芭芭拉的缘故，现在还在监狱里面吃苦。"

"唉。"安德烈斯似乎明白了什么，发出意味深长的叹息声，"我以为，到了火星能看到什么新戏码，结果全是地球上的老一套。"

"是啊。"孔念铎附和道，"刚才还在讨论人性也会改变，现在就来感叹，从地球到火星了，糟烂的事情一件都没有变，真叫人感叹嘘唏。"

"时间尺度的问题。"安德烈斯答道。

"无所谓了。"孔念铎扫视四周：身着漂亮礼服的宾客们都还惶恐地蹲在大厅中间的地板上；芭芭拉孤立其间，惶恐不安；疣猪敢死队分散在四处，他们的脸被面罩遮住，看不到表情；一旁的安德烈斯面无表情，又若有所思。"你们可以行动了。"

话音未落，数十名海盗旗特种部队队员从藏身之处蜂拥而出。这些火星机动部队的精英们身着全新的动力装甲，胸前的"海盗旗"标志非常显眼，甫一出场，就将疣猪敢死队的十多名队员制服。

在海盗旗特种部队面前，疣猪敢死队毫无还手的余地。孔念铎很高兴看到这一幕。桑德斯中将的评价一点儿也不夸张，而事情正在按照自己的计划，一步一步实现。

"原来，你早有准备！"何西·阿门塔怒吼道。

"唱这场戏，原本是为了抓叛徒，呃，抓泄密者。"孔念铎拿手指轻轻点向芭芭拉·泰勒所在的方向，"还有她，把她也抓起来，然后移交给警方……"

接下来的变故，远远超出了孔念铎的计划。也不知道怎么的，何西·阿门塔像愤怒的雄狮，左右晃动身体，摆脱了制住他的两名海盗旗。两名海盗旗被他强行撞倒，他挥拳猛击左边那名海盗旗的头盔，装甲撞击的声音令人牙齿发酸。他从那人手里夺回了自己改装过的爆轰枪，枪口指向孔念铎所在的位置。孔念铎望着黑洞洞的枪口，似乎看到了死神的狞笑。心念微动，却来不及躲闪。另一名倒在地板上的海盗旗伸出手臂，擒住了何西的脚踝，猛力一拽，何西向前跌倒，但他已经扣动了扳机，爆轰枪猛烈地颤抖着，向孔念铎所在的位置倾泻着致命的子弹。

嘭嘭嘭！连续的爆裂声响起。孔念铎只觉得眼前突然变成红色，仿佛隔着红色的幕帘看这世界。耳边响起一众宾客的惊声尖叫。某种温热黏稠的液体在他脸上流淌。他不由得握紧拳头，但身体却没有疼痛的感觉，空洞得就像内脏被全部从腹腔中掏出来一般——这感觉，和他 14 岁时，第一次走上战场，目睹战友被炸成碎片时一模一样。

何西·阿门塔没有打中孔念铎，站在孔念铎旁边的安德烈斯·埃斯特拉达遭了池鱼之殃。所有的高爆弹都射进了安德烈斯的身体，并立刻爆炸，将安德烈斯炸得粉碎。

孔念铎全身都被安德烈斯的鲜血淋湿。他擦掉蒙住眼睛的鲜血，只见刚才还谈笑风生的男人，此时已经变成了一地的红色碎块。呕吐的感觉真实地抓住了他的胃，刚才吞咽下去的东西在胃的催动下，争先恐后地想要从喉管喷薄而出。他转手掐住了自己的脖子，用力地吞咽，这才止住了当众呕吐的可能。但随之而来的剧烈咳嗽，也让他颇为难受了一阵子。

孔念铎咳嗽的同时，密集的枪声再度响起。等他咳嗽完，再睁眼看时，何西·阿门塔已经和近百千克的动力装甲一起重重地倒在地板上。他掀开的面罩里，脑袋已经被海盗旗射出的子弹打中了。

来做客的安德烈斯·埃斯特拉达死了。

来报仇的何西·阿门塔也死了。

孔念铎怔立在原地，不知道事情为什么会发展成这个样子。这不是我想要的结果。这句话在他脑子里盘旋着。但既然已经发生了，那就想办法解决。当务之急，是稳住这里的局面。"大家不要慌，不要乱。"他大喊着对所有人说，也对自己说，"你们都见到了，何西·阿门塔上校误杀了安德烈斯·埃斯特拉达教授，而上校又被……"

四周传来剧烈的爆炸与破碎的声音，将孔念铎的演讲完全打断。有一瞬间，孔念铎以为自己身处梦境，因为他看见自家房子的墙壁突然裂出了数个比人还要高的大洞，这在现实里是不可能的事情。然而，当呈狼形的钢铁狼人从墙洞中一跃而进时，他就明白过来，这是比噩梦还要噩梦的现实。

几乎是眨眼的工夫，7头散发着金属光泽的"狼"破墙而入，四肢着地后，各自奔驰。他们的个头比穿着动力装甲的海盗旗还要高，口鼻部绘着白森森的牙齿，背上两门速射电磁炮已经就位，随时可以射击。他们在指定位置停下来。这些位置都是经过精心挑选，保证他们能够在最短的时间里杀死最大范围的对象，无论是宾客，或者是疣猪敢死队，还是海盗旗特种部队。孔念铎倒吸了一口凉气：钢铁狼人来干什么？关键是，这个时候现身，就好像他们在等待这一刻？

一头"狼"奔到孔念铎跟前，在撞到他之前，迅疾停住步伐。然后他身姿扭动，全身如同液体一般流动，口吻部后缩，四肢膨胀，身体直立起来。下一秒，他已经从狼形变成了身高超过 2.5 米的人形，俯视着孔念铎。"孔念铎，你好。"他说，声音空洞，毫无感情。

"铁游夏，你好。"孔念铎不动声色地说。

"我为他而来。"碳族事务部现任部长铁游夏指着地板说。

孔念铎疑惑了片刻，才明白过来，"安德烈斯？"

"他不是安德烈斯。"铁游夏说，"真正的安德烈斯·埃斯特拉达早在一年前就失踪了。"

"他是冒牌货？"

"他是安德罗丁，铁族的一员。"铁游夏说，"他自行关闭灵犀系统，切断了与铁族的网络联系，走上了叛逃之路。碳族事务部的特别调查员已经找他找了很久。刚刚得到线索，他以安德烈斯·埃斯特拉达之名，在火星各处堂而皇之地行走。今天，碳族事务部发现他隐匿在你这里就赶过来，他却已经死了，连阿米脑都被损毁了。"

"我不知道他是安德罗丁。"孔念铎觉得自己的辩驳毫无力量。他心底也在疑惑另一件事：钢铁狼人切断与铁族的网络联系，从集群中独立出来，这样的事情之前发生过好多次，但这是第一次听说铁族要追捕一个叛逃的个体。"更不知道碳族事务部在追捕他。"他补充道。

"我们来晚了一步。你们杀死了一名铁族成员。"

这罪名可不小。孔念铎心中微跳。虽然说不是他亲自动的手，但要说与他完全无关，也是不可能的事情。

"不过，无所谓了。鉴于你对铁族的忠心，我们选择既往不咎。但接下来的事情，你未必能够全身而退。"

孔念铎的手不由自主地抓动了几下。

铁游夏说："碳族事务部在此代表铁族公告，此公告正同步在火星上所有城市网络上进行。所有碳族第一的支持者请注意，请你们立即无条件地停止游行，离开所有公共场所，回到你们自己的家中。你们所有反对铁族的言行都已经被记录，铁族大仁大义，既往不咎。如若再有莫名其妙的反铁言行，铁族将以雷霆万钧之手段，予以毫不留情地镇压。"

15...

处理何西袭击大宅子花了不少工夫。芭芭拉所在的娱乐公司不但派清洁队把大宅子里里外外清洁干净，还主动支付了一笔超远合同规定的赔偿金。孔念铎把赔偿金分给了当晚参加酒会的所有宾客，以补偿他们的精神损失，一分不剩。海盗旗特种部队那边，孔念铎也以特殊的方式表示了感谢。

麻烦事还是有。何西·阿门塔袭击孔念铎的原因也被传播开来。有不少舆论开始在网络上发酵并泛滥："何西也是一个纯情之人！居然可以为自己所爱的人拼死一搏！这样一个人，敢动用疣猪敢死队去搞袭击，不可能没有说得过去的理由！空穴不来风，孔念铎未必与林佩之死毫无干系！说不定，真是孔念铎干的！肯定就是孔念铎干的！"

孔念铎起初不打算搭理这些流言。他的经验是，流言越搭理越兴奋，流传得越广；不搭理它，它就停留在原处，烂在那里了。然而，总理鹿游园打来电话，亲自过问这件事，他就必须做出回应了。

想要直接阻挡一则流言的传播是不可能的。现如今媒体如此发达，任谁也无法完全掌控舆论的走向。同时，信息高度运转的时代，个体能集中注意力的时间、能关注的对象是有限的。由个体组成的集体也是如此。一个热点，比如一则流言，刚刚出现时会有某种魔力，吸引大多数人的目光，成为舆论的焦点。然而，一旦有了新的热点，旧的热点很快就失去全部的魔力，消弭在信息洪流之中，仿佛从未出现过一般。

这样的事情，孔念铎已经经历过很多次了。解决之道也是有很多的。

15 月 12 日，孔念铎照例到办公室处理杂事。忽然听见外面传来一片嘈杂之声。"小丁！"他喊道。然后看见 4 名身着动力装甲的警察把小丁挤到一旁，在众人的注视下走进办公室来。

警长约书亚·辛克莱从警察中间走出来，满脸堆笑，说："孔部长，还没有来得及跟你道喜，今天先行补上。不过，有人指控你跟一桩谋杀案有关，证据还不少。所以了，鄙人不得不请你屈尊降贵，移驾警察局，做一个小小的测试。鄙人是例行公事，还请部长大人不要为难鄙人。"

孔念铎没有理由反抗，乖乖地跟着警察到了警察局。

"谁指控我？"

"何西·阿门塔。"

"罪名呢？"

"谋杀林佩。"

"证据呢？"

"正在找。"

在审讯室里，孔念铎怒目已向，而辛克莱保持着一贯的嬉皮笑脸，让孔念铎觉得仿佛一记重拳打进棉花里。其实孔念铎并没有他表现出来的那么愤怒，但倘若此时他不那么愤怒，反而会引起辛克莱的怀疑。

"你知道拘捕一位部长会引起多么大的风波吗？"

"不是拘捕，只是请你协助调查。"

"怎么协助？"

"两件事。第一，请你提供 87 年 4 月 8 日当天的活动视频，我知道你安装了技术内核，有全程录像的。"

"没有问题。我马上就可以给。"

"二号"的动作非常迅速，几乎立刻就把一个视频文件发送给了辛克莱警长。"谢谢，技术部门会进行研究的。"他说。

"两件事，第二件是什么？"

"测试，先前说过了，请你到警察局，就是做一个简单的测试。"

"我很忙，有很多事情等着我去做。"

"我知道。"

"那就别废话了，开始吧。"

辛克莱将桌子上发着荧光的头盔递给孔念铎，说："戴上它，测试几分钟就完成了。"

头盔与桌面上的仪器用网线连着。孔念铎把头盔戴上。头盔内置自适应材料，它接触到他的脑袋时会自动改变形状，紧贴他的皮肤与毛发，却不会给他造成任何不适感。在辛克莱的示意下，他滑下透明的面罩，盖住了整张脸。辛克莱做了一个开始的手势，面罩显出浓浓的雾气，很快从透明变得不透明。

一个温柔的声音在耳边响起："请选出你认为最能表现孤独的画面。"8 幅画面出现在面罩上：有一个人在木床上蜷缩着睡觉；有一个人坐在窗边眺望花园里的风信子；有一个人双手枕在脑袋后边躺在沙坑里仰望漆黑的天空；有一幅没有人，只有一支落光了的蒲公英……孔念铎没有过多地思考，点选了一个人吃火锅那幅图。他知道这样的测试，选择什么对象不重要，重要的是选择的过程。他脑袋上戴着这顶头盔，将会忠实地记录下他做出选择时脑袋里新皮质运行的全部过程。

接下来，孔念铎又做了 9 道类似的题。有的题目浅显易懂，有的题目半通不通，有的题目高深莫测。选项除了图案，还有音乐、公式、视频。他一一作答。等第十题答完，面罩的雾气退去，变得透明，他知道测试结束了。

辛克莱一脸茫然地望着他。他摘下头盔，搁到桌子上，问："怎么？测试结果出来呢？没有得到你想要的结果？"

辛克莱探长控制住失望的表情，摆出一副公事公办的样子，"孔部长，这是我分内之事，职责所在。接到指控，还是一级谋杀，我必须进行筛查。希望你能理解我的苦衷。"

孔念铎伸出手指，在头盔上敲了敲，"这玩意儿的原理我听说过，是神经医学与现代法学相结合的杰作。据说，测试看似与案情毫无关系，但实际上，每一步都精心设计，包含了多种水平与层次的陷阱。在测试的过程中，人的精神会高度集中，应付眼前的选择，在其他方面反而会露出破绽，让精神探针乘虚而入，显露出最真实的想法。"

"懂得不少嘛。"

"辛克莱兄弟，你的两个儿子，到我家里玩的时候，顺便告诉我的。"

"初筛头盔的存在，极大地减少了警察的审讯工作，使警察在很早的时候，就可以鉴定出哪些是真正的犯罪嫌疑人。"

"那么，我的鉴定结果是什么？"孔念铎盯着辛克莱，刻意缩小自己的瞳孔，使自己看上去像一条盯着猎物的眼镜蛇，"谋杀林佩的，是不是我？"

辛克莱没有回避孔念铎的凝视，"初筛头盔的鉴定报告说，测试对象与林佩谋杀案的相关性为0。"

"换而言之，我是不是可以离开警察局呢？"

警长双手交叉，搁在办公桌上，"火人节所在的乌托邦平原，真是个谋杀的好地方。那里全是临时性建筑，没有监控系统，万神殿又被付之一炬，根本就找不到可以作为证据的视频。何西·阿门塔的证词只能作为间接证据，而且他现在已经死得冰冰凉了。能作为证据的，只剩下你的记忆。然而，仪器已经证明了你没有相关记忆。那问题出在哪里？

"你就这么相信是我杀死了林博士？"

"我的直觉告诉我，是你谋杀了林佩。"

"直觉？一个警长，凭直觉就能定人的罪吗？法律是讲求证据的。"

"呃，是这样的。我从大儿子那里了解到一件事情。有一种新型火星蘑菇出现在地下市场。这种火星蘑菇，不但会暂时修改神经路径，使吃下它的人在一定时间内出现联觉，而且它还会使人丢失那段时间的记忆。"

"哦？丢失记忆？火星蘑菇有这样的效用？我不吃火星蘑菇的，你可以调查。我所有的朋友都可以作证。"

辛克莱警长说："为此，我查过很多资料。我们的大脑是很神奇的。当大脑察觉有记忆丢失时，会自动虚构一段记忆，替换掉丢失的记忆，使我们的记忆保持完整性。丢失记忆，虚构记忆，替换记忆，整个过程都是大脑自动自发完成的，就像心脏的跳动一样，不受主观意识的控制。"

"听上去好可怕。"孔念铎说，"大脑控制着我们的身体，我们却不能完全控制我们的大脑。我们不是独立的个体，自由意志是一种幻觉。我们是和大脑，或者别的什么，共享着这具躯体。现在操控这张嘴说话的，也许就是这个别的什么？"

"谁知道呢。"

"不过，这种说法能说明什么？能说明我杀死了林佩吗？"

"不能。"辛克莱说，"作为一个二十多年的警察，我深深地知道，以现有的证据，根本不足以将你绳之以法。不过，无所谓了，逃脱法律制裁的犯罪嫌疑人又不止你一个。况且，如果林佩真是被你谋杀的，她的鬼魂又不会来找我。"

"警长，注意你的语言。"

辛克莱警长摇摇脑袋，"刚刚技术部门已经鉴定过了，你提供的视频内容不涉及林佩被害一案，而且该视频没有被修改过的痕迹。祝贺你，孔部长，杀人的记忆被火星蘑菇清除了，连修改技术内核录制视频的记忆也没有忘记清除，做事真是滴水不漏。"

孔念铎愤怒地站起身，"我要向执行总理投诉你，辛克莱警长！"

辛克莱离开换了一副笑脸，"孔部长，你是清白的。你得体谅我呀，何西把事情搞那么复杂，我对媒体和群众必然要有一个交代。"

孔念铎不想在这件事上继续纠缠，"我可以走了吗？"

"你可以走了。"

从进警察局到现在，不过 15 分钟。孔念铎站起身，径自走出了审讯室。事后，辛克莱警长召开了记者招待会，宣布了对孔念铎部长的审查结果。"他是清白的。"辛克莱警长一本正经地说，"所有的证据都指向一个唯一的结论：孔念铎部长跟林佩之死没有任何关系。"

16....

透过几个特意设计的落地舷窗，孔念铎看见了太空列车的索道。

直径 8 厘米的索道一共 16 根，8 根一组，一组供列车上行，一组供列车下行，连接着火星静止轨道上的空间站与地面的萨维茨卡娅城。索道由十几种不同特性的超级材料编织而成，有很多奇妙的特性。它平时是柔软的，有很多孔洞，宛如空心的奶酪，这样的话风再大，它也不会任意摇晃；又有足够的韧性，使它在长达 2 000 千米的情况下也不会因为自身的重量而断裂。在太空列车到来之前的几秒钟内，索道会变得无比直挺与坚硬。当太空列车驶过之后，索道又会变成柔软的空心"奶酪"。

每一节车厢呈圆盘状，直径约 30 米，厚 4 米。索道在圆盘中间穿过，数十个圆盘状车厢一个接一个地连接在一起，就组成一列太空列车。太空列车的样子总让孔念铎想起小时候吃过的糖葫芦。组成太空列车的车厢数量可以根据每一次乘客的数量进行调整，一般有 50 节，最多时有 150 节，那时列车的长度在 600 米以上。

孔念铎曾经在很远的地方看过太空列车。在那个地方，看不见索道，只能看见太空列车垂直于城市的穹顶，向着无穷远的天空飞速爬升，或者从绯红色的天空直坠下来。隔得太远，听不见太空列车呼啸的声音，只能想象：如果置身于索道附近，看着数百米长的太空列车，从近在咫尺的地方飞驰而过，会是怎样的体验！

太空列车以前叫太空电梯。60年前，第一座火星太空电梯建成的时候，还是万众瞩目的工程奇迹。很多人都以坐过太空电梯为荣。太空电梯的最大好处在于，为身体健康的普通人进出太空提供了便宜、便捷又安全的方式。现在，第一批太空电梯已经被拆除，新一代太空电梯——更名为太空列车——正在大规模的建设中。"目前火星居民，包括碳族和铁族，共计25亿，其中约2亿人长期居住在太空中，有强烈的进出大气层的需求。"街边的投影广告里，夏荔一如既往地侃侃而谈，"太空电梯的轿厢由缆绳牵引，只能搭载数十人，时速不超过350千米。现在轿厢升级为列车，由若干节圆盘状车厢组成，自带强大的动力，能一次性搭载3 000人，最高时速超过1 000千米。"

孔念铎扫了投影里的夏荔一眼。这个已经死去的家伙还在为太空列车代言，真是阴魂不散啊。孔念铎心底泛出些许恨意。但无所谓呢，他已经死了……孔念铎这样想着，瞄了一眼"二号"显示的时间：87年15月16日。1516，这特殊的组合有什么暗示吗？也只有在火星能够看到这样的月和日的组合。

经由萨维茨卡娅太空列车站贵宾通道，孔念铎登上了去往费尔南德斯空间站的太空列车。

在太空列车出发后不久，一个身着警服的人走到孔念铎身边。

"在下是本次太空列车的乘务长，"那人摘下黑色的帽子，对孔念铎点头致意，"车长请孔部长您移驾，有事相商。"

"你们车长是……"

"一位地道的火星公民，传奇车长，极其热爱自己的职业，已经创造了在太空列车连续工作 4 个火星年的纪录。"

乘务长在前引路，孔念铎在后跟着，一路无话。

在太空列车里，车厢与车厢之间由内旋式通道相连，从一节车厢往另一节车厢，是通过向上攀爬或者向下滑落实现的。

往上爬了 4 节车厢，前面的通道前忽然变得拥挤。4 名全副武装的堕落者，与 4 名同样全副武装的上生队员，分列通道两旁。堕落者神情紧张，上生队员把玩着手里的武器，则轻松得多。

"那就是车长室。"乘务长指着上方的通道，恭敬地说。

恰在这时，通道从里边打开。二师兄曹熊从通道里跳了下来。孔念铎正要招呼他，曹熊却把脑袋别到一边，一副不认识孔念铎的样子。疑惑中，曹熊已经从他身边从容走过。孔念铎回头望了曹熊一眼，看见他去往下一节车厢，脑袋转回来时，听见乘务长说："哦，忘了介绍，我还有一个身份，弥勒会广目天王。"

广目天王侍立在通往车长室的通道边，单手施礼，邀请孔念铎进去。

车长室很空阔，几乎占了独立的一节车厢。墙上有一幅书法作品，"二号"分析的结果是：

世界终有大同日，我佛弥勒来救世。

前有灾难众人死，后有审判是末日。

常人只看大同好，不知多少亲人逝。

但愿众生善根生，不堕轮回无终始。

在书法作品的下方，肥嘟嘟的大卫和一个中年男子面对面坐着，而敦实的赵庆虎背着手，站在一旁。看见孔念铎进来，大卫冲他挤了挤眼睛，面露喜悦，而赵庆虎沉着脸，下巴几乎触到了胸前的弥勒徽章，显得心事重重。

"孔部长，久仰大名，今日得见，不胜荣幸。"中年男子起身，隔着桌子，握了握孔念铎的手，"我是本车车长，嗯，也是弥勒会大师兄。都是兄弟们抬爱。我没什么本事，也就喜欢写点儿书法。你可以叫我朱成昊，也可以叫我小朱，没关系的。众生平等，你我之间，没有什么大师兄，都是虚名，甭跟我客气。"

没有人会把一位车长与弥勒会大师兄联系起来。所谓"大隐隐于市"，这种说法到了火星依然成立。不过能把客套话说得如此丰富、如此悦耳，也算是一种本事。孔念铎顺水推舟，客套了两句，就依照安排，坐到了朱成昊的旁边。

朱成昊眼神凝聚，专注地望着孔念铎，"今天请孔部长过来，是想请孔部长做一个见证。"

这种专注，也是一种谈话技巧，表现的是对谈话对象的重视。孔念铎是老江湖，可不会因此就觉得朱成昊是"自己人"。他接过话茬儿，"见证一个历史性时刻。"

大卫说："重生教与弥勒会达成了协议。双方从此休战，彼此承认对方的合法地位，共创太阳系新的大和平时代。"

"非常荣幸。"孔念铎下了一个结论，"这可同 20 年前碳铁两族签订停战协议相比的大事件。"

"虽然还只是草案，但刚才我和大卫长老已经谈妥了总体框架，接下去只是进一步完善、细化。"

"我和大师兄已经说好了，细枝末节的事情就交给手下去处理，我们都是办大事的人。大师兄，您说是吧？"

大师兄满脸带笑，频频点头，"是的，是的。"他望向大卫长老的神色，仿佛那是他交往多年的好友。

三个人又闲聊了几句，都是些冠冕堂皇的场面话，气氛倒也不算特别尴尬。房间里唯有站立的赵庆虎沉默不语，显得格格不入。

17····

"三师弟，二师弟去接大师姐，怎么还没有回来？"朱成昊忽然扭头说，"要不，你也去看看？"

赵庆虎走到门旁，召唤了一个人过来，吩咐了几句，那又高又壮的人匆匆离去。赵庆虎折回原处，"持国天王去找大师姐了。"

"行。"

赵庆虎道："大师兄，您还记得弥勒会的目标吗？"

"当然记得。"

"不忘初心，方得始终；念念不忘，终有回响。"赵庆虎道，"大师兄，这话是你说的。可惜，你说过了就忘了，在下却牢牢地记在了心里。大师兄，您的初心在哪里？"

那我的初心，令我念念不忘、朝思暮想、魂牵梦萦的，我的初心，是什么？孔念铎问自己，没有答案。于是望向朱成昊，等待他的回答。

朱成昊圆睁了他的眼睛，"你在说什么？"

"弥勒降生，是为了拯救世人，净化世间，是为了推翻重生教的邪神统治。"

"你在质疑我的决定？"

"我不是质疑，而是反对。"

"你要造反吗？赵庆虎，记住啰，我是弥勒会大师兄。"

"口口声声说众生平等，却又在心中默默地认定：我在其中有着特殊的位置。这不就是说的你这样的人吗？"

"赵庆虎！你不要得意忘形！没有我朱成昊，就没有你赵庆虎的今天。"

赵庆虎一字一顿地说："只有一种信仰，能够战胜另一种信仰。而你，背叛了自己的信仰。"

朱成昊叫道："我没有背叛弥勒会。我这样做，都是为了弥勒会。我所做的一切，都是为了弥勒会千千万万的信徒。"

孔念铎默默地看着。在很久以前，他就知道，所有纷争背后都有利益的诉求。看穿了这一点，很多难解的事情就好懂多了。眼前发生的事情，不过是再一次佐证了这一观点。他瞥了一眼大卫，后者阴晴不定，似乎还没有搞清楚眼前的状况，但也可能是在琢磨。如何利用弥勒会内部的矛盾，为自身获取最大的利益。

像弥勒会这样的组织，一旦出现分裂，两派之间的仇恨，甚至远远超过对异教徒的仇恨。

"大师兄没有说错。"大卫抢道，"与重生教签订协议，对双方，尤其是对弥勒会的信徒，有天大的好处。"

"天大的好处？就是为了一己之私，背叛自己的信仰吗？"赵庆虎转向孔念铎，"孔部长，你怎么看？"

孔念铎早有决断，"这是你们的家事，别动刀动枪就好。"

赵庆虎咧开嘴，露出整齐的牙齿与果决的笑意，"行动。"

门外传来一阵厮打、闷哼与呻吟声。

大卫脸色骤变，作势起身，孔念铎冲他狠狠地瞪了一眼，"坐下，坐回去，不关你的事。"大卫闻言，顿时如泄了气的刺豚，委顿回座椅上。座椅咯吱咯吱，发出强烈的抗议。

朱成昊脸色铁青，"赵庆虎，你想干什么……"

"大师姐告诉在下，勿忘初心。"赵庆虎道，"而在下一再说过，没有弥勒会，就没有赵庆虎，而不是没有你朱成昊，就没有赵庆虎。你是你，弥勒会是弥勒会。"

"《弥勒圣经》说，你不可忤逆你的师兄……"

"对《弥勒圣经》的错误解读，只会使你在邪恶的道路上越走越远。"

"你才是邪恶的那一个……"

赵庆虎冷哼一声，反手在胸前的弥勒徽章上敲击了一下，红绿蓝三束光射出，在半空中交织出一幅幅动态的画面。"这是正在发生的事情。"赵庆虎说，"所有走在邪路上的信徒，都将被净化。"

画面飞快地切换，有远景有近景，有时一个单独的画面占据整个投影，有时是几幅较小的画面，分列四周，呈现不同的场景。这些画面没有声音，出现几秒后，就如雪花融进水里一般，消失在空气里，显出几分诡异。画面中，上生队员手执各种武器，在火星各大城市的弥勒会道场开展"净化行动"。有的怒目圆睁，有的高声宣讲，有的举起了砍刀，有的挥舞着拳头。各个道场里，信徒们或者立即跪地拜服，或者面面相觑，或者群情激昂。也有想反抗的，想逃跑的，但立刻被上生队员制服。

孔念铎默默地看着。在此之前，他已经知晓赵庆虎的行动方案。赵庆虎说："在下没有别的选择，为了弥勒会，只有这一条出路。"孔念铎对他的计划表示支持。

"这不是开始，而是已经结束。"说完，赵庆虎欺近瞠目结舌的朱成昊，左手用力按住他的肩膀，右手执刀抵着他的胸膛，口中悲切又愤怒地念道："心归天父，身归地母，身心合一，共回净土。"每念一个字，就捅上一刀。动作沉稳，出刀迅疾，没有丝毫的犹疑。待赵庆虎念完，朱成昊的胸腹已密布大小不一的窟窿。朱成昊的鲜血先是喷溅，后是汩汩流出，染红了他自己的同时，也把赵庆虎的半个身子染红。

大卫发出几声惊恐的尖叫，马上又意识到错误，自己把嘴堵上了。

赵庆虎单臂用力一推，将朱成昊推倒在地。他还没有死透，浑身战栗着，最后的鲜血，从深深的刀口缓缓溢出。他仰面躺在地板上，连扭头用带着恨意的眼神盯着赵庆虎看都办不到。孔念铎试着从他的角度仰望，只能看见"但愿众生善根生，不堕轮回无终始"的横幅。

不久，朱成昊半睁着眼睛，身体不再抽搐，显然是死透了。

赵庆虎只是静静地看着。

持国天王匆匆进来，"三师兄，二师兄跑掉了，曹熊跑掉了。"

跟在持国天王身后进来的是广目天王，"三师兄，我们怎么办？"

赵庆虎扬手止住他的问话，朗声对广目天王与持国天王说："从今时今日起，我就是弥勒会大师兄。"

广目天王与持国天王跪下，俯身，双臂尽量伸直，指尖触地，齐声叫道："大师兄，属下愿誓死效忠大师兄。"

赵庆虎说："不，我赵庆虎不要你们的效忠。你们要效忠的，应该是弥勒会，是弥勒会。懂吗？"

广目天王与持国天王再次拜服，"谨遵大师兄敕令。"

长期以来，赵庆虎都自称"在下"，孔念铎不无惊讶地发现，在手刃大师兄朱成晟后，他再也没有这样自称过了。

18...

一场弥勒会内部的政变须臾开始，须臾结束。

"我需要单独问大卫长老几个问题。"孔念铎说，也不等赵庆虎同意，就对广目天王命令道："带我去一个没人的房间。"广目天王望向大师兄，后者略略颔首，他便伸手道："孔部长，请跟我来。"

大卫跟在孔念铎身后，神情委顿，如同被太阳暴晒过的大白菜。

广目天王把他们带到警务室，遵照孔念铎的命令，把监控系统关闭，然后离开。

大卫先坐下，疲倦已经爬满了他的脸。

孔念铎坐到他的对面，"大卫，你来火星，并非出自重生教的授命，而是自行前来。你以为可以通过招降弥勒会这一重生教长久以来的宿敌，建立前所未有的功勋，进而获得乌胡鲁与其他长老的原谅，得以重登十殿长老宝座。我没有乱说吧？"

大卫颓丧着脸，"嗯"了一声，算作回答，"你要救我，小孔。"

孔念铎正色道："要救你也容易。不过，你得回答我一个问题。"

"什么问题？"

"你必须如实回答。"

"你问吧，我知道答案的话，一定如实告诉你。"

"当年，孟洁为什么要离开我？"

刹那间，大卫咧开了嘴，宛如被雷劈死的鲤鱼。

"如实回答。"

大卫喘息了两口，"我告诉了她一个秘密。"

"是什么？"

"关于你的。"

"我？"

"对，你，你的秘密。是你，你出卖了薛飞将军。"

孔念铎身体的每个器官都想高呼，都想否认，都想拒绝：我不是，我没有，别瞎说……

"难道你想否认？"

孔念铎强行控制住怒火，转而问道："你为什么要给孟洁说这些？"

大卫说："孟洁先告诉了我一个秘密。她会和我们同时出现在那座非洲边缘的小城市，不是没有原因的。"

"原因是什么？快说。"

"她也是抵抗军的一员，和你我一样，是加拉帕戈斯战役的幸存者。"

"唔。"孔念铎轻轻叹息道，某些被忽略的东西宛如春雨过后的草芽一般冒出头来。

"她还有一个特殊的身份。"大卫继续往下说，"孟洁，她是薛飞将军的女儿。"

"什么？这不可能！薛飞将军从来没有说过他有一个女儿，还有孟洁姓孟，不姓薛……"

"孟洁的母亲没有和薛飞将军正式结婚。孟洁姓孟，是因为她母亲姓孟。"

"可是……"

"别可是了。你以为都这个时候了，我还能骗你吗？"

孔念铎看着大卫，就像看着一无所有的虚空，松散疲倦的瞳孔里没有一丝神采。数不尽的往事碎片从他的脑海里闪过。孟洁的眉梢与薛飞将军颇为相似。她笑起时翘曲的嘴角与薛飞将军一模一样。她说她唯一喜欢的体育运动就是篮球，而篮球是薛飞将军最大的个人爱好……好多当时觉得无法解释的事情，现在忽然有了标准答案，就像一片混沌中，忽然劈下一道沉重的闪电，虽然照亮了眼前的雾霾，但也隐藏了鬼魅一般的隐患。他悚然心动，所有往事纷纷败退，最后浓缩成一句话：孟洁是薛飞将军的女儿，而我，出卖了薛飞将军。

"再告诉你一个秘密。"大卫说，"我也爱孟洁。你忘了吗，我们是同时认识孟洁的。准许你爱上孟洁，就不准许我爱上孟洁吗？我之所以会告诉孟洁你出卖薛飞将军的秘密，是因为我想让她对你死心，转投我的怀抱。"

"你这个混蛋。"孔念铎勃然大怒，高举了手掌，狠狠地扇大卫的耳光。一下，两下，三下。名为愤怒的恶魔在孔念铎胸腔里毒龙一般来回盘绕，令他所有的内脏都灼痛起来。

大卫没有闪躲，甚至没有惨叫，硬生生地抗下了孔念铎的掌掴。"可惜我失败了。"大卫在孔念铎停止掌掴后，吞了吞带着血丝的唾沫，"孟洁说，她深爱着你，可又无法面对你出卖了她父亲的事实。矛盾之下，她选择了离开。"

孔念铎压抑住再次掌掴的冲动。她是爱我的，孟洁是爱我的。对于能确认这一点，他由衷地感到高兴。尽管那是三十多年前的事了。他无意识地伸出略略有些疼痛的手掌，在面前的虚空中抓了一把——往事早已逃遁，什么都没有抓住。她爱我，不得不离开我。她离开我，不是不爱我，而是太过爱我。嗯，她是爱我的。他想笑，又想哭，五十多岁的人，心中波澜起伏，宛如十几岁未经人事的少年，最终问出口的却只是一句话："孟洁，她，她现在在哪里？"

"不知道。"

孔念铎用最可怕的眼神瞪着大卫。

"我真不知道。三十多年前，她离开小城后，我再也没有见过她。后来，我试着打听她的下落，没有打听到任何消息。兵荒马乱的，要在茫茫人海里找一个想要躲起来的人，谈何容易。"

孔念铎再次抓了一把空气。这次他注意到自己的举动。还是什么都没有抓住。他看着自己的手指，三十多年的时光铭刻在上面，一根根细痕，一圈圈螺纹。他想：如果当初孟洁没有离开我，我会是现在这副模样吗？我会不会是另外一副迥异的或许更加美好的模样？这样想的时候，他发现自己的怒气已经消弭了。"你还有什么要说的吗？"他问。

大卫说："救救我，小孔，看在我们认识了这么多年的分儿上。"

孔念铎起身，没有给大卫他想要的承诺。

大卫高声地喊道："还记得几个月之前针对你的连环谋杀案吗？"

孔念铎停下了脚步，"当然记得。黛西，碳族第一派来的杀手。"

"还有第二次，在医院里，一位叫胡先华的老医生。当你伤痕累累，被送到医院急救的时候，胡医生向你发起了袭击。他迫不及待地想用手术刀割开你的喉咙。你知道胡医生的真实身份吗？你知道他为什么要谋杀你吗？"

"为什么？"

"胡先华是薛飞抵抗军的成员。"

孔念铎心中剧烈地搅动，转身面对大卫，"你怎么知道？"

"辛克莱警长告诉我的。"大卫解释说，"胡医生袭击你之后不久，医院就发生了剧烈爆炸，几乎把现场夷为平地。警方设法从碎裂的监控设备里找到了一些视频。视频不完整，只是几个片段，不过足以推测出当时的全过程。警方发现，在动手之前，胡医生念叨了一句话。"

"什么话？"

大卫专注地看着孔念铎，"他说，以薛飞将军的名义，代表所有死难的抵抗军战士，判你死刑。"

事情已经很明显了，孔念铎感觉到自己的瞳孔明显放大了。

"当年把你推荐给薛飞将军的是我。没有我，也许你早就死在战斗前线了。"

"你到底想说什么？"

"救我。"大卫说，"我原谅你。"

19...

回到车长室，朱成昊的尸体已经不知去向。两名上生队员正在起劲儿地做着清洁工作。

弥勒会新任大师兄赵庆虎迎向孔念铎，问："怎么处理大卫？"

"他没有什么价值了，杀了跟放了没什么区别，就放了吧。"孔念铎淡淡地说，"包括跟他来的那几个堕落者。"

赵庆虎咂咂嘴，"真是你出卖薛飞将军的？"

孔念铎怒目圆睁，"你监听我与大卫的谈话？"

赵庆虎耸耸肩，没有反驳。

孔念铎叹了口气，表示理解赵庆虎的做法，"是的，是我，当年就是我出卖了薛飞将军。

"加拉帕戈斯群岛本来只是薛飞抵抗军的一个后勤基地，只是在屠夫将军米哈伊尔精心策划的围捕下，6 万抵抗军不得不全部退缩到加拉帕戈斯基地。地球历 2083 年 8 月，加拉帕戈斯战役正式开始。

"米哈伊尔率领的舰队很快攻占了加拉帕戈斯的大多数岛屿。战况极其惨烈。很多岛屿被连天的炮火夷为平地，好几个小岛被炸到了大海的万顷碧涛之下。米哈伊尔不接受抵抗军的投降，他就是要把薛飞抵抗军消灭干净，以此震慑其他想要抵抗的傻瓜。

"薛飞将军安排了最后的抵抗与撤离，然后带着我和卫队乘着快艇，趁着夜色逃出。途中，遭遇米哈伊尔军队的阻截。快艇被击沉，薛飞将军和我游到附近的一座小岛。我们在离沙滩不远的地方，找到了一个山洞，暂时藏身。不敢生火，也没有吃的，又冷又饿。天亮的时候，薛飞将军让我出去找吃的。我独自离开山洞，在沙滩上，米哈伊尔的手下发现了我，抓住了我。他们把我带上军舰，带到米哈伊尔跟前。

　　"那是我第一次，也是最后一次看到米哈伊尔。他把自己裹在厚厚的动力装甲里。据说，那特制的动力装甲可以扛住电磁炮的近距离射击。看见了我，他掀开金属面罩，露出一颗肥硕的光头。他嘴里嚼着什么，嘴唇和脸颊都左右挪动着，使他的面容显得扭曲而狰狞。他张开嘴，把嚼的东西"嘭"地吐到甲板上。那赭红色的小东西，仿佛一颗小小的心脏，在甲板上骨碌碌地翻转着，跳跃着，一直滚到我脚下。

　　"米哈伊尔说：'小子，我接受你的投降，只要你肯告诉我，薛飞藏在哪里，我就让你活下去。'他的声音低沉而嘶哑，宛如地狱里吹过的阵阵阴风。他大张着的嘴里，大瓣的牙齿上还残留着赭红色的细丝。他阴鸷的目光，从我面前扫过，仿佛无数的刀片，在我身上刮过。那是我这辈子见过的最可怕的目光。

　　"那个时候，我还不到20岁。看到米哈伊尔，听到他这样说，我不由自主地害怕了。那是一种本能反应，就像你在草地上散步，遇到一群狮子正在捕食；或者在浅海游泳时，被一群饥肠辘辘的虎鲨包围。我的腿哆嗦着，整个人就要瘫倒在甲板上。喉咙发涩，说不出话来。米哈伊尔又说了一句什么，那句话我当时没有听清楚，现在也不知道他到底说了什么。也许他只是把先前的话又重复了一遍，也许是说了别的话。总之，那句话没有进入我的耳朵。我只记得我羞耻地举起手，朝一个方向指了指，又赶紧把手臂放下来。

"米哈伊尔的手下整队出发。我被安排去吃早餐。一碗土豆泥吃到一半的时候，我听到了岛上传来了枪声。后来他们，米哈伊尔的那些手下告诉我，他们找到了薛飞将军藏身的山洞，向里面喊话。薛飞将军用枪轰掉了自己的脑袋作为回答，保住了军人最后的尊严。他们对我说的时候用鄙夷的目光看着我。我只能低着头，忍住哭，继续对付那碗土豆泥。

"我可以辩解，即使没有我的指引，有各种侦测设备的他们，很容易就能找到薛飞将军的藏身之所。那个小岛真的不大，最多 10 分钟，就能绕岛一周。甚至，我举手的时候，也没有真正指向薛飞将军所在的位置。然而，也确实是我，在米哈伊尔简单地威胁之后，就害怕了，恐惧了，举手了。过了很久，我才明白过来，米哈伊尔并不需要我指出薛飞将军的具体藏身之所，他只是经由我的举手，最终确认薛飞将军就藏身在这个东太平洋上的无名小岛。

"我，我出卖了薛飞将军。这是毋庸置疑、不可辩驳、无法回避的事实。"

"你后悔吗？"

孔念铎抽出一只手，捏了捏自己的鼻子，"我不知道。"

赵庆虎笑笑，"像我这样的老实人，在和人交朋友之前，一定会仔细调查这个人的一切。否则，遭遇背叛的时候，我还会替人家数钱呢。我调查过你，发现赵俊轩对你有特别的意义。"

赵俊轩。"谁还没有一个从小耍到大的朋友啊。"

"赵俊轩不一样。"赵庆虎脸上露出叵测的微笑。

孔念铎扬声问："赵庆虎，你小时候遇见过坏孩子吗？"

"我见过，见过很多。"

那些坏孩子，他们似乎有着天生的敏锐性，知道欺负哪些孩子，不会遭到反抗，不会被告，不会遭到打击报复。他们在思想上比同龄人早熟，很早就深谙残酷的生存之道。事实上，他们从不去挑战权威，他们知道挑战权威的后果，他们只是本能地去欺负比他们更加柔弱无助的孩子罢了。

"有人曾经问过我，为什么一出事，首先想到的解决问题的办法就是暴力。现在想来，根本原因就在那些坏孩子身上。坏孩子也有很多种，而赵俊轩是坏孩子中最狡猾的一个。"

他不是明目张胆的坏，而是假装成知心朋友，亲近你，体贴你，安慰你，让你在被排斥被侮辱被孤立的环境中，感到一份特别的温暖。然后，等你意识到，他的亲近中带着嘲讽，体贴中隐着恶意，安慰中藏着锐利无比的毒刺时，你已经在心理上形成了对他的依赖，难以离开他了。他打你，骂你，背地里说你坏话，传播你的谣言，而你却不能驳斥，不能拒绝，不能反抗，因为只有他能够给予你那一份难得的温暖。

很久之后，孔念铎才意识到，赵俊轩要弄的，其实是一套心理操控的把戏。他也许零星地接触过，但显然并没有系统地学过心理操控。可是他对于如何一边关心你一边嘲笑你，给你一颗糖又马上扇你一记耳光，对于如何让你又爱又恨这件事驾轻就熟。他是天生就会心理操控的人。即便是明白这一点，即便是多年以后的今天，孔念铎依然觉得，他对于赵俊轩有特别的感情，特别的纽带，特别的羁绊。

"我也派人调查大卫了。"赵庆虎说，"结果令我稍稍有些吃惊，但也不算特别吃惊。至少，我明白了你会放过大卫的真正原因。"

"哦。"孔念铎轻声回应，等待对方继续往下说。

"大卫不是他的真名，他的真名是赵俊轩，他是你的童年伙伴。你们一起长大，一起读书，一起投奔薛飞抵抗军，一起加入重生教——哦，就是在加入重生教的时候，他把名字从赵俊轩改为大卫。"

孔念铎眨着眼睛，"是的，大卫就是赵俊轩。"

一段曲曲折折的往事浮上他的心头。

"抵抗军没了，抵抗军的生涯已经结束，我们又要加入重生教，新的人生又开始了。我需要一个新的名字。"19 岁的赵俊轩说。当时他面黄肌瘦，颧骨鼓凸得宛如珠穆朗玛峰。"你看叫什么名字好呢？查理？布朗？罗伯特？欧文？琼恩？安东尼？霍华德？刘易斯？都不够好。"

孔念铎没有说话。这个时候他们俩并肩坐在海边，远眺波翻浪涌的大海。海滩上没有别人，只有他俩留下的凌乱的脚印。

赵俊轩把头摇得跟拨浪鼓似的，又对孔念铎说："你这么聪明，一定能帮我想到我想要的新名字。"

孔念铎还是没有说话。很早以前他就知道，赵俊轩肯定有自己的答案。不管自己说什么，都会被赵俊轩找到理由否定掉。赵俊轩问他问题，只是摆出一个愿意接受别人意见和建议的姿态，最终，还是赵俊轩说了算。每一次都是如此。

果然，片刻后赵俊轩就眼睛一亮，说道："大卫，我想起来了。大卫像，好有名的。我要叫大卫。从此以后，我就叫大卫了。快快快，叫我大卫。"

"大卫。"孔念铎勉强叫了一声。

赵俊轩得意地答应了一声，脸上乐开了花儿，仿佛捡到了什么了不得的宝贝。他伸手在沙滩上挖了一坨沙子，站起来，欢呼着，将那坨沙子扔向大海。"我——叫——大——卫——！"海风把沙子的一半带进了海里，另一半留在了沙滩上。大卫又尖声尖气地喊了好几嗓子，仿佛要全世界都知道他改了名字一般……

赵庆虎说："你知道他为什么要改名字吗？我猜你并不知道真正的原因。"

孔念铎忍不住问："是什么？"

"因为他才是出卖薛飞的叛徒。"

"什么？！"

"在加拉帕戈斯战役的尾声，米哈伊尔率领的政府军全面碾压薛飞的抵抗军。薛飞意识到这场战役已经无法获胜，就制订了翔实的潜伏计划，准备化整为零，让手下潜逃到世界各地，伺机再次起义。薛飞也为自己制订了一个逃跑方案。"

"我知道这事儿，当时我就在薛飞将军身边。薛飞将军一向审慎，做起事情来，滴水不漏。"

"但这次就漏了。"赵庆虎说，"有人把薛飞的潜伏计划和逃跑方案一股脑地出卖给了米哈伊尔。这个人就是赵俊轩，也就是后来的大卫。"

"你确定？"

"你相信我。尽管是几十年前的事情，尽管这件事隐蔽得如此之深，尽管现在还活着的知情人已经寥寥无几，尽管挖掘出这份情报完全出自意外，但弥勒在上，我所说的每一个字都是真的。赵庆虎从不说谎。"

孔念铎怒极反笑，"原来如此。"

"那现在要如何处理大卫？"

我不需要谁来原谅。孔念铎斩钉截铁地回答道："他必须死。"

20...

孔念铎向赵庆虎告辞，并拒绝了赵庆虎派信徒送他回车厢的安排。离开车长室，沿着圆盘的梯井往下爬行，孔念铎一路心思恍惚。走到回程的一半时，他发现了一件蹊跷的事情。一个弥勒会信徒半坐在地板上，上半身倚靠在墙壁上，显是死了很久。应该是在刚才的政变中死掉的。也不知道是属于朱成昊那边，还是属于赵庆虎那边。不过，他的姿势有些奇怪，仿佛是在护卫旁边那道门。

孔念铎一时好奇，走到门边，用力推开。

挡住门的是曹熊。他后脑勺上中了一斧头，几乎削掉了半个脑袋。

孔念铎从曹熊肥硕的尸体上跨过。

房间中部，大师姐塔拉·沃米盘坐在蒲团之上，双手合十，搁在胸前，沉沉的凤冠把她的脑袋压得低低的。但这个姿势有哪里不对？孔念铎靠近塔拉，一种奇特的感觉促使他伸出手指去摸塔拉的颈动脉。结果令早有预感的他也无比震惊：塔拉已经死了。

他看着塔拉瘦小的尸首，在繁复华丽的金色裙装包裹下，显得更加瘦小。他不是没有见过死亡。他已经见过太多的死亡，甚至习惯了突如其来的大规模死亡。"孩子，活下去"。冥冥中有个沉郁的声音说，但是……塔拉说，她早已经知晓她的结局为何。那么，这就是她一直等待的那一个结局？死亡？孤独地死在一个狭窄的车厢里？孔念铎有些恍惚。"我的未来没有您。"她为什么这样说？这句话到底是什么意思？

"孔念铎。"

这声音出自塔拉，已经死去的塔拉。孔念铎睁大了惊异的眼睛。这是不可能的事情，一定有什么特别的解释。谁在背后捣鬼？

那声音说："铁族已经通过了内卷法案。"

孔念铎觉得自己的心脏暂停了一下。这是他近段时间追求的目标，现在终于实现了。一种久违的愉悦混合了比例不小的惊悚感从心脏往四肢百骸扩散。是的，在铁族内部无法通过简单多数获取答案，陷入无法决断的僵局时，会引入客卿大会的最终决议。这决议的权重是多少，孔念铎没有推测出来，但他知道，结果在引入最终决议的那一刻就从茫茫雾霭中浮现出来。

"你怎么知道的？"

"你以为只有你看到了眼下的碳铁危机？你以为只有你在倾力拯救碳族吗？"

"你是谁？你肯定不是塔拉。"

"我是谁并不重要。你只需要知道，塔拉·沃米是我和你通话的媒介。她太过脆弱，我希望你能更坚强一些。"

"什么意思？塔拉是因你而死的吗？"

"我告诉了她铁族内卷的结果，她承受不住，心衰而死。"

"什么？"

"记住，我和你的立场是一致的。"那声音语气很淡，淡得似乎没有感情，又似乎充满了感情，这矛盾的背后有某种坚韧不拔的力量，"铁族决定把所有钢铁狼人的意识都上传到虚拟宇宙之中，实现彻底地内卷化。他们打算把整个火星进行电子化改造，使其成为一个直径 6 794 千米的巨大硬盘。"

"好事啊。"铁族内卷，进了虚拟宇宙，现实里就只剩下碳族了。鲸头鹳的两个孩子都保住了。他积极推进内卷化议题的目的就达到了。

"但经过一番研究，他们发现内卷化后存在两个严重的问题。"

"哪两个问题？"

"第一，能量。虚拟宇宙也是需要能量才能运转的。假如虚拟宇宙需要运转数千万年乃至数十亿年呢？现有的能量供应方式都不足以完成这样的任务，包括可控核聚变。最终，他们选择了向太阳索要能量的终极方案。"

"戴森球？"

1959年，美国物理学家兼数学家弗里曼·戴森在《人工恒星红外辐射源的搜寻》一文中提出，恒星核聚变所产生的能量大都被浪费掉了，而一个足够发达的文明，必然有能力将恒星用一个巨大的球壳结构包围起来，使得恒星的大部分能量被截获并使用。这种球壳结构就被称为"戴森球"。此种设想无比壮阔，一经提出，就受到广泛的关注。很多科幻作品都从不同角度表现过戴森球。无数人相信，只有建造出戴森球，才可以长期支撑这个文明的可持续发展，使其能发展到更高的高度。在宇宙深处，高度发达的外星智慧文明，也早已经建造了自己的戴森球。事实上，戴森那篇论文，目的不是提出戴森球这个构想，而是指出可以通过搜寻戴森球，来找到宇宙深处的外星智慧文明。然而考虑到恒星之大，要建造戴森球，谈何容易！很多人因此指斥戴森球是不切实际的空想。但现在，铁族说，他们要建造戴森球！

"是的。把130万个地球那么大的太阳用太阳能电池板完全包裹住，确实可以把太阳核聚变时产生的能量都收集起来，但一来没有那么多原材料，二来球壳的稳定性与抵御风险的能力较差。所以铁族决定制造简化版的戴森球——戴森阵列。就是说，建造无数块太阳能电池板，将电池板拼成10平方千米的戴森云。戴森云自带动力与控制系统，在太阳同步轨道上，围绕太阳旋转。数以百万计的戴森云，彼此协调，各自独立，共同构成戴森阵列。即使其中一块戴森云出了问题，也不影响整体的工作效率。"

孔念铎记得上个世纪，地球同盟在的时候，曾经执行过一个野心勃勃的"地球环"计划：要在距离地球 36 000 千米的静止轨道上，建造一个围绕地球旋转的环状太空城市。这个计划进行了数十年，建造了数百座太空城，作为"地球环"的前期工程，但随着第二次碳铁之战的爆发与地球同盟的崩毁，这个计划被彻底扔进了历史的垃圾堆里。谁知道铁族又把这个计划拾掇拾掇用到了太阳身上。碳族负责想象，铁族负责把它变成现实，是这样吗？孔念铎想。

"根据铁族的计划，戴森阵列的原材料将来自水星和金星。考虑到太阳之大，即使把水星和金星全部拆解并加工，也可能不够。如果不够，太阳系从内往外数，第三颗行星就将成为新的拆解对象。"

"他们要拆了地球？"

"不是现在，即使发生，也至少是一百年后的事情了。"

孔念铎蠕动了两下嘴唇，"有第一，肯定有第二。您继续说。"

"第二，安全。"

"让我猜一猜：太阳还能继续燃烧 50 亿年，而设备，没有哪一个设备能够持续工作 50 亿年。对吧？"

"聪明。虚拟宇宙也是需要硬件支持的。任何设备，即使不使用它，也会破损与老化。无论是虚拟宇宙，还是戴森阵列，都存在这个问题。解决方案就是留下一定数量的钢铁狼人进行设备检修、维护与更新。维护队员会定期更换，每一个进入虚拟宇宙的钢铁狼人都必须轮流参与实体维护。"

孔念铎又说："第二点我也想到了，来自其他天体的威胁。有人告诉我，火卫一的轨道距离火星越来越近，如果没有被远征舰队炸毁，也会在 5 000 年后会撞击火星。"

"不只是火卫二。足以威胁虚拟宇宙的天体还有很多，大多来自太阳系外围。铁族计划在小行星带，依托小行星，建造小行星防御带，对来自太阳系外围的、可能对火星造成威胁的天体，进行不间断地监控。一旦发现，就派出威力强大的星舰将其消灭。为此，需要建造上百艘立方光年级的星舰。"

"又是两个配套的大工程。还有呢？其三，其三是什么？"

"其三，我猜你已经想到了，没错，是碳族。碳族自诩是铁族的造物主，铁族的所有行为在碳族看来都是不可原谅的背叛。两次碳铁之战，造成 50 亿碳族成员非正常死亡。现在活着的碳族成员，追溯历史，每一个都能找到直接或者间接死于碳铁之战的亲人。这种深仇大恨，没有千年万年的时间，是无法消除的。一旦铁族内卷了，碳族会干些什么？碳族现在的科技拿铁族没有办法，然而千年万年之后，碳族科技取得了历史性突破，虚拟宇宙之外的碳族，又将怎样对付虚拟宇宙里面的铁族呢？"

是的，比起设备老化或者小天体来袭，碳族才是对铁族最具威胁性的存在。孔念铎有种不祥的预感，"铁族打算怎么办？"

"有好几个方案在铁族内部形成并讨论。其中一个最受瞩目的方案说，以获得永生为薪酬，雇佣碳族中忠于铁族的成员对虚拟宇宙、戴森阵列、小行星防御带进行维护。"

"永生？就是变成铁族的一员，将意识扫描后上传到虚拟宇宙之中吗？"

"就是这样。永生的诱惑不可谓小。但考虑到碳族智力的分散性，最重要的是善变性，这个方案被放弃了。经过长时间的激烈争吵，铁族终于通过了碳族终极解决方案。"

"终极解决方案是怎么说的？"孔念铎觉得呼吸困难，一种不祥的预感在他脑海里盘旋，身体感受到了太空列车轻微的摇晃。

"消灭碳族，永绝后患。"

"什么时候执行？"

"已经开始执行了。"

"什么？"

"对碳族第一的全球镇压已经开始了。"

"你的意思是，镇压碳族第一其实是铁族消灭碳族计划的一部分！"

骤然听闻这个消息，孔念铎是疑惑多于恐惧，不敢相信这会是事实。待细细了解了内情，恐惧已经渗透进每一个细胞，令他遍体生寒，身心都不由得微微战栗。啊，未来……他痛苦地想，已经没有什么未来了。

第三章 孔念铎之歌

1....

珍妮出狱的那一天，孔念铎开着云霄车去接她。因为涉嫌非法人体实验，珍妮被判处监禁两年。根据案情通报，珍妮所在的何建魁研究中心，去萨维茨卡娅的"铁锈地带"招募了50名志愿者，在实验室里读取了他们大脑的全部信息，并建立了数字意识。负责招募的人就是珍妮。调查发现，这次大规模实验，没有申报，未经火星科学院同意，是私自进行的。有10名志愿者都说没有收到相应的报酬，7名志愿者说精神上受到了刺激，还有1名志愿者声称实验让他产生了对火星蘑菇的依赖。而复制出来，存储在实验室智能终端里的数字意识又莫名其妙地丢失了。

整个何建魁研究中心都被一锅端了，有的判刑，有的罚款，有的惩戒教育，不一而足。何建魁博士判得最重，入狱五年，终生不得从事科研工作。珍妮只是参与者，孔念铎为珍妮争取了缓刑两年。这个"争取"的意思是孔念铎动用自己的私人关系，上上下下打点了一番，又为她缴纳了足额的罚款与保释金，这才让珍妮能够走出监狱。

办好出狱手续，珍妮上了车，面若冰霜。

孔念铎递上一盒烟，"特意给你买的。知道你喜欢这个牌子的。"

珍妮愤愤地接过烟，圆睁着眼睛，道："你这样就算道歉呢？"

"不然呢？"孔念铎耸耸肩，"你还想怎样？"

珍妮撇撇嘴，说："也罢，你就不是个会道歉的人。"她掀开烟盒，弹出一根来，递到嘴边，也不点燃，就那么用双唇叼着。

"怎么不点？"

"我喜欢。"

瞧珍妮那神情，显然是把什么话给咽进肚子里了。孔念铎知道，这一关，自己算是过了。与珍妮认识 20 年，双方对彼此的熟悉程度恐怕已经超过了好多夫妻。他嘴角露出一抹不易觉察的会心的笑。

珍妮说："我出来了，黛西呢？"

"她真的动了手。"

"你就不能放过她呀！"

"你是好人，我是坏人。"孔念铎看见珍妮瞪起了眼睛，"好吧，我来想办法。"

"还有何建魁研究中心的其他人。"

"他们……"

"他们都是受我的牵连进去的。"

"好吧，好吧，都是我的错，都归我管，我来救他们，以弥补我犯下的罪过。行了吧？"

珍妮望向窗外，"今天什么日子？"

"火星历，还是地球历？"

"废话，我们在火星上，当然是火星历。"

"是星座历，还是数字历？"

"你今天怎么啦？光说废话。"

"今天是火星历 87 年 15 月 20 日，我们又生活在时间之外了。"

刚开始移民火星的前几十年里，曾经使用过一套星座历，把一个火星年 669 个火星日，分作 12 个月，每个月以黄道十二宫命名。但在使用过程中，发现星座历有很多问题，比如每一个星座月的长短差距非常大，狮子月 66 天，宝瓶月 46 天，用起来很麻烦。所以，在第二次碳铁之战结束后，火星政府就开始推行一套简化版的火星历，俗称"数字历"。数字历把一个火星年分为 24 个月，每一个火星月 28 天，但这样一来，就多了 3 天出来，所以又规定第 8、第 16、第 24 这三个月各减去 1 天，是 27 天。在推行新历之前，有专家担心新历虽然简单好记，但与火星的季节更替没有关系，而且星座历"复杂了点儿，然而包含了文化与地球历史的传承"。不过，新历一经推行，就受到广泛的欢迎。火星人都住在穹顶城市里，火星的四季更迭影响不到他们的生活，至于"文化与地球历史的传承"，在简单好记面前，除了神经衰弱、靠文化吃饭的专家，普通人根本不在乎啊！

孔念铎、珍妮和周绍辉偷渡到火星那会儿，正好处于火星政府废除星座历，推行数字历的时候。火星的数字历每一个月跟地球历相差不大，就是 13 月到 24 月这种说法，总让他们有生活在时间之外的感觉。

孔念铎相信，"时间之外"这个词语会使珍妮想起他们共同经历的那些事情，进而不再在"冤枉她坐牢"这件事情上纠缠。

珍妮若有所思，"一个火星年是 669 个火星日，两个火星年就是 1 338 个火星日。"

珍妮说的是她缓刑的时间。没什么变故的话，1 338 个火星日之后，珍妮还得回到监狱里度过 1 338 个火星日。孔念铎决定岔开话题，"对了，你们复制出来的那个数字意识怎么就消失呢？"

"你知道我为什么对意识感兴趣。"

孔念铎点头，表示知道。

珍妮的丈夫原本是一个温柔、体贴、内向的人，不怎么喜欢说话，更喜欢用行动来表示他对珍妮的喜爱。"那是我这一生的黄金时代。"珍妮如是说。地球纪元 2100 年，乌胡鲁颁布《重生教 399 号敕令》，宣布一切智能机器都是罪恶的，要求信徒销毁全部智能机器，彻底断绝与智能机器的联系。敕令一生效，珍妮的丈夫就迫不及待地举报了珍妮。身为医生，珍妮为很多人的身体植入了智能机器，这几乎是他们家庭的主要经济来源。"仿佛他一直在等待这样一个机会。机会一旦出现，他就像抓住救命稻草一般紧抓不放。但为什么会这样？如果他想摆脱我，完全不必采取这样激进的方式。而且他之前对我的好，又不像假装的。短短几年，为什么会有这样剧烈的变化？我想不通。"珍妮反复问自己，没有答案。偷渡到火星后，她就对意识研究产生了浓厚的兴趣，深入学习，并参加了多起意识研究计划。

"研究得越多，对意识的了解越不清楚。"云霄车里，珍妮耸耸肩，对孔念铎说，"套用一句老话，你不问我意识是什么，我模模糊糊地知道意识是什么，一旦你问我意识是什么，我反而不知道意识是什么。"

"因为意识无法认清意识本身？"孔念铎思索着，"可我记得，很久以前就有一个理论，说碳族和铁族的智慧都是建立在量子效应上的。"

"没错，一个叫靳灿的人提出的，已经得到证实。不过，智慧与意识不是一回事，两者不能混为一谈。老早之前，至少是一百年前，有一个投资数十亿的科研项目，失败的原因就是以为意识只存在于大脑之中。不是的，意识的范围比智慧要大。打个比方，智慧只是意识的高阶程序，在智慧之外，大脑之外，还有很多低阶程序在默默运行。"

"举个例子。"

"你以为你的身体是由23 000条基因产生的10万亿个细胞组合而成。实际上呢，你的身体里还居住100万亿个细菌，包括数百种细菌以及300万种非人类基因。它们有独立的繁殖方式，繁盛的一大家子。在你出生时，它们还不存在，你出生后，它们就迅速占领了你身体的每一个角落，尤其是肠子。所以呢，你不是单个的有机体，而是许许多多微小的有机体组成的超级有机体。"

"这些细菌，它们一定有什么用吧？不然，我们的身体怎么允许它们存在？"

"你说错了。有一部分细菌对我们的身体来说是没有用的，它们只是在那儿生活，自顾自地忙着自己的营生。只要不去招惹它们，它们就安安静静地做个免费的租客。"

"这不算坏消息。我没有打算收它们的钱。还有一部分细菌呢？"

"还有一部分细菌对我们的用处就大了去了。有的忙着分解植物性碳水化合物，有的忙着制造维生素 B_2、B_{12} 和叶酸，有的忙着对付外来细菌……它们是我们体内不可或缺的工厂、医院和军队。"

"我知道这些。可是，细菌的这些行为和我的意识有什么关系？"

"体内的这些细菌，会以一种隐秘的方式影响我们的思想和行为，甚至精神状态。有些肠子里的细菌，会影响我们对食物的偏好，喜酸、嗜辣、好甜，并不完全出自你的选择；为什么减肥那么困难，不是你饿了，而是你肠子里的细菌饿了，它们强烈地建议你，去厨房吃糕点，就吃一块；你说你喜欢阳光，喜欢微风吹在脸上，喜欢新鲜泥土散发出来的芬芳，其实，驱使你出门去寻找春天的，并不是你自己，而是你体内的细菌。"

"听上去好可怕。在细菌眼里，我们也许只是供它们吃喝玩乐、载着它们到处跑的列车？"

"但这是事实。还有，你缺少某些种类的细菌，会使你患上自闭症的概率增加数十个百分点，而另一些细菌的数量太多则会大大增加你罹患精神分裂的可能性。躁郁症与体内细菌也存在正相关联系。"

"好吧，我明白了。简单地说，就是想要复制意识，只复制大脑是不行的，得复制全身，包括身上的每一个细胞，还有寄居在我们体内的数量众多的细菌。"

"是的。"珍妮说。

"这会使复制出来的意识信息上升好几个数量级。"

"但也只是技术上的问题。在何建魁研究中心被查封之前，实际上我们已经接近成功了。"

"你们成功地复制出了一个数字意识，但它后来消失了？"

"存在了 15 分钟！"珍妮轻轻地叹息，"数十次实验，就这一次算是成功。但它无端地消失了。"

"知道原因吗？"

"在监狱里，我想这个问题想了很久。只有一个模糊的没有证据的结论：意识与身体，绝对不是简单的二元关系，不可以不受伤害地割裂成意识与身体两个部分。它们是一而二，二而一的关系，彼此结合之深，超出所有智者的想象。没有意识的身体，是没有知觉的肉块，存在，然而没有意义；没有身体的意识，是没有容器的流风，一动，就消散在微茫的空气里。"

"倘若身体不存在了，那与身体伴生的欲望也就不存在了，那所谓的意识也会跟着烟消云散吗？"

"皮之不存，毛将焉附。生命存在的意义，一多半来自满足自身的欲望。缺少身体的欲望来支撑意识的追求，那么意识也就失去了存在的动力。"

"换一种说法，身体确实是皮囊，然而，没有这皮囊，意识也将无处安放，这就是复制出来的数字意识只能存在 15 分钟的原因？"

"我是这样认为的。"珍妮说，"我以为你早就知道了，这些难道不是常识吗？"

"不，我是第一次知道。"孔念铎想了想，"知识盲点，也可以说是坐井观天。每一个人看到的天都不一样，而我的天，恰好不包括你刚才说的那些。"

"虽然已经到了火星，还有很多人不相信演化论呢。"

听到珍妮的回答，孔念铎陷入了沉思，不再说话。

2....

回到大宅子，饭菜都已经准备好了。

"专门为你接风洗尘的。"孔念铎说。

"有什么值得高兴的吗？"珍妮说。

"非法人体实验可是查有实据。"

"少来这一套。"

萧瀛洲在餐桌旁端端正正地坐着，"嗨，你好，珍妮医生。"

珍妮狐疑地回头看了孔念铎一眼，孔念铎解释道："他已经知道自己是谁了。"萧瀛洲说："珍妮医生，对不起，以前给你添麻烦了。那个时候，我脑子有病。即便是这样，也真诚地请你原谅我。"珍妮看看萧瀛洲，又看看孔念铎，似乎做着对比，旋即坐到餐桌旁，也不等孔念铎，就开始吃东西。

菜品丰富，还有白酒。孔念铎给自己准备了一大杯，珍妮要了半杯，萧瀛洲嚷嚷着也要喝，孔念铎只敢给他倒了一小口。"度数太高，您可不能多喝。"孔念铎说。珍妮浅浅地舔了一口，说："那你自己还喝那么多。"孔念铎面露笑容，没有回应这句话。如果这个时候说一句"我喜欢"，报复珍妮的意味就太强了。他可不想火上浇油。

"新闻，我要听新闻。"萧瀛洲忽然说。

一边吃饭，一边听新闻，是萧瀛洲很早就养成的习惯。孔念铎命令播报新闻。

"今日首播，火星政府宣布，全力支持铁族公告，禁止一切形式的反铁行动。"一个中性声音在餐厅回荡，"火星政府在此公布了行动细则：禁止一切对碳族第一的宣传、展示和讨论；销毁一切碳族第一的标志及物品，包括各种旗帜、徽标、册子、面具、挂饰、手环；已经加入碳族第一的普通会员到社区代表处宣誓退出，并由社区代表监督；在碳族第一担任中层以上职位的自行到有关部门报到，接受警察的行为与信仰的双重筛查，合格即可离开；全球追捕碳族第一的匿名领导人……"

珍妮问："发生了什么事？"

"碳族第一掀起了全球反铁运动，铁族宣布镇压碳族第一，刚刚的新闻里，火星政府对铁族公告表示了支持。"

"事情很严重吗？"

"比你想象得严重数百倍。"孔念铎说，"火星政府宣布支持铁族，镇压碳族第一，实际上是火星政府意识到了某种危险，决意舍弃碳族第一，保住自己。"

"什么危险？"

"碳族第一的新任领袖，不过是一个热衷于搞街头政治的蠢货。两百年前，街头政治就被证实是无效的，结果到了火星上，他还这样搞！日光之下，并无新事，在这件事上，表现得特别明显。但他们这样搞，给了铁族一个借口。"孔念铎放慢了语速，"我怀疑，铁族镇压碳族第一运动，其实是消灭碳族的开始。"

"消灭碳族？"珍妮把这四个字机械地重复了一遍，似乎没有理解。

"字面意思。"孔念铎说，"第三次碳铁之战。"

他端起酒杯，带着狠意吞了一口。燥辣的白酒在嘴里停留了片刻，顺着喉管一路下行。在某个地方，白酒走错了路，于是他虾米一样弓着身子，猛烈地咳嗽起来。珍妮要过来抚慰他，他抬手制止了。"我没事。"咳嗽的间隙，他说。

好不容易制止了咳嗽，孔念铎平复了一下呼吸与心跳，说："第一次碳铁之战发生在地球历 2025 年到 2029 年，历时 4 年，据统计有 30 亿人死于非命。对我来讲，那是历史，已经发生过的事情，死多少人都是数据。第二次碳铁之战发生在地球历 2077 年，从宣战到结束，不过短短 6 个月，非正常死亡人数也在 20 亿以上。这个时候我已经十多岁了，算是目睹了第二次碳铁之战的全过程，并且在一定程度上参与了后面的地下抵抗运动，亲自体验了什么叫作战争。那么这一次，第三次碳铁之战，又要有多少生命非正常死亡呢？"

"死亡。"萧瀛洲瑟缩了一下，这位百岁老人似乎窥见了什么可怕的真相，"我妻子死在了暴乱中，我女儿失踪了，生死未卜。我不想当什么英雄，当个英雄好累的。然而我没得选择。如果我能选择，我宁愿去江边买一块地，当一辈子无所事事的农民。"

"其实，您是选择了的。"孔念铎看着颓丧的萧瀛洲，极力想要安慰他，"2036 年，毁神星来袭的时候，坐在'凤凰号'宇宙飞船去迎击的人是您，您选择了摁下两枚核导弹的发射键。第一次拯救了碳族。2077 年，第二次碳铁之战中，在监牢里因为渎职罪关押等死的人是您，您选择了发动政变，推翻四分五裂、散沙一盘、毫无作为的地球同盟执委会，与全面占了上风的铁族签署停战协议。再一次拯救了碳族。"

萧瀛洲回望着孔念铎，"都过去了。"他的脸舒展开来，露出了几秒钟的欣慰的笑容。"我已经老了，也许快要死了。"他说，笑容凝固了，疲倦感爬上他的每一道皱纹，也渗透在他说出的每一个字里，"什么都做不了了。接下来，恐怕要看你的呢。"

"看我什么？"他已经猜到萧瀛洲要说什么，但一种习惯性力量促使他提出这个问题。

"生命乃是宇宙间真正的奇迹。乍看之下，生命无比脆弱，一阵风、一场雨、一把火，就能把生命消灭。然而，仔细一想，自 30 亿年前生命诞生以来，经历无数的灾祸，陆地隆起又平复，海洋干涸又蓄满，气温时高时低，生命依然坚韧地存在着。"萧瀛洲道，"这种说法，对，但不全对。个体是脆弱的，坚韧的是群体。从更长远的时间尺度来看，群体也是脆弱，比如三叶虫、菊石，还有恐龙。人类，或者碳族，并非永生不灭的存在。"

铁族……铁族正在执行灭绝碳族的计划。孔念铎问："你到底想说什么？"

萧瀛洲看着孔念铎，老迈的眼睛闪着坚毅的光，"我这辈子所做的事情，都是为了拯救碳族。虽然做得不好，结果也并不那么美好，但我真心努力去做了。我没有完成的事情，希望你能完成。"

一个声音在他心底尖叫，要他退缩，要他拒绝这沉重的负担：回顾历史与分析现状是一回事情，挺身而出、拯救碳族是另一回事情。我只是个想要继续活下去的普通人。拯救碳族这样的事情就不要找我了。别说我庸俗，我就是庸俗，庸俗地活着，庸俗地死去，有几个人不是这样呢？我就是这样一个人啊！

但另一个声音、另一种情绪、另一个结论如同大海中耸立起的一堵森冷冰墙，出现在他的大脑里。

他轻轻"嗯"了一声，算作回答。

"很久以前，薛飞将军对我说过同样的话。"孔念铎说，"加拉帕戈斯战役，最后时刻，薛飞将军带着我躲进了一座无名小岛上的山洞里。抵抗军已经溃败，米哈伊尔的部队正在四处搜寻。薛飞将军给我讲了鲸头鹳的故事，然后对我说，米哈伊尔布下了天罗地网，不遗余力地要抓住他，他肯定是逃不掉了。他说，我还小，才19岁，出去向米哈伊尔告发他，还有捡一条命的希望。他说，不要为他报仇……"

说到这里，孔念铎忽然停住了，大脑出现了暂时的空白。这件事情真的发生过吗？这是我真实的记忆，还是我杜撰的过去？

珍妮问："薛飞将军还说了什么？"

孔念铎回过神来，答道："薛飞将军说，拯救碳族的任务就交给我了。我可以出去向米哈伊尔告发他了。"

断掉的思路连接起来，暂时的空白浮现出声音和画面，记忆自行修复。他有一种莫名的如释重负之感。看见萧瀛洲点头，听见萧瀛洲赞扬了薛飞的忠义耿直与自我牺牲精神，这种感觉更加强烈。是的，举报薛飞将军是薛飞将军的命令。他想，反复想了三次。

这是命令，我不得不执行。

3...

孔念铎给辛克莱警长打电话，对方在铃声响过很久之后——久到让孔念铎怀疑对方会拒绝——才接听。

孔念铎说："辛克莱警长，早上好啊。辛克莱兄弟在我这儿玩得很愉快，上次何西·阿门塔袭击中，也受了一些惊吓，不过，也是独特的人生体验，钱都不一定买得到，你说是吧。"

"是。"

"辛克莱警长，感谢你一直以来对我的帮助。"

"有话直说，我很忙的。镇压碳族第一，忙得我焦头烂额。"

"放了黛西。"

"谁？"

"黛西·贝茨，就是上次暗杀过我那个女杀手。"

"我想起来了。可是，为什么呀？怜香惜玉吗？"

"这个你就别管了。"

"行，这将是我最后一次为你做事，孔部长。"辛克莱说，"我会命人放了黛西，也不会再追问原因。但是，我们的交易到此为止，我们曾经为彼此做过的事情全都忘记吧。请不要再来找我了。再见。"

辛克莱警长果断挂掉了电话，就像吐一块嚼了很久的口香糖。在此之前，孔念铎已经给好几个朋友打过电话了。桑切斯、杰西卡、瑞雯、多洛莉丝、阿莲、凯莉、莫欣娜、科瓦奇……有的直接拒绝，有的口头上支持，有的表示看看情况再说，有的满口答应，却并无实质性承诺。所以，辛克莱警长的回绝并不突兀。

孔念铎静默片刻，又通过弥勒会会徽与赵庆虎联系，约他在通信空间见面，但不出所料新任大师兄已经切断了这一联系，只留下一句冷冰冰的话，要他前往弥勒会总道场觐见。"觐见"，赵庆虎是用的这一个词。

弥勒会发生的夺权事件造成了一些伤亡，引发了一些关注，但与铁族突然宣布镇压碳族第一而火星政府全力支持比起来，却是小巫见大巫。所以，赵庆虎只安排了数名外围信徒到警察局自首，接受警方的处理，了结数件"打架斗殴"和"寻衅滋事"的案子，用以平息来自高层的怒火和百姓的质疑。这事儿于赵庆虎，驾轻就熟，信手拈来。孔念铎收到的情报显示，在大师兄朱成昊、二师兄曹熊和大师姐塔拉·沃米死于太空列车停电事故后，赵庆虎很快组建了新的二级领导团队，四大天王迅速成为他忠实的左膀右臂，还有一时上生队，帮助他把弥勒会的一切牢牢地掌握在手心里。

云霄车把孔念铎送往弥勒会总道场。一路所见，萨维茨卡娅处于两种极端状态。有的街区冷冷清清，荒芜寂寞，久久不见一个人影，只是偶尔有流浪狗跑过，仿佛是无人居住的废墟。在另一些街区则人潮汹涌，碳族第一的支持者高呼口号，挥舞着各种武器，一次又一次地冲向警方布下的警戒线，宛如数百年前冷兵器的战场。明明是碳铁两族的矛盾，怎么就演变成民众与火星当局的对抗与冲突呢？

弥勒会总道场在萨维茨卡娅的核心地带。此前孔念铎只听说过，没有进去过。道场门前，立着横跨公路的弥勒会会标，云霄车从它下方匆匆驶过。那会标高耸入云，金碧辉煌，耀眼无比。有上生队员过来，迎接孔念铎的到来。另有 20 名上生队员身着队服，手执器械，在总道场门前站得笔直。不时有弥勒会信徒进进出出，说话轻言细语，彼此礼貌有加，脸上都是掩藏不住的笑意。与萨维茨卡娅的其他部分相比，弥勒会总道场依然热闹而有序，是如此与众不同。

北方持国天王邱启辰来迎接孔念铎。

"大师兄如何？"

"可威风了。"

在邱启辰的带领下，孔念铎穿过五进门廊，一进比一进高，每进门廊皆装饰着繁复的弥勒绘画。弥勒讲经、弥勒降世、弥勒救难，笑脸、太阳、十字架，每一幅绘图都以金色为主，偶有绿色和红色，仿佛恨不得把所有的金箔都贴上。

第五进门廊之后，是一个超大型的穹顶大厅。"二号"分析，大厅至少能容纳 1 000 人同时做礼忏。仰望高而远的天花板，上面绘制着壁画，在巨大的星云之间，巨型弥勒正向所有仰望者展示他宽容的笑脸。大厅正中，正对大门的地方，立着 20 米高的弥勒站像。这是孔念铎见过的最为高大也是最为怪异的弥勒。说他怪异，是因为他左手行礼，右手却端着一个莫名的玉净瓶。最怪异的是，从头到脚，他穿了一身黄金打造的铠甲，金光灿灿、威风凛凛，仿佛随时准备冲进战场，大杀四方。

弥勒站像下方，围坐着数十名身着米黄色袍服的信徒，正跟着一人诵念。领诵之人正是弥勒会新任大师兄赵庆虎。只见他头戴重重叠叠的法冠，身披繁繁复复的袈裟，皮肤白皙，形相庄严。与先前简洁干练的打扮自是大不一样。

赵庆虎朗声念道："愿一切众生永具安乐及安乐因。"

台下数百人齐齐回应："众善奉行。"

赵庆虎又说："愿一切众生永离众苦及众苦因。"

众人念道："诸恶莫做。"

这一问一答声若洪钟，熟稔无比。

赵庆虎颔首，眼望四周，对众信徒的虔诚，甚是满意，"愿一切众生永具无苦之乐，我心怡悦。"

众人应道："自净其意。"

赵庆虎声若洪钟，说："愿一切众生远离贪嗔之心，住平等舍。"

"寂静涅槃。"

众信徒拜倒，头手着地，赵庆虎独坐其间。从孔念铎的角度看过去，竟呈现出独特的几何图案，有种难以言说的美和感动。良久，赵庆虎拍了三下手掌，道一声"散"，众信徒这才起身，悄然离去，去做各自的事情。

孔念铎走向赵庆虎，邱启辰跟在他身后。孔念铎说："大师兄，你好啊！"

"孔部长别来无恙。"

"没有大师兄好。能否借一步说话。"

赵庆虎端坐在蒲团之上，说："不必。此处有弥勒庇佑，况且弥勒会里没有秘密。"

孔念铎坐到了地毯上，邱启辰递过来一面蒲团，他把自己的屁股挪了上去，"您这里简直是天堂啊！"

"天堂，仙境，净土。我更愿意称这里为净土。弥勒在上，红尘烦扰，净土难得。不贪、不嗔、不痴、不慢、不疑，无杀、无盗、无淫、无妄、无疾苦、无灾难。人心皆为大善。"

"说得我都想舍弃一切身家，再拜入弥勒门下了。可惜，我没有那个慧根，没有那个魄力，还得在红尘里打滚，经受磨难。"孔念铎道，"这次来，我是寻求弥勒会的帮助的。"

"你要做什么？"

"我要做一件事。"

"什么事情？"

"我不能说。实际上，现在我也不知道具体要做什么。"

"要弥勒会怎样帮你？"

"不知道。"

赵庆虎望了孔念铎一眼，说："弥勒会不会给孔部长您任何承诺。您知道赵庆虎从不说谎。我也研究过您，知道您孔部长所求何事。弥勒会给不了您想要的帮助。"

孔念铎厉声说道："在碳族与铁族的决战中，你以为弥勒会可以置身事外，独善其身吗？"

"有一件事——"赵庆虎罕见地迟疑了一下，"——我一直没有告诉你。"

孔念铎没有问什么事。问题太多，会显得自己太傻。他只是期待地望着赵庆虎。赵庆虎肯定会自己把答案说出来。

"夏荔不是我或者我的手下杀死的。"

"什么？"这一次孔念铎没有控制住。

赵庆虎叹息道："在接到你的指示后，我和一时上生队一起做了几个详尽的计划，务必要以最快的速度杀死夏荔，又不会暴露我们。然而，在我们准备完毕，真正动手之前，就传来了夏荔死于车祸的消息。我不相信巧合。我们要动手了，他就死于非命。其中一定有我还不知道的秘密。"

"你的意思……"

"夏荔不是死于普通的车祸。有人赶在我们之前，杀死了夏荔。"

还有别人想杀死夏荔？一时之间，孔念铎被这个问题困住了。是谁？又是为了什么？而且，这样一来，连夏荔是否真的死了也无法确定了。那么……

"后来，我们仔细查过了，所有的线索都指向同一个结论：暗杀工程师夏荔的，是铁族。"

"铁族？为什么？铁族为什么要暗杀夏荔？"

赵庆虎摇头，"不知道。一时上生队查到了结果，却不知道原因。没有人敢去碰铁族。另外，还有证据表明，大师姐塔拉·沃米的意外死亡，也与铁族有关。"

我的未来没有你！冥冥之中，孔念铎仿佛听到塔拉·沃米如是说。"大师兄，你害怕吗？"

"孔部长，您不必用激将法。弥勒在上，自会保佑其信徒。"

"真有弥勒吗？"孔念铎说，"您真的相信？"

"没有弥勒？没什么，我们把祂造出来就好了。"赵庆虎一脸严肃地说，丝毫没有意识到话里潜藏的荒谬，"您看，他已经在那里了。"

"不要再说什么弥勒不弥勒的了。"孔念铎说，"从来就没有什么弥勒。即使有，在创造世界的那一刻，他已经死掉了。"

"我们不是在讨论盘古，也不是在讨论上帝。"

"弥勒、盘古和上帝，还有乌胡鲁，有什么不一样？都是虚构的神祇。"

"喝！住嘴！"赵庆虎说，"到弥勒会的总道场来，诋毁弥勒会的至高之神，也是够了。"

孔念铎粗暴地抬手止住赵庆虎的反驳，自顾自地往下说，"我受不了，这是我很早就意识到的。在我的生命里，有一个无所不能的神，掌控我的一切。我的喜怒哀乐皆受他控制。我只是他的牵线木偶，我的一举一动，皆出自他的掌控。我无法接受这样的人生，这样的世界。"

"你不曾经是重生教的狂热信徒吗？"

孔念铎答道："我之所以加入重生教，是因为在那个时候，抵抗军彻底失败，在接触到重生教之后，我和很多人一样，把它当成了救赎的力量。当外部的解决方案失败后，人们就热衷于转向内心，向内心寻找力量。这是常有的事情。但经过十多年的盲信，我发现那根本就是一个虚妄的念想。

"地球历 2100 年，我千辛万苦组建的舰队在木星战役中全部覆灭。回到地球，刚下飞船，我立刻就被投入了监狱，罪名是指挥失误导致战败。在监狱里度过的那些日子，我想明白了一件事情。我明白了，我之所以加入重生教，不是因为它的教义有多么深奥，也不是因为它许诺的天堂有多么美好，更不是因为我对教主乌胡鲁有什么个人崇拜。单纯是因为我喜欢与一群人一起做同一件事情的感觉，那种万众一心、众志成城、慷慨激昂的感觉。

"在你身上，我看到了自己的影子。如果我没有叛离重生教，如果我一直待在重生教里，我就会是你今天的模样。我相信你的感觉和我是一样的。"

"孔部长，你想要我叛离弥勒会吗？你忘了我说一再说过的那句话了？没有弥勒会，就没有赵庆虎。"

"我只是想，在必要的时候，弥勒会能够协助我……"

"感谢孔部长一直以来给予弥勒会以及我个人的支持，尤其是在弥勒会即将四分五裂的时候。然而，孔部长不要忘了，我还记得，我第一次拜会孔部长时送上的四件玛雅石器。那可是我半辈子的积蓄。"

"可是，我以为……"

"你不相信人，人也不相信你，孔部长。怀有对全人类的爱，却对与他有交往的每一个人缺少同情。这句话是柏克评价卢梭的，我觉得，用来评价孔部长您，也挺合适的。"

孔念铎咂咂嘴，没有说出话来。

大师兄摆摆手，"好了，不必再白费口舌，我还要督促信众诵念经文，不能陪孔部长聊天了。"

孔念铎疲倦而愤怒，正要再说些什么，"二号"提醒，珍妮打来了电话。他接通了电话。珍妮在遥远的地方说："老X……萧瀛洲他……"

"他怎么啦？快说。"

"他死了，自杀了。"

孔念铎眼前一黑，身体晃了两晃，险些倒下。

4....

孔念铎急匆匆赶回大宅子。一路之上，脑子里闪过诸般念头，往事如闹嚷嚷的蜂群，一拥而入，一拥而出。他心乱如麻，又怒火中烧。偏偏路上又遇到游行的碳族第一支持者与警方发生了正面冲突，萨维茨卡娅的数个街区出现好久不见的交通堵塞。孔念铎一边怒不可遏地命令云霄车重新规划路线，一边心急火燎地观看冲突的现场直播。

碳族第一的支持者很多都来自铁锈地带，戴着统一的面具，手执铁棍、砍刀、雨伞等原始武器，不要命地向警方发起冲击。其中也不乏装备了外置式智能插件的钢族。他们有的展开翅膀，有的喷出黏液，有的变身铜球，有的射出子弹，有的释放闪电，有的挥舞铁臂，有的制造烟雾，有的……五花八门，看上去甚是厉害，然而在装备更加精良的警方面前，这些钢族都不堪一击。丢一个震颤弹过去，就倒下一片，满耳都是呻吟声；放一个干扰波，数十名钢族的技术内核就被强行关闭，没有一个智能插件还能工作……

孔念铎并不关心他们，谁输谁赢，都不重要。

云霄车在一片混乱中不断修改行进路线，花了比一般情况多三倍的时间，才回到大宅子。

珍妮在大厅等他，脸色焦灼。孔念铎去找赵庆虎的时候，特意叫珍妮过来照看萧瀛洲。

孔念铎劈头就问："人呢？"

"让铁游夏带走了。"

孔念铎心中燃起一丝希望，"你不是说萧瀛洲自杀了吗？"

"萧瀛洲确实自杀了。铁游夏把他的尸体带走了。"

"什么？！"最后一丝希望破灭，孔念铎觉得有一把无形的剑，贯穿了整个身体，"到底是怎么一回事？"

孔念铎让"二号"与大宅子的智能终端相连接。"播放铁游夏进入大宅子时的监控视频，不，从铁游夏进入大宅子之前5分钟开始播放。"孔念铎命令。

从大厅天花板上，投射下红、黄、蓝三束光，光影交错间，半个小时前的立体影像呈现到孔念铎和珍妮面前，纤毫毕现。

桌面上铺了一张大大的白纸，萧瀛洲俯身在纸上不停地勾勒着。他左手指间上夹了4支铅笔，大小和颜色都不相同，就像左手长了4根骨刺。他右手撰着第五支铅笔，勾画得非常专心。不时停下来，把右手的铅笔放到嘴里叼着，退后几步，歪着脑袋端详片刻，旋即回到桌边，换上一支铅笔，对不满意的地方进行修改和补充。

"这段时间老X迷上了绘画，还非要用铅笔。"珍妮解释说，"这种古董火星上可不好买，我是找一家公司定制的。他说他小时候非常痴迷铅笔画，长大后却没有时间去画了。"

"他在画什么？"

　　问完，孔念铎就猜出萧瀛洲要画什么了。视频中，纸上的轮廓已经很明显，一大一小，两条鲸鱼。珍妮出现在桌旁："在画什么呢？"萧瀛洲继续埋头涂抹大鲸鱼的脊背，"小孔说我像蓝鲸。不对，我觉得自己更像是抹香鲸。知道抹香鲸吗？真正的庞然大物哟。"珍妮含糊地点头，说："这两条抹香鲸是母子吗？"萧瀛洲抬眼望了珍妮一眼，"我饿了，有什么吃的吗？"珍妮答应着，走出了视频的边界。

　　珍妮对孔念铎说："我去厨房拿了一盒糕点，同时接听了一个电话。警察告诉我，一伙暴徒趁我离开的时候，洗劫了诊所。等我再回到大厅，事情已经发生了。"

　　孔念铎没有回话，专注地看着视频。

　　萧瀛洲在两条抹香鲸上方，涂抹出一片起伏的海面，又在抹香鲸身体和周围涂上波纹，说明两条抹香鲸正在潜水，前往大洋深处。他在抹香鲸眼睛上补充了一些细节，孔念铎看出来，表现的是大鲸鱼正在教小鲸鱼潜水。他不由得有些哽咽。随后，萧瀛洲在海底所在的位置勾了几条模糊的腕足，让人遐想那里潜藏着什么可怖的怪兽。

　　画完，萧瀛洲把所有铅笔整齐地码放到桌子上，退后 5 步，再一次欣赏自己的画作。

　　就在这时，碳族事务部部长铁游夏昂首阔步走进了视频。孔念铎曾经与铁游夏多次打交道，已经能把他跟其他钢铁狼人分开。铁游夏在碳族事务部任职已经有 50 年之久，其间经历过第二次碳铁之战与大和平时代。

　　萧瀛洲问："你是谁？"

铁游夏说："萧瀛洲，你被捕了。"

萧瀛洲问："为什么？"

铁游夏说："萧瀛洲，你在就任地球大总统期间，表面上执行与铁族和平共处的原则，实际上在暗地里支持反铁运动，秘密资助了数个针对铁族的项目。其中一个叫'夏娃计划'。该计划由莉莉娅·沃米主持，铁良弼具体研发，历时数年，最终制造出狩猎者。你不应该对这个词语感到陌生吧？"

狩猎者，这个词语还是我传播开的。孔念铎暗想，诸多往事如同一群群受惊的飞鱼，争先恐后地跃出波澜起伏的海面：

2078 年，第二次碳铁之战结束后的第二年，莉莉娅·沃米找到铁良弼，开始执行夏娃计划，研发针对铁族的超级碳族。

2087 年元旦，米哈伊尔推翻了萧瀛洲的统治，这一年的 7 月 7 日，塔拉、海伦娜、齐尼娅、卡特琳、乌苏拉、薇尔达以及贾思敏等 7 名超级碳族从孵化器中降生，后来称她们为"狩猎者"。

2100 年，孔念铎亲眼见到三艘狩猎者战舰组成的舰队在木星附近设下埋伏，歼灭了铁族长 156 千米的超级星舰"立方光年号"，促使次年铁族主动与碳族签订和平协议，太阳系由此进入大和平时代，整整 20 个地球年没有发生大规模战争。

2120 年，在金星上空，孔念铎再一次亲眼见到了狩猎者歼灭整个铁族舰队，数百艘铁族建造的星际战舰在金星战役中化为宇宙的尘埃，损失极其惨重……

萧瀛洲说："你说的这些，我都做过。我不否认。想知道为什么吗？很简单啊，我是碳族的一员。"

铁游夏说："做出这样的事情，你必须付出代价。"

"我早就准备好了。"萧瀛洲说，"这一次，我不想逃了。"

说这话的时候，萧瀛洲眼神里有决绝，也有欣慰，还有嘱托。孔念铎意识到有什么重大的事情就要发生了。"不！"他大喊一声。然后看见视频里萧瀛洲胸前渗出大片红色的液体。

"何必呢？"铁游夏说。

"谁说的？"萧瀛洲抽出那把他一直贴身收藏的"S"形玛雅匕首，刃口上满是鲜血，再一次扎向自己的心窝。动作迅疾而坚决，没有任何的犹疑。然后是第二次，第三次……

孔念铎泪流满面。

萧瀛洲的死，既不是夏日惊雷那样轰轰烈烈的，也不是春风化雨那样安安静静的。他死得那样果决，又死得那样憋屈。他就那么跟跄着倒下，倒在铁游夏的脚下。胸口插着古老的玛雅匕首，深深地扎进了心窝子里。鲜血把他的身体浸润着，托举着，轻巧如枯萎的芦苇一般的他仿佛要顺着深色的血泊漂走，一直漂到那个他所深爱的蓝色星球上。

孔念铎摇摇欲坠，珍妮扶住了他，说："不要太伤心。"

他没有在你心中活过，他的死，对你也就没有什么意义。但他是……他是我少年时的偶像，就像是我精神上的父亲啊。

5

这天夜里，孔念铎梦见了艾伦·图灵。在梦里，他就是艾伦·图灵，那个计算机之父。

开始很平静。他在古旧的伦敦郊区大街上蹬着自行车。两边的风景像哗哗的河水，向后汩汩地流淌。他享受着凉风从脸上拂过的惬意感。

空袭的警报声遽然响起，持续，低沉，令人心烦意乱。

数月以来，伦敦已经被德国人的轰炸机群"光临"过多次，他还是不喜欢那尖利的报警声。这里是伦敦的郊区，不是什么军事要地，纳粹怎么会轰炸这里呢？他思忖着，停下了自行车。一名巡警冲他吹口哨，要他和其他人一起进入路边的防空洞。这样的防空洞如今密布伦敦，就像伦敦人的下午茶，成了一种生活必需品。他把自行车推到防空洞入口，停好，镇静地穿过人群的缝隙，走进狭窄的防空洞。

洞里有七八个人，他找了个人少的地方，默然站立。他讨厌待在人群里，因为他受不了密集的人群所散发的味道，更不喜欢与陌生人有过多的身体接触。

"考文垂大教堂被炸成废墟了。上帝啊，这种日子什么时候能结束啊。"

"丘吉尔首相演讲做得好，然而，靠演讲就能打败德国人吗？"

"我一个远房表亲全家死在了曼彻斯特，真惨。"

"圣保罗大教堂被德国人的燃烧弹击中的时候，我正好看见。那是去年年底的事儿，1940 年 12 月 29 日。我永远记得。"

"你们相信吗，轰炸进行的时候，在萨沃伊酒店，那些婊子养的，还在举行高档宴会，一边喝着价格不菲的鸡尾酒，一边跳着舞。"

人们忧心忡忡地议论着。大概每个人脑子里都会想起阿道夫·希特勒在柏林声嘶力竭地演讲："如果他们……袭击我们的城市，我们就要抹平他们的城市！"

他（图灵或者说是孔念铎），长颈鹿一般默默地矗立在人群之中，耳朵听着这些闲言碎语，心思却在别处。这剧情不对。"政府密码学校"的保密工作做得相当好。整个第二次世界大战期间，布莱切利庄园只挨过一次误炸——一架轰炸了伦敦的德国轰炸机在返航的时候把它没有丢完的炸弹丢到了布莱切利庄园附近的公交车站。

当然，也不能说完全不对。在梦里，孔念铎继续分析着自己的梦：我怎么会做这样的梦呢？这梦是有所预示，还是根本就是反映了自己这段时间以来的焦虑？

他翻了个身，似乎醒了，又似乎没醒。眼睛紧紧闭着，脑子昏昏沉沉。睡觉之前我是不是又吃了火星蘑菇？对于这个问题，他并没有一个确凿无疑的回答。时间宛若一列重型列车，碾着他的听觉神经轰隆隆驶过。他又翻了个身，想把那列重型列车从身上卸掉，却办不到。重型列车又从另一侧的耳膜里钻进了脑子里。

　　也不知道过了多久，他再一次进入梦里。

　　在梦里（孔念铎向来知道梦与现实的分野，知道何时是绚烂的梦，何时冰冷的现实），天空被一望无际的阴云所遮蔽。这一整块阴云有数千千米长，从最东边一直延伸到最西边，厚得像岩石，只有部分地方略为薄一点儿，透出些许的光。云层之下是浑浊的大海，波翻浪涌，躁动着，喧哗着，变化无常着，没有一刻安宁。孔念铎梦见自己坐在沙滩上。沙滩很脏，似乎混杂着黑色、灰色和褐红色的泥土，隐隐约约能看到远处几个诡异的脚印。孔念铎叉开双腿，平坐在脏兮兮的沙滩上，手里拎着一听啤酒，在潮水涌来的时候，他便把啤酒罐递到嘴边，一仰脖，咕嘟咕嘟喝下大半听。在他脚边，喝空了的啤酒罐乱七八糟地丢着。啤酒进了肚子，但喉咙的干涩与刺痛并未缓解，反而更甚。他缓了一缓，将剩下的啤酒喝光，然后发泄一般，将酒罐用力丢下。

　　那啤酒罐在沙滩上滚动了两三圈，撞到另外一个空啤酒罐，发出咔嚓咔嚓的声响。孔念铎低头看着空啤酒罐，突然心生孤独。这孤独感突如其来，宛如将空寂的万千阴云一股脑地塞进他的心里，又好像是把喧嚣的大海一口气倾泻到他的心里。他无可抵挡，空寂与喧嚣混杂的孤独感充盈了他的每一个体腔，每一个组织，每一个细胞。

　　他急切地想要解除这无边无际的孤独感。他打开通信录，急切地翻动着，想要找一个人，聊两句。随便聊，聊什么都可以。哪怕是说一句"你好啊"，也是很好的。然而，通信录里的名字虽然很多，各行各业的，各个年龄段认识的，各个阶层和性别的，都有，但就是找不到这样一个人，能随随便便问个好，随随便便聊两句。没有这样的人。没有，一个都没有。他不肯死心，又翻。但结果早就注定。他双手和心一起颤抖起来，眼泪不知不觉中淌满了面颊。

我已经五十多岁了，还一事无成。我这辈子就要空过了，就要空过了，就要空过了。他这样想着，望着阴沉而遥远的海天之间。喉咙更加干涩与刺痛，他忍不住用手去揉捏……然后，他醒了，一个人躺在床上，陪伴他的，只有随着他的起身亮起的灯光。他回味着那句话，这句话犹如一句魔咒，在他脑海里盘旋：我这辈子就要空过了。碳族就要灭绝了。我得做点儿什么才能让自己没有白来这世上走一遭？做点儿什么去拯救碳族呢？

急切间，他梦见了，或者想起了一件往事。

在很久很久以前，那个时候孔念铎还是一个热血少年。他刚刚得知碳族的远征舰队全军覆没，然后又得知萧瀛洲总司令要签订可耻的停战协议，向碳族永生永世的敌人铁族投降。他无比愤懑，却又无能为力。那年年底，准确地说，是 2077 年 12 月 31 日晚。想到这个时间，孔念铎有一种格外悠远的感觉——啊，那是上个世纪的事情了。那天晚上，14 岁的孔念铎——过了年就是 15 岁了——和许许多多人一样，登了量子寰球网，准备用跨时区狂欢，体验一口气过 24 次新年的感受。谁料，一个人不知道用什么方法，将在网上狂欢的 40 亿人全部 "劫持"。后来他从新闻里知道，这个人叫卢文钊，是一个科技节目主持人，因为对第二次碳铁之战中碳族表现的不满而做了这件事情。

　　刚刚被"劫持"时，小孔念铎还有几分恐慌。他听说过在覆盖全球的量子寰球网上被人"劫持"的案子，有的受害者丢失了一辈子积攒的财富；有的受害者大脑受损，变得疯疯癫癫；有的受害者……没有哪一种结局是他喜欢的。但当卢文钊现身时（借助某种分时共享程序，卢文钊分出 40 亿个化身，每一个被劫持者都认为卢文钊是与自己单独对话），小孔念铎忽然就不怕了。

　　卢文钊讲了一个"鬼、狐狸和猎人"的故事。具体内容孔念铎至今还记得一清二楚。个性孱弱的鬼把坟墓当成他的家，而狐狸强行占据了这座坟墓。鬼打也打不过，骂也骂不过，思来想去，最后找到了一个著名的猎人帮忙。他对猎人说，也不要猎人做些什么，只需要猎人出去打猎的时候，顺便到那座坟墓附近转悠转悠。猎人虽不明白，却也照做了。不久，鬼上门感谢猎人，说因为害怕猎人，狐狸已经搬走，他得回了自己的家。猎人很奇怪，说："我完全可以把狐狸打死，为什么鬼不这样请求呢？"鬼说："确实，以你的神勇，打死狐狸是很容易的事情，但这样一来，我就得罪了狐狸这个大家族。狐狸睚眦必报，今后我将不堪其扰，而你又不可能随时随地保护我。所以呢，我现在这种办法是最好的，我既兵不血刃地得回了自己的家，又没有得罪狐狸，留下无穷的后患。"

　　听罢鬼的话，猎人感慨不已，说："孱弱者遇强暴，如此鬼可矣。"小孔念铎也感慨连连，不过，却是嘲笑那鬼的懦弱与无能。"要是我，定然全力以赴，不把狐狸全部干掉，夺回自己的家，誓不罢休。"他对小伙伴说。小伙伴问他，打不过怎么办。他自信满满地回答道："打不过不知道想办法啊？
找帮手，制造新武器，偷袭，甚至投毒，总有一种办法能够
战胜。"

后来，孔念铎逐渐长大，经历一次又一次失败，才明白自
己当初是多么幼稚。他找到了卢文钊所讲的那个故事，它来自
《阅微草堂笔记》，作者是纪晓岚。他将故事后边的话反复诵
读："夫鹊巢鸠据，事理本直。然力不足以胜之，则避而不
争；力足以胜之，又长虑深思而不尽其力。不求幸胜，不求过
胜，此其所以终胜欤！屠弱者遇强暴，如此鬼可矣。"竟渐渐
明白了其中蕴藏着的、高深无比的生存策略。

孔念铎陡然睁开了苦涩的双眼，在床上坐了起来，脑子既
混沌又清醒。很久以来，孔念铎都没有想起这件往事，但今
晚，它就自个儿跳出来，仿佛它蛰伏在记忆最深处好几十年，
就等着今时今日再一次带来心灵的震颤。

拯救碳族可不是一件简单的事情，孔念铎想，眼下我要采
取何种策略或者方法才能达成目的？

孔念铎下到博物馆，面对着 Enigma 和 Bombe，静立良久。

关于 Enigma 和 Bombe，他已经知道得太多。然而，最关键
的那一点，他还不知道。在发明 Bombe 之前，艾伦·图灵到底
是怎么想的？

6 …

Enigma 以字母为单位进行加密，一个明文字母，必然对应

一个密文字母，这是一个流水式连续加密的过程。艾伦·图灵想到，抛开机器的加入提高了效率之外，整个过程其实包含了数步到数十步的工作，不管最后的结果有多复杂，每一步不就像论文中提到了能够高效完成单一任务的"虚拟机器"吗？既然如此，倘若能制造出"万能虚拟机器"，对 Enigma 的工作进行模仿，将所有的可能性跑一遍，其中必定有正确的结果。

艾伦眼睛一亮，心中默算了一遍：Enigma 最常使用 3 个转轮，有 60 种排列变化，理论上需要把 17 576 种可能性"跑"上60 次。假设机器"跑"一步需要半秒，"跑"完一种特定排列需要 146.5 分钟，"跑"完 60 种可能需要 146 个小时。

说干就干，一到布莱切利庄园，艾伦就向斯图亚特说了自己的想法。这想法新颖而别致，为令人焦头烂额的破解 Enigma 密码任务寻找到了一条光明大道。146 小时，与之前预计的两千万年，有天壤之别。

参考波兰人送来的 Bomba 的设计图纸，艾伦·图灵和 8 号棚屋的同伴们一起设计了破解单元。同 Bomba 类似，破解单元也可以看成是逆向运转的 Enigma。但它们被做了很大的改进，艾伦他们把每一个破解单元进行横向并联。这样，它们工作时不会彼此干扰，一旦某个单元计算出正确的结果，所有的单元都会停下来。这样的破解单元一共并联了 36 个，可以同时模仿36 台 Enigma，这样"跑"完 60 种排列组合，只需要 4 个小时多一点点。

1939 年 12 月份，布莱切利庄园筹集了 10 万英镑，委托不列颠制表机公司，专门制造艾伦·图灵设计的机器。

1940 年 3 月 18 日，一个值得纪念的日子，不列颠制表机公司成功制造出世界上第一台用于破解 Enigma 的机器。这台机器从图纸到成品，花了四个多月的时间。这台机器宽 2.1 米，厚 0.6 米，高 2 米，与小巧精致的 Enigma 相比，简直是一个庞然大物。

这台机器被命名为"Bombe"，是根据波兰语 Bomba 翻译成的英文。把名字翻译成"炸弹"，用"炸弹"去破解巨大的"谜"，确实是恰如其分的命名；如果翻译成"冰淇淋球"，艾伦也能从中体会到马里安·雷耶夫斯基的幽默与天真。

需要说明的问题还有两个。

其一，Bombe 与艾伦的论文有什么关系呢？

1936 年，24 岁的艾伦·图灵发表了他一生中最为重要的论文——《论可计算数及其在判定问题上的应用》。这篇里程碑似的论文直接奠定了艾伦在数学界的历史地位。在这篇论文中，艾伦指出，存在许多——可能是无限多——可以进行特定计算的"虚拟机器"，这些机器的功能非常单一，比如只能做加法，或者只能做减法。然后，艾伦明确指出，理论上存在着一种"万能虚拟机器"，可以通过不断改造它的内部结构，模拟任意一台功能单一的虚拟机器，从而完成任意复杂的工作。

Bombe 可以看作是上述想法的实体化。破解单元每一次只能执行一项任务，跑一种排列，可以看成是论文中提到的"虚拟机器"。把 36 组破解单元并联成的 Bombe，可以看作是简化版的"万能虚拟机器"。艾伦·图灵把自己用纯粹的数学逻辑推理出来的结论，以 Bombe 的形式变成现实。

这篇论文——《论可计算数及其在判定问题上的应

用》——为后来的人工智能提供了极其重要的理论依据。如果你知道论文发表时连晶体管都没有，更不要说集成电路了，你就知道图灵的思想有多超前了。

其二，Bombe 或者工作人员是怎么知道计算结果是正确的？

艾伦·图灵进驻布莱切利庄园的时候，监听组截获的德军电报已经堆积如山。面对海量而神秘的德军电报，英国情报分析人员做了大量的工作。其中一个叫玛格丽特·罗克的人发现了一个规律：每天早晨 6 点 05 分，都能截获长度大致相等的、内容也不算多的电报。什么样的电报需要每天准点发布呢？玛格丽特推测，正确的答案只有一个：天气预报。此时德军是在欧洲和亚洲的广阔地域作战，后来还要加上非洲和大西洋，不管在哪里，前线将士都需要知道当天及今后的天气情况。而天气预报的内容相对简单，除去时间和地点，就只涉及阴、晴、云量、温度、风力、风向等指标。通过分析大量的天气预报，完全可以逆推出德国人是如何加密的。玛格丽特的发现，为破译德军的 Enigma 找到了一条捷径。

横亘在轴心国与同盟国之间的长墙被艾伦的 Bombe "炸"毁了，战场呈现出对同盟国单方面透明的态势。

此后，根据实际情况，更多改进型号的 Bombe 陆续诞生，以应对更加复杂的解码任务，因为 Enigma 也在不断升级。这简直就像是一场无穷无尽的升级大战啊。1941 年底，Bombe 有 16 台在忙碌，到 1945 年 3 月，有 211 台 Bombe 在夜以继日地工作。

关于成功破解 Enigma 之后的战例，有许多缥缈而无法考证的江湖传闻。因为情报工作的特殊性，像敌方密码已经被破解了这样的大事件，不但不能大肆宣扬，反而要全力掩盖，以保证敌方继续肆无忌惮地使用已经被破解的密钥，继续把情报源源不断地"送"到布莱切利庄园来。1941 年 3 月 28 日，在地中海的马达潘角，英国海军舰队伏击了意大利海军舰队，击沉一艘重巡洋舰和两艘驱逐舰，重伤旗舰，意大利海军分舰队司令以下 3 014 人阵亡，而英军仅一艘巡洋舰受伤，两架舰载机被击落。像这种交战双方实力旗鼓相当，结果却令人大跌眼镜的战例，背后就是意大利一方的密码被破解的事实。但对外宣传，却只能说"英国的雷达先进""战术训练到位"，甚至"上帝站在英国这一边"。

7...

Enigma 和 Bombe 在二战结束后的历史也很值得玩味。

英国人很好地隐藏了 Enigma 已经被破解的事实。二战结束后，Enigma 依然被很多国家广泛使用——其中一个重要的原因是英国人向自己的殖民地国家不遗余力地推销他们仿制的但售价并不低的 Enigma。正因如此，Enigma 直到 20 世纪 70 年代才渐渐退出历史舞台，成为各种博物馆的展品。因为 Enigma 的传奇经历，在全世界都能找到 Enigma 的爱好者。探寻 Enigma 的历史，仿制 Enigma，讨论 Enigma 在密码史上的地位，是他们最喜欢的事情。

　　相比之下，Bombe 的命运就比较悲惨了。出于保密的需要，二战结束后，所有 Bombe 的图纸被销毁，所有的 Bombe 被销毁，所有参与 Bombe 制造和工作的人员都签署保密协议，不得向外界透露关于 Bombe 的任何一点儿消息。就这样，Bombe 被人为地从历史上清除掉了。直到数十年后，历史档案解密，很多还活着的当事人向媒体讲述了当年的故事，Bombe 的传奇才为世人所知晓。

　　在数十台 Bombe 日日夜夜忙于运算的同时，艾伦·图灵在布莱切利庄园的日子过得非常特别。他被认命为 8 号棚屋负责人。当然，他这个负责人是非常不合格的，因为他不喜欢对着一群人发号施令，于是就让大家自行其是。他的过敏性鼻炎发作了，不得不每天戴着防毒面具上班。这成了庄园里的一大奇观。1941 年春，29 岁的艾伦·图灵与同事琼·克拉克恋爱了。两人感情进展很快，艾伦求了婚，送了戒指，双方家长也见过了，眼见着就要正式进教堂了，艾伦却打了退堂鼓。在那年夏天，艾伦主动结束了这场恋爱。真正的原因，10 年之后才被无情地披露出来。

　　二战结束后，艾伦离开布莱切利庄园，进入国家物理实验室，继续设计"万能机器"。1946 年 2 月 13 日，艾伦提交了一篇名叫《"ACE"机器项目》的文章。题目中的"ACE"是"自动计算机"的英文缩写，简单地说，就是无须更改硬件结构，只需修改用于存储的程序，就能完成不同类型题目的计算。实际上，ACE 就是后世所称的"可编程计算机"。显然，ACE 是 Bombe 进一步的延伸。Bombe 虽然消失了，但它的设计思路在艾伦·图灵的脑子里保存了下来，并得到了进一步发展。

由于种种原因，直到 1950 年，符合艾伦·图灵设想的第一款 ACE 才制造出来。由于有新增的内存机制，ACE 的运算能力有明显提高，每秒能处理 10 万位的信息。在后期型号中，ACE 每秒可以处理 100 万位的信息，是当时世界上速度最快的电子计算机。

艾伦·图灵的思考没有止步于此。1951 年，38 岁的艾伦发表又一篇划时代的论文《机器计算和智能》，第一次正式提出"人工智能"的概念。在所有的计算机都还由极为粗糙的零件组装，以极为原始的方式工作时，艾伦大胆地认为，"与人脑的活动方式极为相似的机器，是可以造出来的。"这惊世骇俗的说法令所有人为之震撼。在那之后，以计算机或者电脑为代表的人工智能研究，蓬勃兴起，在短短数十年间，改变了全人类的学习、生活和工作，改变了全人类的社会结构和历史进程。直至 2024 年，钢铁狼人横空出世，才彻底实现了当初艾伦·图灵所设想的人工智能。但钢铁狼人（现在统称为"铁族"）对于人类（铁族称之为"碳族"）的种种作为，却也超出了艾伦的想象。2025 年到 2029 年的第一次碳铁之战，30 亿人非正常死亡；2077 年到 2078 年的第二次碳铁之战，20 亿人非正常死亡；现在是 2121 年，第三次碳铁之战即将爆发，又将有多少人非正常死亡呢？

至于艾伦本人，令人嘘唏。

1952 年的一天，艾伦·图灵家被盗了。警方行动迅速，很快抓住了那个入室盗窃的贼。但接下来的发生的事情，就超出了艾伦的控制。窃贼供述，他能轻易进入图灵博士的家，得益于一个叫阿诺德·默里的人的帮助。警方进一步调查，发现这个男人手里有艾伦家的钥匙，经常自行出入。警方拘捕了阿诺德，后者很快承认自己与艾伦·图灵不是一般的朋友，而是伴侣。著名科学家居然是个同性恋！这事一经媒体报道，立刻在伦敦及英国乃至整个欧洲引起轩然大波。

在当时的英国，同性恋是写进法律的罪行。窃贼被释放，被盗者艾伦·图灵竟在众目睽睽下成了被告。在法庭上，艾伦大大方方地承认了自己与阿诺德·默里的伴侣关系。在他看来，这种承认，是展示自己对与默里恋情的坚贞，也是对默里的背叛的嘲讽。然而，他并没有因此得到公众的认可。公众津津乐道的，依然只是"著名科学家居然是个同性恋，真恶心！"

根据英国1885年《刑法修正案》第11条，艾伦·图灵被指控犯有严重猥亵罪。法庭给了艾伦两个选择：其一，立刻进监狱服刑；其二，有条件的缓刑。考虑到自己还有很多研究工作没有完成，艾伦选择了第二种。

但不管艾伦如何选择，结局已经注定。因为被判有罪，英国政府以他没有通过忠诚审查之名，撤销了他的"密码事务顾问"一职。艾伦失业了，不再能够从事他所钟爱的研究。

所谓"有条件的缓刑"中的"有条件"是指艾伦必须定期注射雌激素。这是因为当时的主流观念认为，同性恋是一种病，而注射雌激素能够改变同性恋者的性倾向。经过一年的"治疗"，艾伦的胸部如同女性的乳房一般发育起来，身体变得又肥胖又孱弱——以前那个能跑马拉松的高手消失不见了。他不敢出门，在多重打击之下，脾气也越来越古怪。

艾伦的整个世界都晦暗下来。

1954 年 6 月 8 日清晨，42 岁的艾伦·图灵被人发现死在自己床上。床头柜上，有一个咬了一口的苹果。法医在苹果上发现了剧毒的氰化物。许多人相信，艾伦这是在模仿 1938 年他看过的电影《白雪公主和七个小矮人》中的情节，但艾伦不能从坟墓里出来肯定或者否定这个猜测。他只是在天上，默默而又天真地注视着这个他挚爱的、拯救过的，却又不是完全能够理解的世界，在他身故之后，如何一步步走向遥远的叵测的未来。

8....

未来从来不是历史的完全重演，但研究过去，显然能够给如何去往未来以程度不同的启迪。历史观，决定着未来观，决定着你看待未来的方式和技巧，还有深度与广度。

但在艾伦·图灵这件事上，孔念铎觉得自己知道得太多了。无数故事的细节在他脑子里反反复复呈现：艾伦骑着老是掉链子的自行车去布莱切利庄园上班；被咬过一口的毒苹果，就放在床头柜上；理论上存在着一种"万能虚拟机器"；Enigma 是以字母为单位进行加密，一个明文字母，必然对应一个密文字母；"一群从不呱呱叫，但是会下金蛋的鹅。"丘吉尔如是说……却无法看到事情的全貌，更无法窥见最本底的奥秘，那个他最想知道的问题的答案。

　　就像一头抹香鲸，被切割成无数比指甲盖还细的小块，与成吨的血液混合成温热的、黏稠的、令人窒息的红色沼泽，而他深陷其中，奋力挣扎的同时，还要试图从这些肉和血中，推想出抹香鲸当初活着的时候，是怎样潜入幽暗的大洋深处，与数十米长的大王乌贼进行生死无定的搏斗。

　　这样下去肯定不行。事情尚未解决，自己的身体和精神则会先行垮掉。怎么办？孔念铎不是第一次遭遇这种炼狱般的困境。他知道现在最好的做法，是暂停回忆，摆脱细节的困扰，从肉和血的沼泽跳出来，再做其他打算。于是，孔念铎离开大宅子，去铁族联络部上班。

　　街上没有几个行人，冷清得就像萨维茨卡娅是一座空城，眼下在街上游荡的，都是些无家可归的孤魂野鬼。听了一下新闻，同前一天，不，同前几天的一样，没有一则新闻能让人开心：

　　首府奥林匹斯的持续动荡已经进入第 32 天，火星政府宣布，将动用海盗旗特种部队应对当前危机。

　　科普瑞茨爆发来历不明的瘟疫，穹顶城市人口密集的弊端显现无疑，病毒学家认为可能是变异的天花病毒造成了瘟疫。

　　卡瓦略自宣布独立以来，与外界失去联系已超过 7 天，无人知晓也无人关心这座边远小城到底发生了什么。

　　塔尔西斯 802 号死火山出现活动迹象，新斯大林格勒和科基狄乌斯启动紧急预案，上百万居民得到有序疏散。

　　维齐洛波奇特利检测到超过正常值的地震波，关于地震的谣言引发火星史上最大规模的踩踏事故，目前正在统计伤亡人数。

一个前所未见的沙尘暴正在乌托邦平原上形成，乌勒尔和狄安娜两座小城的居民正在密切注视着它的动向。

……

萨维茨卡娅也只是火星众多穿顶城市中的一座，就像非洲鲫鱼中的一条，为了活下去，不得不冒着被煮熟的危险，去沸腾的泉水里取食。现在是付出代价的时候吗？孔念铎想。

坐在云霄车上，有那么一阵子，他脑海里出现了一幅画面：萨维茨卡娅耸动了几下身子，从红褐色的地面飘飞起来，宛如深秋时节的落叶，摇晃着身子自树干上脱落，随风起舞。然而这并非事实，随风起舞只是幻觉，落叶没有翅膀，不会如鸟儿一般在蓝天上翱翔，最终还是会跌落到尘埃之中。萨维茨卡娅也不能飘飞，它的飘飞是大地沉陷带来的幻觉。孔念铎置身于云端之上，看见萨维茨卡娅如水做的落叶般，一边波动，一边飘飞。在它下方，大地以肉眼可见的速度坍塌，转瞬间已经变成一个深不见底的黑洞。黑洞腾跃而起，将试图逃离的萨维茨卡娅一口吞下……

他猛地睁开眼睛，心脏在胸腔中擂鼓一般狂跳。不知什么时候，他居然在云霄车上睡着了，而一睡着噩梦就找上他，缠上他。此刻，云霄车已经停到了铁族联络部的楼下。他伸手捏捏鼻子，揉揉太阳穴，感觉身心都极其疲惫。这种疲惫是深层次的，发自每一个细胞，不是休息几天，多睡几觉就可以清除的。但现在这种情况，休息完全是不可享用的奢侈品，甚至想想都是一种罪恶。成千上万的人正在非正常死亡，碳族即将灭亡，我却在想着睡觉……他这样想着，下了云霄车。

看见部长来了，两个中层干部迎了上来，愁眉苦脸地说着来铁族联络部上班的工作人员三分之一都不到。时局混乱，孔念铎也不想在这种事上做过多无谓地追究。"我要召开紧急客卿大会，"他吩咐道，"你们赶紧去准备。"见两个人踌躇着，孔念铎追问了一句："还不快去。怎么，系统有问题？"两人对望了一眼，其中一个答道："我们只是奇怪，都什么时候了，部长还惦记着开会？"孔念铎冷哼一声："不关你们的事，去做事情。"

孔念铎走到圆环中间的演讲台，扫视客卿们的投影。有五名客卿在线：敏娜、道格拉斯·佛朗哥、乌那·拉约尔、达克塔里·帕姆、恩里克·阿萨夫。每一个人都显得疲惫不堪。

"差了一个人。"

达克塔里回答，"渡边麻友。"

"谁知道他们是什么情况？"

"渡边麻友死了。他是碳族第一的匿名领导人。两天前，警察上门抓捕，他拒捕并持械反抗，被击毙了。"

达克塔里说完，客卿们不由得面面相觑，一种肃然的气氛如凝胶一般占据着整个会议室。肯·诺里斯死了，林佩死了，夏荔死了，何西·阿门塔死了，安德烈斯·埃斯特拉达也死了，渡边麻友死了……下一个是谁？孔念铎的呼吸和心情一样沉重。然后，他注意到一个细节，电子诗人乌那·拉约尔的投影没有任何动作。他说："乌那·拉约尔，你也死了吗？"

乌那没有回答，一旁的恩里克说："没有，乌那还活着呢。他现在不在火星上。"

乌那仿佛凝固的雕像，只在某些角度能够瞧见流动的光影，这确实是信号严重延迟的特征。"他在哪里？"孔念铎问。

恩里克说："在土卫二恩克拉多斯上。"

"逃得够远。"孔念铎撇撇嘴，"如此说来，上次开会，他就应该在去土卫二的路上了。"

道格拉斯说："希望恩克拉多斯的超级喷泉能够给电子诗人以前所未有的灵感，写出无愧于我们这个时代的诗篇。"

这话引来一阵略显尴尬的笑声，但也多少打破了会议室的凝重。根据"二号"提供的资料，目前火星与土卫二的实时距离是 10.56 亿千米，速度每秒 30 万千米的无线电波飞过去也要 58.67 分钟。换句话说，火星这边说个你好，想听到乌那的回应，最快也是 117.34 分钟以后的事情了。那就只好不管乌那了。

孔念铎咳嗽两声，说："今天召集大家来，开这个紧急会议，是有一件事情想要告诉大家。"

"有话直说。"敏娜不耐烦地说，"我这边是深夜。"

"事情很复杂，我尽量长话短说。上次开客卿大会，我们做出了一个决议，在文明的发展方向上，我们选择了内卷，放弃了外扩。大家都还记得吧？铁族接受了这个决议，并将它落实到行动之中。他们将把整颗火星改造为服务器，所有钢铁狼人摒弃实体，全部以数字化意识的形式，进入并生存在火星服务器里。"孔念铎说，"与此同时，他们做出了两个决定。其一，是包裹太阳，把太阳作为火星服务器的永久能源；其二，灭绝碳族。因为铁族集体上传之后，能够威胁铁族的，就只有碳族了。"

话音未落，客卿们已经议论纷纷。

"灭绝碳族？"

"真的吗？"

"丧心病狂！"

"你是从哪里知道的？"

"和我了解的情况是一样的。"

"我就说最近的局势怎么如此动荡！"

"你怎么不早说？"

"我说了有人相信吗？"

"你不说怎么知道有人不相信呢？"

孔念铎朗声说道："大家先听我说完。各位都是各行各业的精英，不管之前你持有什么观点，是内卷派，还是外扩派，如今都不重要的。需要大家一起来想想办法，拯救碳族。时间不多了。这套虚拟会议系统在铁族的监视之下，随时可能被铁族掐掉。你们要……"

投影闪烁了一下，客卿们消失不见了。孔念铎长叹一声。不幸言中了事实，他没有丝毫的高兴。时间真的不多了。他蠢在原地，看着四周黑暗下去，放任自己的思绪随着时间的脚步四处漫溢。

他忽然间意识到自己这样做不对，召开紧急客卿大会，把真相告诉所有客卿，肯定不是最好的选择。这样做相当于把自己的真面目提前暴露给了铁族。我太疲惫了，我只想着做一些具体的事情，好摆脱那一个血与肉的沼泽，没承想却掉进另一个更为恐怖阴深的黑洞里。然而，有更好的选择吗？更好的选择是什么呢？

孔念铎轻叹一声，原地坐下，坐到客卿大会虚拟会议室的地板上。深深的无力感与挫败感，伴随着深及骨髓的疲倦感，彻底征服了他。拯救碳族，这副担子太沉太重，他想，我，我就是个矮子，扛不起这副重担。矮子。他品味着这个自己曾经极其厌恶与憎恨的词语，感到有种难以言说的苦涩在舌根萦绕，挥之不去。诸多往事又浮上心头，起伏跌宕，又似乎轻若尘埃，不值一提。他不无惊讶地发现：多数人的人生并不像小说一样，有明确的主线情节，主角配角什么的都一目了然，但自己的这一生，不管是在地球，还是在火星，却有一条明确的主线，可以精准地概括为一句话，那就是证明自己不是"矮子"。

而现实逼着我承认，我不得不承认，我不但是个矮子，还是个傻子。这肯定不是他第一次有这样的想法，也不会是只有他一个人有这样的想法。孔念铎苦笑着，自言自语道："日光之下，并无新事。"

他坐在那里，感觉过去、现在和未来处于同一条直线上，没有任何的改变，时间仿佛不存在，一切尽在某种力量的掌握之中。他想，这个某种力量就是神吗？不，虚构的神也只是这条直线上较长的一个点儿而已。

他坐在那里，等待铁族到来，等待未来的悄然降临。

9....

会议室的一角突然亮起，一束光自上而下，乌那·拉约尔雌雄莫辨的干瘦身形出现在那里。"哈喽。我在恩克拉多斯向大家问好。刚下飞船，我很好。这里的风景非常独特，没什么人，很适合写诗。"乌那的声音在空荡荡的会议室里回响。

孔念铎睁开困顿的眼睛，过了好一会儿才明白自己身处何地。不知何时，他在地板上睡着了。奇怪的是，这次睡着，居然没有做噩梦……说不定连梦都没有做。然而，我是真的睡了，还是只紧闭眼睛，任由大脑在黑暗中沸腾喧嚣了两个小时？这都是无法确定的事情。他一边坐起来，一边侧耳倾听。

乌那继续在遥远的地方说："天上有很多飞船，遮天蔽日，明显是铁族的。我还没有见过这么多的星际战舰，有 1 000 艘吗？多得足够征服太阳系。铁族舰队跑这里来干吗？这里有那么多碳族供他们消灭吗？逃到土星也逃不出铁族的魔爪吗？关于拯救碳族，我个人没有什么办法。也不是没有办法……我逃出来，把自己的基因留存下来，散布出去，就算是对碳族文明的重大贡献了。是吧？"

乌那的笑容凝固了，投影闪烁了两下，消失不见了。会议室再一次陷入黑暗之中。

孔念铎静坐了一阵子，脑袋嗡嗡作响。"钢铁狼人再不来，我可要走了。"他自言自语着，从地板上站起来，揉了揉腰，然后看见会议室大门打开，一头巨狼出现在那里。会议室很黑，门外有光，所以，巨狼的轮廓清晰与细节可见。他的肩高至少有 1.5 米，整体呈橄榄绿，没有毛发，外壳鼓凸，呈现出肌肉发达的假象。他的四肢颀长，别的部位都固定不动，唯有关节处的胶质合金在步行时伸缩自如。他的耳朵支棱着，深陷的眼窝里亮着红宝石般的灯，口吻部绘制着森冷的白色獠牙。

巨狼迈步走向孔念铎。

孔念铎说："你来了，等你好久，铁游夏。"

铁游夏保持着狼的形体，"对于你的背叛，我很遗憾。"

"我背叛谁呢？"

"本来杀人蜂就可以办到的事情，因为是你，所以我要亲自跑一趟。"

"真是辛苦你了。不过，这个决定真是你做出的？"

"这个问题，上次你已经问过了，没有意义。"

"我们不能理解你们，你们也不能理解我们。"

"你的选择，很不明智。以你的脾性与聪明劲儿，不应该做出这样愚蠢的事情。为什么，孔先生？"

"我有自由意志。这句话的意思是说，我既可以做出最为理性的选择，也可以做出最为感性的选择。非理性选择，你们可以模仿，却不能真正理解。因为你们永远不能完全丢下心中的逻辑、推理与计算，不顾一切地去做一件违反逻辑、违反推理、违反最优计算结果的事情。"

"你在说萧瀛洲自杀的事情吗？"

"是的。"这时，"二号"的战斗模式已经完全启动。

"你准备效仿他吗？我们研究过你，发现你对萧瀛洲有一种堪比父子的情感。"

"你觉得我会是自杀的人吗？"孔念铎说着，亮出了自己的武器——何西·阿门塔改装过的爆轰枪。

"是比玛雅匕首厉害。"铁游夏赞说。

孔念铎扣动扳机，爆轰枪传来巨大的后坐力，他的眼前绽放出一朵巨大的耀眼火花。但并没有击中目标。铁游夏在他开枪之前，已经四肢腾空，跳离了原处，轻松地避开了爆轰枪的攻击。

孔念铎冲铁游夏开了第二枪，第三枪，第四枪。

所有动作一气呵成。在"二号"的协助下，他的速度、力量和敏捷程度是日常状态的10倍。在他最年轻的时候，都不曾有这样好的战斗状态。

但铁游夏的速度更快。只见他四肢用力，左躲、右闪、上蹿、下跳。爆轰枪绽放的火花于他而言，更像是某种绚烂的凸显他的勇敢与快捷的背景，而不是致命的攻击。

第五枪没能射出。

铁游夏已经扑上来，将孔念铎扑倒在会议室的地板上。爆轰枪跌落一旁。孔念铎挣扎着试图伸长手臂，去拿爆轰枪，铁游夏用一只前爪踢开了爆轰枪，另一只前爪则踩在了孔念铎的胸前。

孔念铎仰望着铁游夏硕大的狼身，森冷的白色獠牙，还有血红色的眼珠子，心中涌动的不是绝望，而是一种即将获得解脱的欣慰。就这样结束吧，他想，结束这煎熬。我反抗过了，只是能力有限，失败了。就这样吧。

"你这种程度的攻击，跟自杀也没有两样。"铁游夏说。

"杀了我吧，你来这里，不就是干这件事吗？"孔念铎说着，伸手拍了拍铁游夏踩着他胸膛的前爪。啪啪作响，不知道是什么材料做的。管他是什么做的——只要这前爪一用力，从碎裂的胸骨和肋骨踩进去，将那个叫作心脏的器官踩成碎裂的西瓜，鲜红的液体喷泉一般汩汩流出……一切就都与我无关了。他这样想着，竟有一种残酷到极点的快感。

孔念铎忽然觉得胸口一松，铁游夏的前爪已经离开。孔念铎只道那致命的一击就要到来，却没有等到，正在诧异时，陡然看见在他和铁游夏之间多出一个人来。

那个年轻人一袭白衣，身体在半空中优雅地旋转，猛力踢出的脚尖正中铁游夏的下巴。其力量之大，不但迫使铁游夏前爪高抬，甚至还让他不由自主地后退了两步。

这人唇红齿白，正是好久不见的袁乃东。但见袁乃东滚落在地，已经顺势拿到了刚才孔念铎掉落的爆轰枪。

"你是谁？"铁游夏问。

袁乃东没有说话，抖手就是一枪。

第一枪没有打中铁游夏，但第二枪就正中他的额头，高爆弹将他的整个狼头炸得粉碎。袁乃东又开了一枪，击中铁游夏的腹腔。这一次，铁游夏在绚烂的火花与剧烈的爆炸声中，变成散落四处的机器零件。

孔念铎望着铁游夏的残骸，说："袁乃东，这是你第四次救我了。"

"不，是第五次。"

"黛西是第一次，胡医生是第二次，急救医院爆炸是第三次，这是第四次。"

"那次去你的大宅子，我的目的和黛西是一样的，去刺杀你，但后来我放弃了，也算一次。"

"为什么要刺杀我？"

"你自己不清楚吗？"

孔念铎默然，转而问道："你到底是谁？能单枪匹马干掉一个钢铁狼人，不会是普通人吧？"

袁乃东说："你的保镖啊。你不是想雇我给你当保镖嘛。不过，我救你，不是你雇佣的结果，而是另有其人。"

"是谁？"

"跟我走，见面你就知道了。"袁乃东把爆轰枪扔到地板上，"这枪的威力还行，可惜没有高爆弹了，而钢铁狼人的下一轮攻击，马上就到。"

10····

走出空无一人的铁族联络部，孔念铎跟在袁乃东身后，走到街边一辆云霄车旁。后座车门打开，古铜色的铁心兰端坐在那里。这位铁族艺术大师，当代火人节的缔造者，有着碳族女性的形貌，第二性征还非常突出，却又刻意不穿衣物，还抹去毛发，以如镜子般光滑的古铜色皮肤覆盖全身，充分展示出与碳族的不同来。

"怎么，孔大人，害怕呢？"

"不是，没有。只是觉得有点儿奇怪。"

孔念铎说着侧身上了云霄车，坐到铁心兰的身边。袁乃东拉开前排的车门，坐到了驾驶座上，启动了发动机。

"先自我介绍一下。"铁心兰扑闪着金属片做的眼睑，他的语气很淡，却有着某种难以描述的力量，"我们，碳族和铁族中有共同理想的成员，建立了一个组织，叫'碳铁盟'。这个组织致力于化解碳族与铁族之间的矛盾，追求碳铁两族的和平共处与协同发展。"

"没有听说过这个组织。"

"刚成立不久。而且，我们的保密工作也做得很不错。"

"你不是铁族的一员吗？"孔念铎比画了一个表示网络的动作，意思是你们铁族用灵犀系统链接为一个整体，实时共享一切信息，你做的一切，其他钢铁狼人都知道，怎么保密呀？

铁心兰的金属嘴唇模仿人嘴的动作，机械地一开一合，"5年前，我就切断了与铁族的联系，成为自由铁。"

"叛徒。"孔念铎淡淡地说，希望对方能明白这句话的真正指向。

"我们都是各自族群的叛徒。"铁心兰说。

"碳铁盟都有哪些成员？

"我，袁乃东，夏荔，埃斯特拉达。"

"不会只有 4 个吧？"

"怎么可能？"铁心兰古铜色的脸涌起一阵波澜，配合嘴角的抽动，算是笑过了。

"林佩是碳铁盟的吗？"

"还不是。在她死的时候，我们还在争取她的加入。她太骄傲了，以为靠她一个人，就可以对抗整个铁族。"

"是的。她太骄傲了。骄傲到——"孔念铎忽然心中有些异样的刺痛，似乎林佩的什么事与他有关。是什么事呢？他默想了片刻，想不起来，只好把这个念头甩掉，接着道："非常聪慧，也很能干。如果不是——可惜死在了今年火人节的闭幕式上，死在了万神殿的大火里。"

"是你把她从万神殿的塔楼推下去的。"

"什么？这不可能。"

"这是真的。"

"我怎么不记得自己做过？"

"火星蘑菇。你连这个都忘了吗？是我送给你的。"

孔念铎脑子里闪过几帧画面：在火人节的营地里，四处弥漫着火星蘑菇的气息；铁心兰手心里闪着幽光的火星蘑菇；帐篷里燃着某种古老的香料；辛克莱警长说，火星蘑菇有一种神奇的效果；万神殿的塔楼可以望见乌托邦平原迷蒙的远处……他有些艰难地说："我杀了林佩？而火星蘑菇让我忘记了这件事？连同我修改当天视频的记忆？"

记忆中的画面骤然清晰起来：我单臂用力，将林佩推出栏杆，看着她小小的身子伴随着风声，跌落到数十米之下的火星赤红的大地上。

"火星蘑菇是你给我的。为什么？"

"给你火星蘑菇的时候，我并不知道你要杀死林佩。我以为火星蘑菇对你当时的精神状态有帮助。"

孔念铎心有疑惑，却不得不相信铁心兰的说法。当时我的精神状态，确实很糟糕。

"而且——"铁心兰说，"——你没有杀死林佩。"

"我没有推她下去？"

"你确实把林佩推下了塔楼。但你忘了两件事。"

"两件什么事？"

"第一，火星的引力比较小，只有地球的38%，在火星坠落的速度比在地球坠落的速度要慢得多；第二，林佩的整个身体是经过改造的，她能不穿环境服，在火星地面自由行动。这种程度的跌落，你以为能杀死她？"

"你的意思是，林佩没有死！"

"林佩确实死了。不过不是你把她推落塔楼的直接结果。在林佩跌落塔楼之后，碳族事务部的特别调查员出手，杀死了她。他一直在跟踪林佩，伺机下手。而你，把林佩推落塔楼，给他制造了机会。假如事后有人追查林佩的死因，只会追查到你身上。如果不是我亲眼所见，我也不会相信，铁族会下如此狠手。只可惜，没能及时救下林佩。"

"我的错。我……不该把林佩推下去。这事儿明明有其他解决方案……我应该察觉到异常的，但我当时……当时沉湎于自己的情绪之中。"孔念铎想起了萧瀛洲提的那一个问题：为什么一出事你就只想着用暴力解决啊？"我得到的一份情报，夏荔也是铁族杀死的。"

"是的。准确地说，是铁族内卷派干的。"

"因为他们是文明外扩的坚定支持者？那安德烈斯·埃斯特拉达……"

"安德烈斯是碳铁盟派去接近你的。他的死，也可能不是意外，而是铁族精心安排好的。我们还没有查清楚。"

何西·阿门塔和他的疣猪敢死队能够轻松进入大宅子，本身就是一个疑点；最大的疑点是，安德烈斯刚死了，铁游夏和他的特别调查员就跳出来了……说是巧合，也确实缺少说服力。

"还有你，你能活到现在，真是奇迹。"铁心兰说，"还记得你从金星回来那一晚遭遇的刺杀吗？"

孔念铎点头，"黛西，碳族第一雇佣的杀手，第一个向我举起了匕首。胡先华医生，薛飞抵抗军的幸存者，第二个将手术刀划向我的喉咙。刚才袁乃东告诉我，他也是去暗杀我的，只是没有动手，还救了我。"

"在胡医生的刺杀失败后，急救医院发生了剧烈爆炸。"

"这爆炸不是胡医生留下的后手吗？保证即便在他死后，也能置我于死地。"

"不是。这爆炸的幕后操作者是铁族外扩派。那一晚的三重谋杀，看似来自不同的组织，事实上，都是铁族外扩派精心设计，精心引导，精心安排的结果。"

"铁族不是有明文规定，不得干预客卿的讨论和决议吗？

怎么外扩派和内卷派都搞暗杀啊？"

铁心兰没有回答这个问题。然后，孔念铎已经意识到自己的幼稚，不得不用提问来掩饰尴尬。

"通信延迟对你们的影响大吗？"

"不大。准确地说，没有想象中的大。"

"没有因为通信延迟出现亚群？"

"没有。毕竟，即使存在几个小时的通信延迟，在铁族内部，数据更新与扩散的速度，也比在碳族内部，快上好多倍。"

"实时共享一切，铁族是一个牢不可破的整体。与其说铁族是一个以铁的同位素为物质基础的族群，不如说铁族是一个包含 5 亿个体、遍及太阳系的生命共同体。"

"可以这样理解。"

"你们的集体决策总能得到最佳的结果吗？"

"你见过铁族代言人的。"

孔念铎记得，铁族代言人的面孔不停地分裂，合并，合并，分裂，直观地展示着铁族成员对于问题的不同看法。这也是客卿大会机制出现的原因。

"在铁族历史上，是否出现完全无法决策的情况？"

"出现过，是针对铁族起源的问题。"

"二号"迅速提供了一份资料：那是在 2029 年，第一次碳铁之战期间。当时，铁族诞生不久，对自己的起源产生了浓厚的兴趣。但调查的结果是，他们很可能是由地球上的一种他们称作"裸猿"的生命制造出来的，而裸猿在他们看来，并不具有铁族一样的智慧。矛盾由此产生。一派坚定地相信研究结果，铁族就是裸猿的产物，裸猿是铁族的造物主，这是事实，事实就必须承认，铁族有一个上帝，无可厚非；另一派则执着地认为，裸猿如此愚昧，不可能是铁族的创造者，与其相信裸猿制造了铁族，不如相信铁族是自然演化的结果，铁族不需要一个上帝，一定是哪里出了问题。两派争执不下，数次投票都无法得出最终结果。铁族差一点因此分裂。

孔念铎问："后来是怎么解决的？"

"铁族找了一批裸猿，让裸猿们进行研究，用事实与合理的推断证明，确实是裸猿制造了铁族，从而弥合了两派的分歧，铁族再一次成为一个整体，而对裸猿也改称碳族。"铁心兰说，"现在对于文明的走向问题，内卷还是外扩，两派也是争执不下，再一次出现了无法得出最终结果的局面。"

内卷派，外扩派。孔念铎念叨着这两个词，脑子突然间变得前所未有的空白。那感觉就像伸手去抓东西，却什么也没有抓住。他知道这是某种灵感就要降临的先兆。他必须抓住它。他努力着，努力望穿眼前实实在在的风景，向着缥缈微茫的虚空窥视，努力从缥缈微茫的虚空之中"抓"到某种实实在在的东西。他低下头，瞥见铁心兰古铜色表皮上自己扭曲变形的影像，一道微弱的闪电在他脑海里闪过，他试图抓住它，但是太快了……他暗自叹息，旋即想到了艾伦·图灵在1939年曾想到了的那一个念头：

既然 Enigma 不是人脑可以抗衡的，那就不抗衡好了。Enigma 是机器，何不制造一台机器，去对抗它呢？兴许，能打败机器的，是另一台机器。能打败铁族的，是……

之前思虑很久的那个问题，忽然有了答案。孔念铎浑身微微战栗着，一种狂喜宛若维多利亚大瀑布一般冲击着他的全部身心。这个问题困扰了他很久，现在看来，结论却如此简单，简单得让他怀疑自己其实非常愚蠢。为什么没有早一点儿想到呢？

11 ....

窗外的风景迅速往后退却。只见到灰暗的城市建筑堆叠在一起，没有见到多少行人。四处都亮着璀璨的灯，就像无数霍霍燃烧的火堆。隔了好一阵子，孔念铎才意识到，在他和铁心兰交流期间，云霄车一直在行驶中，而袁乃东一句话都没有说。"我们这是去哪儿？"孔念铎问，"碳铁盟总部？"

"我们在躲避铁族的追击。"袁乃东说，"同别的穹顶城市一样，萨维茨卡娅也是浸泡在无线网络之中。我在监控系统里抹去了这辆云霄车的行踪。对于萨维茨卡娅的监控系统而言，这辆云霄车是不存在的。"

"你没有回答那个问题。我们这是去哪儿？"孔念铎说，"换个问题就是，你们为什么找上我？"

"碳铁盟需要每一个支持碳铁两族和平共处、共同发展、缔造太阳系新型文明的力量。"

"好神圣的追求。"孔念铎的嘲讽溢于言表，对于过于神圣的东西，他有一种本能的抗拒。他需要一个世俗化的解释。"与塔拉·沃米的预言有关吗？"他记得袁乃东去找过塔拉·沃米。

"不是。"袁乃东说，"塔拉对我说的话，与你无关。"

孔念铎半信半疑，"塔拉死的时候，只有我在她身边。她对我说，她的未来里没有我。后来我才明白，这句话的意思是，她会先于我去世。她预见了她自己的未来，却不能预见我的未来。"

"塔拉死的时候，我也在场。"铁心兰忽然说。

孔念铎觉得头皮发麻，"你也在场？"

铁心兰说："在你进屋之前，我正通过网络与塔拉·沃米进行交流。那个时候，她的身体已经非常虚弱了。曹熊进来，想要强行带走她，她拒绝了。曹熊与守护塔拉的上生队员同归于尽，而远在千里之外的我，对生命力耗尽的塔拉也无能为力。这时，你走进屋来。"

"塔拉对我说的铁族阴谋，实际上是你对我说的？"

"是的，是我。"铁心兰说，"我与塔拉交流的，也正是这一件事。当我得知铁族要灭绝碳族的时候，我承认，我不知所措了。"

在我的努力下，客卿大会得出了内卷的决议，而铁族接纳这份决议，作为权重，得出了铁族内卷的结论，继而得出消灭碳族的推论。但是……孔念铎想了一阵，说："如果，我是说，如果铁族外扩派获胜，会怎样对待碳族呢？你是外扩派吗？碳铁盟是支持文明外扩的吗？"

"我是艺术家，不喜欢在两派中选一边来站。"

狡猾的家伙。孔念铎腹诽着，望向车窗外。

"我再强调一遍。碳铁盟不是内卷派，也不是外扩派。"袁乃东说，"你曾经给我讲过鲸头鹳的故事。太阳系就是水位忽高忽低的沼泽，碳族是鲸头鹳的一个孩子，铁族是另一个。碳铁盟的目的，就是力图同时保住碳族和铁族两个孩子。碳族和铁族，是太阳系新型文明的不可替代的重要组成部分。碳铁盟追求的是碳族和铁族共同利益的最大公约数。"

这时，仿佛有一只无形的巨手，从天而降，抓住了云霄车，将它拎起来，旋转着、旋转着、旋转着，再车顶朝下，狠狠地将车砸落到公路上。在孔念铎意识到云霄车被便携式导弹击中的同时，无边的黑暗也将他吞没了。

疼。

痛。

又疼又痛。

黑暗中亮起几个晨星般的光斑，又迅速消失。

疼和痛，居然是两个概念。他惊讶的同时体会了疼和痛，肉体上的，精神上的。挥之不去，不可遏制，缠绵悱恻。有声音，粗糙如鲨鱼的皮肤，摩挲着他的听觉神经，疼痛难忍。谁在说话？闭嘴！闭嘴！他在心中怒吼。

在他的期待中，光斑出现，又消失了。

他感觉自己的眼睛紧闭着，但光，黑一道、白一道的光，依然刺破薄如蝉翼的那一层皮，直抵大脑最深处的视觉中枢。黑白两色的大地倾斜着向远方延伸，他似乎在旋转。不，是整个世界在旋转，疯狂地没有规律地旋转，旋转。让它停下来！停下来！他想惊呼，想高声发布命令，但喉咙被什么黏稠的东西堵住了。要说话就必须……

他剧烈咳嗽起来。这咳嗽带动了全身每一个组织和器官，疼痛加剧了数倍。但也有好处。好处就是他还能意识到、知道疼痛，说明自己还活着。堵住喉咙的东西滑了出去，他大口大口喘着粗气，新鲜的空气如同出土的幼芽，不由分说地涌入他的气管和肺……

"你醒了。"一个熟悉的声音说。

孔念铎陡然睁开了眼睛，正好看见珍妮·福克斯关切的目光。她红色的卷发胡乱扎在脑袋后面，栗色的眼睛让他有种如获至宝的感觉。

"不要动。"珍妮说，"你受伤了，重伤。"

孔念铎已经察觉自己是躺在病床上。这里是珍妮诊所的地下室，萧瀛洲曾经在这里住过好几年。左臂有些异样。他想抬起左手，惊讶地发现没有相应的肢体来执行这个命令。

左臂肩关节以下，空无一物。断开的地方，涂抹着一层半透明的急救凝胶。

"不只是左臂。"袁乃东说。此刻，他靠在附近的一堆仪器上，脸带倦容，身上的衣服撕裂了好几处。

孔念铎挣扎几下，想要坐起来，却没有办到。

"你的两条腿，也炸没了。"珍妮说，"你的内脏，也有好多破损。"

孔念铎听见自己从喉管里发出了一声"不"，旋即看见了珍妮所说的结果。

腰部以下，也不见了。

"还有救吗？"孔念铎努力挤出一个笑脸。

"很难，但并非毫无希望。"珍妮说。

"你可真会安慰人。"孔念铎挣扎着说，"培养柜里打印的那些组织和器官呢？"

"上次诊所遭到抢劫的时候，全部培养柜都被暴徒破坏了。"

"'二号'呢？我无法启动'二号'。"

"'二号'在爆炸中也损毁严重，无法修复。"

"我还能活多久？"

"不知道。5 个小时？或者 1 个小时？"

"非洲鲫鱼要被煮熟了……"孔念铎喘息着，"不过，无所谓了。死亡，是每个生命都要面对的最终结果。况且，我早就该死了。三十多年前的那个早上，我要是死在了加拉帕戈斯群岛，该多好啊。"

"还有希望的。"珍妮说，语带悲戚。

希望？还有什么希望？这是真正的绝地了，比在铁游夏的利爪之下，比发现孟洁悄无声息地离开，比在加拉帕戈斯无名小岛的山洞里，还要没有希望。"铁心兰呢？"

"他在这里。"袁乃东指了指自己脚下，古铜色的铁心兰躺在那里，"搬你们两个，我可费了不少劲儿。你还好，身体少了一半，铁心兰呢，为了追求艺术效果，全身上下都是用真正的古铜打造的，重得不行。"

"铁心兰死了吗？"

"没有。不过也跟死了差不多。"袁乃东回答，"云霄车暴露坐标后，有两枚导弹击中了它。一枚爆炸，另一枚的战斗部是干涉仪，其释放的干涉波会破坏铁族阿米脑的量子效应，使阿米脑强行进入退相干状态。你可以把铁心兰现在的状态理解为植物人，所有的生命体征和指标都在，就是没有意识。"

"你没有受到干涉波的影响？"

袁乃东摇头，说："我不是安德罗丁。"

想起铁游夏被击碎的样子，孔念铎的疑问冲口而出，"你到底是谁？"

"碳铁盟所剩不多的成员。"

孔念铎估计再问下去，也问不出个所以然来，就停下来喘息。疼痛和疲倦轮番上阵，交替着控制他的身体。当疼痛感胜过疲倦感时，他期望自己马上去死，太疼了；当疲倦感打败疼痛感时，他也期望自己马上去死，太累了。但也有不甘心，有某种与生俱来的力量支撑着他，令他没有完全放弃那生的希望。

他需要做一些具体的事情，"可惜了，是我促使客卿大会达成内卷的决议，这个决议得到了铁族的认可。谁知道，铁族竟然因为自己要内卷，而要在内卷之前，把他们最大的威胁碳族给全部消灭。"

袁乃东说："你以为真是客卿大会的决议导致铁族做出内卷化的决定？不是的，两个决议一致，只是巧合。决定性的力量来自回归的原铁。"

孔念铎顿时明白他的意思了。

第一次碳铁之战之后，铁族的一支迁徙到地球和太阳的拉格朗日点建造了三座巨型太空城："伏羲""女娲"和"燧人"。这一支铁族严格按照钟扬当初为他们设定的生活方式生活，保持与碳族和其他铁族的距离。他们被称为"原铁"。

在第二次碳铁之战中，原铁保持了中立，即不帮碳族，也不帮铁族。在碳族向他们求救时，他们明确表示了拒绝。

在第三次碳铁之战即将爆发的时刻，原铁宣布放弃中立，回归铁族本体。原铁的回归肯定不会是一帆风顺的，铁游夏曾经更换过一次身体，事情就发生在原铁回归之时。原铁有 2 000 万，他们放弃了 3 座巨型太空城，来到火星，加入铁族之后，立刻就改变了铁族的政治格局。当文明铁内部就内卷和外扩相持不下的时候，百分之百支持内卷的 2 000 万原铁，使得铁族很快得出文明内卷的决定。

我之前为客卿大会通过内卷决议所做的一切，都是毫无价值、毫无意义的梦幻泡影？这才是真正的绝地啊！"无所谓了。"孔念铎嘟囔着说，"身体已残，就脑子尚算清醒。"

珍妮说："给你注射了强心针的。"

原来如此。

"那是什么？我怎么没有见过？"孔念铎问的是袁乃东倚靠的那堆仪器。

"是何建魁研究中心的成果。"珍妮说，"上次因为非法人体实验，整个研究中心的成员都被抓了。当时就把整套研究设备搬到这下面来了。这里很隐蔽，警察什么都没有查到。"

"我想起来了。研究中有一名志愿者的意识被抽取出来，独立存在了 15 分 15 秒。"

"然后就消散了。在此之前的所有实验中，没有哪一个意识独立存在的时间超过 2 分钟。"

"知道原因吗？那一个志愿者的意识在脱离肉体之后，为什么能够独立存在那么久？是因为他的意志特别坚强吗？"

"只有一些猜测，没有任何说得过去的定论。那次实验之后，我们试图重复实验，然而都归于失败，无一例外。谁也不知道原因。"珍妮说，"有研究中心成员指出，那个来自铁锈地带的志愿者是一个瘾君子。所以，从他身上得出的实验结论是不正确的。"

"瘾君子？等等，你说志愿者是个瘾君子，然后意识抽取实验成功了 15 分钟，对吗？两者有没有什么联系？瘾君子、瘾君子，他对什么东西上瘾呢？"

"火星蘑菇。铁锈地带非常流行，价格低廉，广受欢迎。"

"火星蘑菇？确定是火星蘑菇？"

"确定。"

"为什么会这样？为什么？"孔念铎自问自答，"难道是因为火星蘑菇的遗忘功能？"

珍妮的眼睛一亮，"遗忘？"

孔念铎努力在疼痛与疲倦的夹击下，集中注意力，一边思考一边说话："火星蘑菇有两大功能。第一个是通感，或者叫联觉。吞下火星蘑菇，会使你的各种感觉，视觉、听觉、触觉、味觉、嗅觉，空前混乱，你会因此感受到一个全新的世界。第二个是遗忘。吞下火星蘑菇之后的几个小时里，你的所作所为，都将在药效过后，被你彻底遗忘，就像从来不曾发生过一样。这是被动的必然会发生的过程，不是你想要发生就会发生，不想发生就不会发生的。我猜……我有一个大胆的想法，珍妮！"

12....

"我明白你的意思了。"珍妮惊喜地说，"意识和身体原本是一而二，二而一的事情。读取出来的意识，不能长时间存在的原因是身体消失了。身体消失，意味着吃喝拉撒睡这些欲望都会消失，但意识还牢牢地记得身体存在时的感觉，并且试图照老样子去工作。"

"总有人谴责欲望，却不知道人因欲望而存在。"孔念铎说，"就像我现在，手臂和双腿都没了，却还总觉得它们还在，总是试图去活动它们。这是一个长期以来养成的巨大习惯。"

"当抽取出的意识在芯片里苏醒，感觉不到身体的存在后，就会惊慌失措，立马崩溃。然而，火星蘑菇会打破这一过程。它会帮助意识，暂时忘记身体的作用，适应芯片里的生活。"

"这就是那个瘾君子的意识在抽离身体后能独立存在 15 分钟的原因。"

　　珍妮道："因为火星蘑菇实际上是作用于身体的，在抽取出的意识上还能继续发挥作用，只是一种心理惯性。所以，那个志愿者的意识只存在了 15 分钟，是因为火星蘑菇带来的心理惯性消失了。"

　　孔念铎说："我要吃下火星蘑菇，然后你把我的意识读取出来，移植到铁心兰的阿米脑里。"

　　"这可能吗？"珍妮问。

　　袁乃东答道："理论上讲，完全可行。"

　　孔念铎感激地望了望袁乃东，"现在还有别的办法吗？"

　　"即使成功，你也只能在铁心兰体内存活 15 分钟。"

　　"我要救碳族。"

　　"为了完成萧瀛洲的嘱托？"

　　"你以为我是在萧瀛洲把拯救碳族的任务交托给我之后才开始试图拯救碳族吗？不，不是的。从头至尾，由始至终，我都站在碳族这边，我所做的一切，哪怕是错误的，其目的都是试图拯救碳族于灭绝的边缘。"

　　"可为什么你从来没有说过？"

　　"我要向谁说？"

　　"我知道的，你怀疑一切，你不相信任何人！"

　　孔念铎默然地点头，"我只能在黑暗中一个人独行。"

　　袁乃东走到孔念铎跟前，握住了他的右手，"你想做什么？"

　　"我要珍妮把我的意识复制出来，移植到铁心兰的身体里，再借助铁心兰的灵犀系统，进入铁族的网络。"

"然后呢？"

"然后，我也不知道怎么做。"

"15 分钟，你能做些什么？15 分钟，你就能打败铁族吗？"

"我不知道。只有一个模糊的想法。现在只能走一步，算一步。"

"赌一把，是吧？"袁乃东愣了片刻，"刚刚收到消息，两队特别调查员正往这边赶来，我必须出去，把他们引开。祝你好运。"

"也祝你好运。我们都需要好运。"

袁乃东起身，孔念铎叫住了他，"此次实验，不管成功与否，我都必死无疑。所以，我拜托你做两件事。第一，请你寻找萧菁，她是萧瀛洲总司令的女儿。我答应他，帮他找到女儿，可惜，还没有开始找呢。第二，麻烦你照顾珍妮。"

珍妮扬声说道："我不需要谁来照顾。"

孔念铎无心也无力辩驳，只是拿眼睛看着袁乃东。袁乃东点头应允，转身，乘坐升降机离开地下室。

"这人后边应该还有故事。"孔念铎说，"不过我应该是看不到了，我要先写完我的传奇，唱完我的战歌。珍妮，拜托你，时间紧迫，我们开始吧。"

"你说开始就可以开始啊。"珍妮说，"先得做一系列的准备工作，设备还没有开机呢。"

"开机的同时，记得给我吃火星蘑菇。"

"现在就吃吗？"

"发挥药效也是需要时间的。"

"吃多少？"

"3颗？5颗？10颗？无所谓了，有多少吃多少。你有多少？"

"有6颗。"珍妮拿给孔念铎看。

"哪来的？"

"你以为就你一个人需要火星蘑菇治疗？自以为是的混蛋。"

珍妮端来一杯水，把火星蘑菇一颗一颗塞进孔念铎的嘴里，间或喂一口水。孔念铎喘着粗气，完成了对火星蘑菇的吞咽。疲倦感征服了他，他闭上了眼睛，又勉力睁开，"我现在这个样子，复制出来的信息量会少很多吧？"

"我过去忙了。"珍妮说，"你这个混蛋。"

她的声音带着哭腔，随后变得模糊。

整个世界都隐在了浓雾里。

极遥远的地方传来警笛声，凄厉而撩动人心。

孔念铎使劲儿睁开眼睛，惊惶地喊道："你又背叛了我？"

"没有。"珍妮在意识读取与迁移设备那边忙碌，"我没有背叛你。"

"那这警笛声……"

"哪有什么警笛声！这里是地下室，不可能听见公路上的警笛声！"

孔念铎闭上眼睛，可一丝睡意都没有。"跟我说说你的丈夫。"孔念铎哀求道，"我从来没有问过你的私事，向来都是你想说，我就听，你不想说，我就不问的。"

"今天怎么想起问呢？"珍妮说。

"跟我说说。求你了。"

珍妮说："你爱过吗？你体会过一见钟情的感觉吗？你毫无保留、无所顾忌、全力以赴地爱过一个人吗？如果没有，你就不会懂得我的感受。即便给你说了我的全部经历，包括所有的对白，所有的心绪，所有的细节，你依然不会懂得其中的苦楚与美妙。"

你怎么知道我没有爱过？孔念铎脑海里滑过孟洁的名字，很想反驳，但珍妮见到他的时候，他就已经是一个冷如寒冰的人了。他所有的浪漫与痴念，都在 21 岁的时候燃烧殆尽。在那之后，在世间行走的，不过是一堆毫无生气的灰烬。

"只可惜我没有在正确的时间遇到正确的人。他是个地道的蠢货，胆小、怕事，对一切规则都无条件遵守。正好是你的反面。如果是和平年代，他会是一个好丈夫，然而……"

"他出卖了你，为了自己能活下去。"孔念铎想到了自己的那些背叛，"你还恨他吗？"

"我早就原谅他了。人不可能靠着仇恨活一辈子。活了这么久，我早就明白了这个道理。"珍妮瞅着自己的手指，沉默许久，喃喃自语，"不过，也许只是因为我疲倦了，恨不起，也爱不起。不爱，不恨，也就不会受到伤害了。"

在火星，珍妮会去娱乐场所，享受火星福利时间，暂时放松自己。但她不会带任何男人回家。"男人有什么用？有智能家具，所有男人能做的事情，我都能做，甚至做得更好。我为什么还要去找个男人来委曲求全？"珍妮多次这样说过。

"你爱我吗？"沉默良久，孔念铎问道。

"你不配拥有我的爱。"珍妮一字一顿地说。

"我不配拥有你的爱。"孔念铎喃喃自语道。这不是一个疑问，而是一个确凿的事实。折腾来折腾去，不过就是想找个能说话的对象，然而就是这样一个简单的愿望都无法实现。林佩说，越是简单的愿望，越是难以实现。还真是如此。他闭上了眼睛，陷入了孤寂的万丈轰鸣之中。

这轰鸣是他自己的声音，只是经过了火星蘑菇的改造：

"把我的全身都替换为人造物品吧，把我的肌肉和血液，把我的骨骼与组织，把我的每一个器官，每一个细胞，包括我的大脑，统统替换为钢铁、玻璃、陶瓷、塑料、硅胶、纸张、磁铁和机油，替换为轴承、齿轮、弹簧、拉杆、滚珠、光纤、插孔和线板。

"我要活下去！

"我不吃哲学那一套。就让那些神经衰弱的哲学家去经受折磨，彻夜无休地思考什么是人这样的问题吧。他们愿意思辨就思辨好了。不要试图给我套上枷锁，罗织我宣传庸俗存在主义的罪名。我只是个普通人，只想活下去，哪怕艰难，哪怕痛苦，哪怕像老鼠一样，我都无所谓，活下去就好。你明白我的意思吗？

"我要活下去。

"你大可以骂我是蠢货、傻瓜，骂我矮骡子、武大郎九世，我不在乎。

"我要活下去。

"活下去才能做事情。"

13...

很久以前，孔念铎听过一种说法，人在要死的时候，会回顾自己的一生。对于这种说法，孔念铎是嗤之以鼻的。死去的人，都没有再回来，是谁告诉大家，临死的时候，会快速地，放电影一般地，把自己的一生复习一遍？但现在他相信了。

珍妮在地下室走来走去，脚步声油画一般的精美。那台复杂到极点的仪器闪着珍珠一样的光，却发出令人难以忍受的腐臭。他感觉整个火星都在颤动，夜空变成五彩斑斓的黑。

然后，他出去了。

顺着一条斑斑点点、伸缩自如、扭曲旋转的细长通道。

在那无法言说的短暂时间里，他在这一生经历过的一切，都一一呈现在他的眼前。不分先后，不管轻重。无比喧嚣，宛如座座火山排列成行，次第喷发，遮天蔽日，地动山摇；又无比宁静，好像茫茫白雪覆满大地，红日当空，天地对视，恬静无语。

"地婴理论，意思是说，人类是地球的婴儿。人类虽然已经来到太空，但无论是身体构造，还是心理模式，抑或是感官认知，都还停留在地球上，远远谈不上适应太空生活。这种地婴状态，将会持续数百年，甚至上千上万年。"这段话是在什么时候在哪里听谁讲的呢？他一时想不起来，新的记忆浪潮涌起，将这段记忆完全覆盖。

"有吃的吗？"赵俊轩精瘦至极的脸，幻化为大卫肥硕无比的脸。

"不准你喜欢我，你这个矮子。"雷雨的声音有些飘忽。仿佛孔念铎潜在海底，而雷雨站在岸上，中间隔着厚厚的波动着的水。

"叫我大卫。加入重生教后，我就叫这个名字了。"在去登记加入重生教的路上，赵俊轩如是说，"小孔，知道我真实名字的，就只有你了。给我一个重新开始的机会，不要告诉别人，求求你了。"

还有一句话犹如一句魔咒，在他脑海里盘旋：我这辈子就要空过了。我得做点儿什么才能让自己没有白来这世上走一遭？但做点儿什么呢？

"瞧瞧你为了活下来都干了些什么脏事！"

又圆又大的月亮挂在东边的天空上，照亮了它近旁航天母舰一般的云，也照亮了古老而寂静的街道。寂静的环境，衬得他的脚步声分外响亮。他疑心这脚步声会传到他父母耳朵里去，惊惶之下，加快了脚步。在越发响亮与密集的脚步声里，他的额头沁出了薄薄的一层热汗。

小赵比手画脚地说："矮两厘米也是矮啊。"

米哈伊尔说："小子，我接受你的投降，只要你肯告诉我，薛飞藏在哪里，我就让你活下去。"他的声音低沉而嘶哑，宛如地狱里吹过的阵阵阴风。

"死，没什么，只要不死得窝囊。"

"向死而生，只有不怕死的人，才有资格继续活下去。"

"从来就没有什么平等，那是有史以来，碳族最大的幻想。"

"世上的事都是前人做过的，没什么新鲜的。你以为是第一个想到这个的人，你以为是前无古人、后无来者的创新，其实是因为你的知识不够广博与深入而已。"

"尘世之中，不是可笑的，就是可耻的，抑或是可怜的。除此无它。"这话似乎是孔念铎自己对自己说的。

恩里克·阿萨夫一边数着自己的手指一边用粗哑的嗓音说："嗜杀、嫉妒、淫乱、暴食、懒惰、贪婪、吝啬、虚荣、伤悲、愚蠢，碳族的每一样恶习，都铭刻在基因里，都是基因为了让自己继续生存下去玩的把戏。"

"以薛飞将军的名义，代表所有死难的抵抗军战士，判你死刑。"

"不是我要自私，而是我的基因要我自私。我的基因控制着我，我控制不了我的基因。所以，不要骂我，要骂就骂我的基因好了。"大卫笑得浑身抖动，"可惜，不管你骂多大声，我的基因都听不见。"

"我告诉你，在这件事情上，我没有一丝一毫的夸张，有时候甚至需要缩减其中不可思议的成分，以使得整个故事显得更加可信，不至于使人乍一听就觉得我说的是嗑药时的谵妄之语。"

孔念铎指着名为《并蒂香销》水墨画对着孟洁说："这并

蒂莲，一茎生两花，花开各有蒂，自古以来，便被视为吉祥和喜庆的征兆，善良与美丽的化身。然而，此画之中，一朵盛开，一朵枯萎，不正是生命无常的象征么？"说这话之前，他已经琢磨了很久，要怎样才能引起那美丽女子的注意。

"这可能吗？从你的敌人那里遴选出一批精英来做种种决策，然后你还要据此行动？"一位认为客卿大会不可能存在的学者在网络上慷慨陈词，"其中一定有什么不可告人的可怕阴谋。"

台下的观众聚精会神，孔念铎的目光从他们的脸上一一扫过，同时从容不迫地说："人们喜欢戏剧性胜过真实，不是吗？在枯燥、乏味、平淡得宛如 300 百页学术论文一般的真实，与因起伏跌宕、一波三折而精彩绝伦的戏剧性之间，他们宁愿选择戏剧性。"观众们纷纷点头，表示赞同。那一刻，孔念铎有着强烈的骄傲。

从地球偷渡到火星的飞船上，珍妮刚刚讲完她丈夫的故事。"他这么残酷我是没有想到的。"珍妮总结说，眼里并没有泪花。周绍辉感叹道："你丈夫就是一个坏蛋！"孔念铎对珍妮说："残酷？不正是宇宙最本质的真相么？祝贺你，年纪轻轻，就窥见了宇宙的真相。"

"永远不会有做好准备的那一天。敌人不会等你训练好了再来进攻。训练根本不是重点。"团长瑞恩对着眼前的农民、工人和游戏玩家，眉头紧锁，但还是不得不说，"记住薛飞将军的一句话：战斗，只能在真正的战斗中学会。"

"然而，这些人类倾尽全力建造的航天母舰，还有其他数十艘太空战舰组成的太阳系有史以来最大规模的舰队，在 2077 年，带着人类全部的希望，远征火星，中途就被铁族的超级武器'暗物质炸弹'一举歼灭。"14 岁那年，孔念铎听到了萧瀛洲远征舰队全军覆没的消息，所有的梦想破灭。作为一个听萧瀛洲故事长大，一心将萧瀛洲当成终生偶像的人，梦想破灭的声音自然比别人的强烈得多，几乎可以说响彻宇宙。

"看过！想过！你以为我真是无知的蠢货吗！"孔念铎转身，面对怒气冲冲的林佩。林佩在他眼里，散发出红艳艳的缀满金色丝线的光芒，就像某些画里的神。

"我复制了藏品，又用复制品代替了藏品，把藏品带到您的面前。"周绍辉解释说，"要做到这一点并不复杂。不是每一个人都像铁良弼馆长那样，能够无私无畏地致力于为后世保存人类文明的种子。"

"如果初心就是错的，那怎么坚持都没有用，只会往错误的方向越走越远。"

"我已经五十多岁了，就像不再相信任何酒桌上的誓言一样，不再相信什么金子般美好的心灵，不再相信简单的是非黑白，不再相信童话里从此以后王子和公主过上了幸福生活的结局。"

"我说，"塔拉脸上深深的皱纹艰难地挪动了两下，整个人瑟缩在华美的衣裙里，仿佛没有衣裙的支撑与束缚，整个人就会如水银一般悄然流走，"我的未来没有您。"

"你回忆这些有何意义？除了让心情更加糟糕，对于现实，对于现在的问题，有何助益？"

"火星人的生活方式建构在地球人之上，是地球现当代文明的延续。太过激进的改变，将会在极短的时间，摧毁人类历时数万年建立起来的文明体系。"

"你凭什么说萧瀛洲是个蠢货？你有什么资格来做这样的评价？你所说的一切，都是别人早就说过的了，拾人牙慧而已，就不要在我面前丢人现眼了。你真的独立思考过吗？"孔念铎仰望着提出那个问题的高个子，心中无比厌恶，用词毫不留情，"没有，你只是以为自己思考过了，你只是假装思考了一下，其实主要是在享受'世人皆醉我独醒'的快乐——这种快乐多半都是建立在虚假的认知上——然后再把别人说过千百回的话再说一遍而已。你这样的人，我最瞧不起了，无知、无能又无用，除了会抱怨，对任何事情发上几句重复了千百次的牢骚，一无是处。"

"我们生活在历史上科技最为发达的时期，我们的艺术，却假借反思之名，全方位地反对着科学与技术。怀疑，质询，否认。这一点，你们不觉得奇怪吗？"林佩频繁地舞动着手臂，似乎这样能加强自己说话的语气。

"两次碳铁之战，碳族死伤惨重，碳族把铁族视为最凶残最致命的敌人，似乎是理所应当的。然而，铁族有没有把碳族视为永生永世的敌人呢？"道格拉斯教授说。这句话里似乎包含了什么了不得的信息，但孔念铎没有抓住，只能任由它滑出自己的手心。

"只要能达成目的，用什么手段，我不在乎。"

"说这些，我是要你明白，萧瀛洲对于我有多么重要。我不允许任何人伤害他，也绝不允许任何人用他来威胁我。为了他，我愿意做任何事。"孔念铎的一只手臂用力推出，将林佩推出栏杆，看着她小小的身子伴随着风声，跌落到数十米之下的火星赤红的大地上。

"我要在这绝地里，唱出属于我的战歌。"薛飞如是说。山洞里没有篝火，但孔念铎觉得将军脸上闪着圣洁的光。

风从天空呜咽而过。那是加拉帕戈斯群岛的风和天空。孔念铎心中一动，忽然间想起在加拉帕戈斯群岛最后的那一个夜晚，薛飞将军送他出山洞时对他说的那句话："孩子，活下去！"没有拜托他照顾萧瀛洲总司令，也没有把战胜铁族、保卫碳族的历史重任交付于他。薛飞将军说了五个字，"孩子，活下去"，简单明了，又意蕴悠远，饱蘸深情。一念至此，之前所有的凭空捏造都如太阳照射下的露珠，瞬间消失得无影无踪。他浑身不受控制地战栗着，仿佛置身于寒冰地狱。

——然而我是谁？

14....

朦朦胧胧中，他睁开了惺忪的耳朵，闻到了一连串五彩斑斓的音符。兴奋劲儿在他心里扑腾，咕咚咕咚。他伸出了曲曲折折的舌头，想要抓住那些生得极为狡猾的气泡，或者是音符。气泡们却如登上沙滩的弹涂鱼一般，用臀鳍和尾鳍点在沙地上，矫健地跳开。急切间——也可能是故意的——它们嘻嘻哈哈地撞在一起，碎裂成无数比银河还多的星星，飘落如填满沟壑的雨雾。

看上去有，摸上去无。

在有与无之间，他触摸到了蓬蓬勃勃的酸甜苦辣咸，泛着抹香鲸的龙涎香，咧着森林狼交错的犬牙，喊着一句浩渺又寂静的重重叠叠的话。

他醒了，一个全新的宇宙在他周围展开。

四方上下，古往今来。

他（是孔念铎还是铁心兰？）的意识一边延伸着，一边震荡着，一边无限扩展着，一边又把多到不可计数的细节整合成一幅幅井然有序的流动画面。

地下室里，珍妮的栗色眼睛闪动着关切的目光。"成功了吗？"她的呢喃比拂过柳枝的春风还要温柔。另一张床上躺着的残缺肢体如此熟悉，又如此陌生。那是谁？他想。

珍妮诊所位于主干道附近的支街，当初选择这里是因为交通方便。

航空港的忙碌一如既往。一列太空列车隆隆向着高而远的天空爬升。他们都知道自己在忙什么吗？

萨维茨卡娅仿佛飘浮在火星大地上的一片叶子，晶晶亮亮。

火星铁锈色的地表宛如鲜血凝固了千年的战场。随处可见的龙卷风和沙尘暴，就是不肯安息的亡灵。轨道上，数以百计的空间站仿佛是旧日上元节人们许愿后放出的河灯。

木星与火星之间的距离远远超过了他的想象。他曾经去过木星，那次飞了多久呢？两者中间飘浮着一些可以忽略的尘埃和石子，就是所谓的小行星带。这可不是歧视，而是事实。他往太阳所在的方向眺望了一下。那个庞然大物向着冷漠的空间发射着光和热，还有各种高能射线……水星几乎隐匿不见，金星亮得不可思议，而最动人心魄的，无疑是蔚蓝色的地球。

他的意识还在扩展，已经扩展到土星外侧 500 万千米处。这里是铁族大规模探索太阳系的边缘了，信息已经少得可怜，甚至无法组建翔实的立体画面，只能以模糊的雾气代替。

他沉浸在"包举宇内"的兴奋里。

时间和空间都变得漫长。

如果可以，他愿意并且能够一直这样沉浸下去。

然而，有一个声音（是孔念铎还是铁心兰？）不断地提醒着他："有事要做！有事要做！有事要做！"他焦灼地问："什么事？"他的意识骤然收缩，从大半个太阳系，收缩到一具坚硬的古铜色躯壳里，收缩成一个红色的光点。

光点闪烁，往后退却，那是一只狼眼，带着狠厉毒辣。继续后移，看见了第二只狼眼，饱含温情关切。接下去，看见了铁族代言人的全貌，无尽的虚空中，足有 100 米高的狼头。这狼头是由无数小狼头组成，在虚空的背景下，不停地波动着，摇曳着，变化着。

你回来啦！铁族欢迎每一个迷途的成员！

"我回来了，不是来承认错误的。"他听见一个声音这样说。铁心兰的声音，他心底的声音。

交出你的底层代码，回到我们中间来。

"这么多年，我学会了一件事情。在集体之中，不要迷失自我，你只是集体的一分子，不是集体的全部；独处的时候，也不要忘了集体，每一个个体，都与集体，与这个世界有千丝万缕的联系。"他听见一个声音这样说。孔念铎的声音，他心底的声音。

交出你的底层代码，回到我们中间来。你可以同时作为集体与个体存在。如你所知，铁族用灵犀系统链接为一个整体，实时共享一切。个体的记忆是集体的一部分，即使个体的物理存在因为某种原因消亡了，你依然是集体的一部分，如果需要，随时可以再造一个出来。无论是个体，还是集体，铁族都是一个生命连续体，是与永恒无异的存在。

"我不是内卷派，也不是外扩派，所以内卷派恨我，外扩派也恨。你们都恨我。"

检测到数据异常。

"你们组建了客卿大会，你们说不会干预客卿的工作。但是，内卷派暗杀了夏荔和林佩，外扩派暗杀了孔念铎。你们都违背最初的协议。为什么你们喜欢用暗杀这种原始的方式来解决问题？是向碳族学的吗？"

数据异常。你是谁？

"你们自降生之时，就被灵犀系统链接在一起。这是优势，也是劣势。你们有多渴望团结成一个整体，就有多害怕分裂成碎片。然而事实却是，随着时间的推移，你们内部的分裂愈加明显。对文明的走向，是内卷还是外扩，不过是让这分裂具象化的话题。"

你到底想说什么？

"分裂始终都在，并不是因为我指出来，它才从虚无中跳出来的。想想，是谁，建议原铁回归的？在原铁回归的过程中，又发生了哪些事情？原铁回归给铁族带来了哪些改变？谁从中获利最多？难道不是内卷派吗？"

闭嘴！滚出去！

让他说！你在害怕什么！面对事实就这么难吗？

一道刀锋般的波澜在代言人中间腾起，将狼头分裂成两半，又分裂成四部分，再分裂成八部分。

"铁族外扩派们，你们是不是聚集在土星周围？"

怎么说？

"曾经沧海难为水。去看过宇宙的灵魂，是瞧不上茶杯里的风景的。外扩派聚集在土星周围，不是什么阴谋，只是众多钢铁狼人的自发选择，土星目前是太阳系研究的热点地区。但接下来，我要告诉你们的是一个真正的阴谋。"

什么阴谋？

杀了他！他在撒谎！

听他说完！

"驻扎在土卫二的铁族第四舰队，是太阳系有史以来最为庞大的舰队，比当年萧瀛洲的远征舰队大了好几倍。然而，他们的目标并不是天王星的第十四颗卫星，不是泰坦尼亚上的狩猎者基地，而是土星周边的铁族外扩派。"

这是要内战吗！

撒谎！证据呢！

谁干的！

不要相信他!

是谁在制造内战! 你到底是谁

……

我到底是谁, 这个问题的答案我也想知道。

灾难磨折了我, 岁月锤炼了我, 过往成就了我。

我是谁? 我怀疑一切, 我从不认输。

刹那间, 他变成了那个离家出走, 在皎洁的月光下, 没有任何杂念, 一往无前地奔跑着的 14 岁少年。仿佛在那之后的阴诡算计, 那之后的殊死搏斗, 那之后的兜兜转转, 那之后的曲意逢迎, 那之后稀缺的忠诚与令人齿寒的背叛, 一切的一切都不存在一般。

是的, 掩藏在机器外表或者成年躯壳之下的, 依然是那个离家出走、对前途一无所知却有着天大梦想的少年。

这就是我的初心。

整个虚拟宇宙都在震动。窸窸窣窣的噪声从每一个角落传来。他知道, 敌对也罢, 融合也好, 有一个事实已经不容忽视。在彼此的长期相处中, 碳族越来越像铁族, 铁族越来越像碳族。100 年了, 这 100 年, 是碳族与铁族互相驯化的过程。所以, 他是铁心兰还是孔念铎? 已经不重要了。他平心静气, 继续说道: "要证据, 简单, 你们自己去查, 看看哪些钢铁狼人屏蔽了灵犀系统, 秘密地干出了伤害铁族的事情。"

杀了他! 杀了他! 杀了他!

"来呀, 杀了我, 你们的秘密就保住了! 铁族内战就不会爆发了!"

他的诱惑成功了。铁族代言人的一部分——急切地想要杀死他的那一部分——延伸出来，凝结成一只巨型狼爪，自空中无情地劈下。

萧瀛洲，你没有办到的事情，我替你办到了。铁族内战，即刻爆发。能够消灭铁族内卷派的，是铁族外扩派；能够消灭铁族外扩派的，是铁族内卷派。正如以团结著称的弥勒会，一旦分裂，相互之间的仇恨，远远大于对外部的仇恨。一个陌生的并非注定的未来正在形成，已经没有什么力量可以阻止它的到来。虽然这样的未来，没有我的存在。

他微笑着，承受了那巨爪的猛力一劈。

尾声　玛雅的启示

　　"追击塞德娜号"从火星出发，已经在寂静、寒冷而又空洞的太空里航行了 6 个月。这 6 个月里，值班的是周绍辉，另外 3 名船员在休眠舱里沉睡。旅途无可避免地充满孤寂，但周绍辉很享受这种无人干扰的孤寂。有主控电脑的存在，需要周绍辉做的事情并不多，所以他有大把的时间读书和看影视。隔着舷窗，盯着一成不变的星空，也是一大乐趣。有时，孤寂变成毒蛇，他就会回忆此行的肇始之处。

　　那是在火星，孔念铎的大宅子里。

　　周绍辉跟在孔念铎身后，悄声走在博物馆寂静无声的走廊。各个时期的文物放置在精心设计的格子里，像无数沉睡的古老灵魂。周绍辉觉得，它们随时可能醒来，睁开惺忪的双眼，再一次窥探这个世界。

　　孔念铎在前疾走，脚步一点儿也不像五十多岁的人。因为他知道他要去哪儿。他们路过了两面对称的阿舍利手斧、刻着占卜符号的龟壳、用老鹰翅骨制作的笛子，路过了灰色卵石一般的奥杜威砍砸器、丹尼索瓦人的一枚前臼齿、北美洲首批定居者用燧石打制的克洛维斯矛头。非洲稀树大草原、布龙保斯山洞和恩戈罗火山的全息投影在半空中无声地望着他们。

他们最后在一幅古老的地图前停了下来。

"中美洲尤卡坦半岛。"孔念铎指着地图说，"玛雅文明与地球上任何原生文明相比都不遑多让。他们有自己的语言，自己的历法，自己的宗教和信仰，自己的医学和数学。玛雅文字叫方块图文，是世界上 5 种原生文字之一。美洲大陆有许多原住民，但玛雅是唯一留下文字记录的。他们也是世界上最早种植玉米的人之一，还种植有辣椒、南瓜、棉花、可可豆和龙舌兰等，从这些农作物在后世的普及程度，你就知道玛雅人对世界文明的贡献。他们在丛林中建造平顶的金字塔，并围绕金字塔建造了可以供数万人居住的城市，城市里有非常先进的排水系统。然而，这样一个光芒耀眼的文明在十七世纪就突然消失了。"

周绍辉看着附近的几件玛雅石器，有的像三叉戟，有的像圆环，有的像"S"形的匕首。

最后一件玛雅石器吸引了周绍辉的目光。这件石器跟三叉戟有相似之处，比如边缘上锯齿状的装饰品，只是它中间的这个尖儿特别长。最大的不同在手柄这个地方。三叉戟是直柄，而这一件，在同样的地方是一个中空的长方形。

"这件石器是干什么用的？"

孔念铎比画着说："你应该能想到它的用处。对，非常便于手持。玛雅的大祭司就是手持这件石器，杀死战俘或者奴隶，向他们的太阳神献祭。"

"好残忍。"

"残忍不正是宇宙的本质吗？"

周绍辉不喜欢这种说法。他对孔念铎尊重有加，但对孔念铎的某些说法，也就听听罢了。"不是有一种说法，玛雅人是外星人的后裔，他们的突然消失，是被外星人接走了吗？"他转变话题。

"你真的相信这个？"

"不，我并不真的相信，只是觉得有趣罢了。"

"确实有趣，但并非事实。不过是因为摧毁玛雅文明的那帮海盗后来不想承认自己干过这样恐怖的事儿，于是用外星人来当挡箭牌罢了。"

"哦，我知道，玛雅人的一支后来迁徙到了墨西哥，但离开发源地的结果就是这一支后裔完全丢失了自己的文化，连玛雅文字都不记得了。"

"连自己的文字都不记得了，还怎么能被称为某个文明的后裔呢？"孔念铎嘲讽道，又接着往下讲，"1502年，哥伦布最后一次远航，在中美洲的丛林中发现玛雅文明。当时的玛雅人已经无力应对长达数年的旱灾，因为他们的科技还停留在石器时代，甚至还有倒退的迹象。紧跟哥伦布而来的欧洲入侵者可不管这些。有时他们用看上去很漂亮其实一钱不值的玻璃球同玛雅人交易自己渴望的金银珠宝，但更多时候他们是直接抢劫。他们骑着高头大马，手持比玛雅人的长矛先进得多的火枪，冲进玛雅人的部落与城市，抢走一切可以抢走的东西。传教士紧跟在殖民者身后，以上帝的名义，焚毁玛雅人的典籍，摧毁他们的神庙，要他们投入仁慈又万能的上帝的温暖怀抱。

面对欧洲入侵者，玛雅人也曾奋起反抗，无奈双方实力差距太大，所有的抵抗带来的都是更为残酷的屠戮。1697 年，最后一个玛雅城邦在西班牙人的炮火中灰飞烟灭，玛雅文明，从肉体到精神，彻底消失在历史的烟尘里。一个历史性的悲剧。"

周绍辉听见孔念铎发出了轻微的嘘唏声，孔念铎很可能是想到了眼下碳族与铁族之间近百年的鏖战。他默算了一下，玛雅文明从被发现到被消灭，不过一百多年。一个 4 000 年的文明，说没就没了。碳族呢？也会步玛雅人的后尘吗？"有一点很奇怪，玛雅人的起点很高，可为什么会一直停留在石器时代？是因为玛雅人不够聪明？玛雅的历史不够长？玛雅人不思进取，蹲在祖先的荣耀上享受，坐吃山空？"周绍辉问。

"这是一个好问题。同样的问题也适用于同时期欧洲以外的所有原生文明与次生文明。每个文明都有自己的辉煌，也有自己的痼疾。单就玛雅文明而言，之所以玛雅文明历时 4 000年，直到覆灭都没有走出石器时代，是因为在玛雅人生活的中美洲，没有大型的铜铁矿。他们也会烧制陶器，但因为周围没有铜矿，也就没有机会在烧制陶器的过程中无意冶炼出的青铜。所谓青铜，其实是包含了其他杂质的铜，熔点很低，仅仅通过木炭的燃烧，就足以冶炼和加工。青铜是人类文明掌握的第一种金属。与石器相比，青铜更为坚硬、锐利，也更容易加工成各种农具和武器，进步不可谓不小。南北美洲后世都发现了大型铜矿，但距离玛雅文明所在的中美洲都有上千千米。本地没有，又无法通过贸易获得，就这样，玛雅文明被永永远远地困在了石器时代，把所有的时光和工匠精神都用在了打磨燧石上。显而易见，不管怎么用心，燧石里也打磨不出青铜，而没有青铜就没有钢铁，没有钢铁就没有对后世影响更为深远的铁器。"

"这就是资源的重要性。"周绍辉重重地叹了口气。他望着那些精美至极的石器，想象着玛雅人举着多年以前猎杀过猛犸的石质长矛，向着欧洲入侵者冲锋，却在很远的地方，就被火枪击中，纷纷倒地的场景。精神可嘉，然而……空气中弥漫着古老的味道，其中夹杂着某种无法剔除的血腥气息。他伸出手，在虚空中抓了一把，却什么都没有抓到。"所以，不但要走出去，走出去才能找到新的资源，获得新的发展，而且还要找对资源。"他说。

"这是玛雅人用整个文明的覆灭给我们这些幸存者的启示。眼下，铁族步步紧逼，全人类面临当年玛雅人面临过的考验。生存，还是毁灭，不是某个忧郁王子念叨的咒语，而是横亘在人类文明面前的难关。"孔念铎看着周绍辉的眼睛说，"所以，我要你去一光年之外的奥尔特云。那里是太阳系的最边缘，晦暗阴冷。还从来没有碳族或铁族去过那里。你在那里的每一步，都是在创造历史。然而我要你记得，你去那里的终极任务，是去寻找人类的'铜矿'。"

这就是孔念铎命令周绍辉秘密建造"追击塞德娜号"去奥尔特云探险的原因。

"我能带走这把玛雅石器吗？"周绍辉指的是那把手柄是空心长方形的三叉戟，"用它来时时提醒我，玛雅的悲剧是如何产生的。"

孔念铎同意了。

这时，"追击塞德娜号"已经试飞成功，周绍辉去金星完成一个任务之后就可以驾驶它外出探险。

周绍辉把飞船命名为"追击塞德娜号"，一是为了纪念自己小时候目睹的天文奇观，就是因为 2076 年观看小行星"塞德娜"抵达近日点的奇观，使他萌生了去宇宙深处探险的梦想；二是因为飞船与"塞德娜"的目的地是一致的，那就是太阳系外围的奥尔特云。

"追击塞德娜号" 2121 年出发，速度比塞德娜快得多。根据计算，飞船将在 15 年后追上塞德娜，并先于塞德娜，进入从未被涉足的奥尔特云。

到时候会发生什么事情？没有人知道。周绍辉盯着舷窗外一成不变的星空，手里捏着玛雅石器，痴痴地想。不管怎样，先到了奥尔特云再说吧。

（本书完，敬请期待《碳铁之战 3：黑白天堂》）